NOS VIES PARALLÈLES

Catalogage avant publication de Bibliothèque et Archives nationales du Québec et Bibliothèque et Archives Canada

Titre : Nos vies parallèles / Benoit Picard.
Noms : Picard, Benoit, 1985- auteur.
Identifiants : Canadiana 20230076351 | ISBN 9782898510595
Classification : LCC PS8631.I24 N67 2024 | CDD C843/.6—dc23

Les Éditions Hurtubise bénéficient du soutien financier du gouvernement du Québec par l'entremise du programme de crédit d'impôt pour l'édition de livres et de la Société de développement des entreprises culturelles du Québec (SODEC). L'éditeur remercie également le Conseil des arts du Canada de l'aide accordée à son programme de publication.

Financé par le gouvernement du Canada | Canadä

Illustration de la couverture : Melissa Wilcox
Conception graphique de la couverture : Sabrina Soto
Mise en pages : Folio infographie

Copyright © 2024, Éditions Hurtubise inc.

978-2-89851-059-5 (version imprimée)
978-2-89851-060-1 (PDF)
978-2-89851-061-8 (epub)

Dépôt légal : 1er trimestre 2024

Bibliothèque et Archives nationales du Québec
Bibliothèque et Archives Canada

Diffusion-distribution au Canada :   Diffusion-distribution en Europe :
Distribution HMH   Librairie du Québec/DNM
1815, avenue De Lorimier   30, rue Gay-Lussac
Montréal (Québec) H2K 3W6   75005 Paris FRANCE
www.distributionhmh.com   www.librairieduquebec.fr

Imprimé au Canada
www.editionshurtubise.com

BENOIT PICARD

Nos vies parallèles

Hurtubise

DU MÊME AUTEUR

Aller simple pour l'inconnu, roman, Montréal, Hurtubise, 2022, collection «La Ruche», 2024.

Jusqu'à l'horizon, roman, Hurtubise, Montréal, 2023.

Aller simple pour l'inconnu, roman, Hurtubise, Montréal, 2022.

Vincent

Je n'arrive pas à y croire : ça y est, Éliane et moi venons d'emménager dans notre premier appartement. Il nous a fallu la journée pour transporter nos affaires, et quand la porte s'est refermée derrière nos amis venus nous aider, vers sept heures, j'ai eu le sentiment que notre vie commune commençait réellement. Ce n'est pas le grand luxe – peinture à refaire, meubles dépareillés, fenêtres mal isolées qui laissent passer courants d'air et bruits de la rue –, mais ce n'est pas grave, ce n'est pas pour cette raison que nous avons choisi cet appartement. Après deux ans ensemble, nous voulions nous établir dans un endroit juste à nous, où notre amour pourrait s'épanouir. Idéalement, à prix modique. Il ne nous reste plus qu'à l'embellir avec nos histoires... et nos posters. Beaucoup de posters, pour camoufler les couleurs des murs.

— Tu te rends compte ? C'est chez nous !
— Je suis tellement contente !

Éliane rayonne de bonheur. Elle est si magnifique que je pourrais passer des heures à la contempler. Je souris en réalisant que j'en aurai maintenant l'occasion. Nous n'aurons plus à souffrir de nos trop nombreuses séparations, comme c'était le cas cette semaine encore, lorsque nous devions retourner chacun chez nos parents parce que c'était plus pratique avec le travail, les études. Je ne pourrai jamais me lasser de ses yeux bleus, ceux qui m'ont fait craquer la première fois que mon regard a plongé dans le sien. Depuis ce temps, j'ai appris à découvrir les taches de rousseur discrètes sur ses joues, sa bouche en cœur qui goûte toujours le baume à lèvres, ses cheveux châtains qui pâlissent l'été et dans lesquels j'adore glisser mes doigts.

— Ça, c'est *notre* salon, reprends-je, avec *notre* tapis poussiéreux qui contient *notre* colonie d'acariens.

— C'est moi ou c'est beaucoup moins charmant tout à coup?

— À peine...

— T'as envie qu'on commence à s'installer?

Nous consacrons notre première soirée à défaire des boîtes au son d'une playlist de musique feel good créée par Éliane. Nous passons plus de temps à discuter ou à nous embrasser qu'à placer des objets sur des tablettes. À ce rythme, nous en aurons pour des semaines à nous approprier l'espace.

— Attends! T'as un album de photos d'enfance? se surprend Éliane en ouvrant une boîte.

— Euh, ouais, sauf que c'est zéro intéressant. Tu devrais me le donner.

J'essaie de le saisir, mais Éliane s'éloigne en le feuilletant.

— Ah non! T'avais un pyjama de Bob l'éponge... à genre dix ans! s'esclaffe-t-elle. C'était tellement quétaine.

— Correction: à huit ans. C'était un cadeau d'une grand-mère qui savait pas que j'étais fan de *Star Wars* et non de dessins animés.

— Et ton costume de chat à l'Halloween! Je comprends pourquoi tu gardais ton album secret. C'est une arme d'extorsion massive! Imagine tout ce que je pourrais t'obliger à faire si je te menaçais de le dévoiler publiquement.

— Maintenant que t'as eu ton fun, tu me le rends ?
— Pas tout de suite... Je vais le prendre en photo avec mon cell, au cas où t'aurais la mauvaise idée de t'en débarrasser.

Je fais quelques pas en direction d'Éliane, qui me garde à distance en reculant, jusqu'à ce qu'elle tombe sur notre sofa. Je tente de lui soutirer l'album, mais elle esquive mon geste et agrippe mon t-shirt pour me tirer vers elle. Je perds l'équilibre et m'allonge à ses côtés. Nous recommençons à nous embrasser pour ce qui doit être la vingtième fois. Mon album tombe au sol bruyamment, me rappelant pourquoi je m'étais jeté sur elle. Je l'oublie presque aussitôt puisqu'Éliane glisse ses mains sous mes vêtements. Je frissonne de désir alors qu'elle parcourt mon dos en le grattant délicatement avec ses ongles. Elle s'arrête quand je détache le bouton de son jeans.

— On va se garder une petite gêne, on a pas encore de rideaux, observe-t-elle.
— J'avoue qu'il faudrait pas traumatiser le voisinage dès notre première soirée.
— Ce serait embarrassant d'avoir à expliquer à nos proches l'article à propos de l'indécence publique qui sortirait en une du journal.
— On se reprend un peu plus tard ?
— Ouais, un peu plus tard...

Pour être plus efficaces et résister à la tentation de nos corps qui s'attirent, nous nous séparons. Je reste au salon, Éliane s'occupe de la cuisine. Je classe ses romans et ses vinyles par ordre de couleur, comme elle le faisait chez elle. Je suis rendu au bleu quand elle revient en éteignant la lumière.

— Qu'est-ce que tu fais ?
— Il est officiellement plus tard... et comme ça, personne pourra nous voir.

Nous faisons l'amour directement au sol, au travers des boîtes, nos corps enveloppés par la lueur des lampadaires qui découpent nos silhouettes. Mes mains explorent ce que l'obscurité dissimule. Mon désir est si intense que j'en oublie mes douleurs aux genoux, irrités par le tapis.

Quand nous avons terminé au salon – l'amour, les boîtes, nettoyer notre première tache sur le tapis –, je passe à la chambre et je m'attaque aux sacs de vêtements pour conclure que j'en possède très peu et que je laisserai Éliane ranger les siens.

L'épuisement nous pousse au lit vers minuit. En se couchant, Éliane se love dans mes bras. L'odeur de son parfum me parvient comme une bouffée d'air frais dans la chaleur caniculaire de juillet, celle qui nous étouffe depuis le début de la journée. Même si notre position devient vite inconfortable, je ne veux plus me séparer d'elle. Je m'efforce d'ignorer les engourdissements, mon mal de cou naissant, ma peau moite qui colle à la sienne.

— Si seulement tu savais combien je t'aime.

— Moi aussi, je t'aime, murmure Éliane, à moitié endormie.

Le lendemain matin, la brise qui provient d'une fenêtre laissée ouverte me réveille en me chatouillant les jambes. Je suis couché sur le dos, sans aucun drap. L'un des bras d'Éliane repose sur mon ventre et ses cheveux sont éparpillés sur son oreiller. Je n'ose pas bouger de peur de la déranger. L'instant me semble aussi fragile que son sommeil, et parce que je refuse de le laisser devenir un autre souvenir, je m'y accroche le plus longtemps possible.

Éliane ouvre les yeux une heure plus tard. Elle me fixe de longues secondes avant de m'adresser la parole.

— Bien dormi ? me demande-t-elle.

— Vraiment! Toi?

— À tes côtés, jamais je pourrai mal dormir.

Au cours du week-end, j'apprends à redécouvrir plein de facettes de la personnalité d'Éliane que j'avais vues au cours des deux dernières années et qui, maintenant, s'expriment plus librement dans cet espace qui nous appartient. Sa façon presque religieuse de se préparer un thé, le matin, qu'elle boit ensuite en déjeunant, l'attention captée par son cellulaire qu'elle tient d'une main. Ses roulements d'yeux et ses sourires retenus quand j'aligne trop de jeux de mots. Ses mille et une questions tellement mignonnes à propos de tout et de rien. La main qu'elle pose délicatement sur mon bras lorsqu'on se croise. Les pas de danse qu'elle exécute en écoutant de la musique, à l'abri de mon regard. Son embarras quand je la surprends. Ses douches interminables qui devaient exaspérer ses parents, mais dont j'ai une assez bonne opinion, parce qu'elle m'y invite. Le coin qu'elle s'est approprié sur notre balcon, où elle va lire en fin de soirée, profitant des rayons dorés du soleil couchant.

Notre premier week-end s'envole en un rien de temps. Le lundi matin, l'obligation d'aller travailler nous arrache à ce rêve irréel, trop beau pour durer. Je dois me rendre au studio de jeux vidéo où je suis animateur 3D, elle, dans un cabinet d'avocats, sa job d'été entre deux sessions d'université. Nous nous embrassons et nous nous serrons dans nos bras dans le stationnement.

— À ce soir, mon amour, me salue Éliane, s'arrachant à mon étreinte.

— J'espère que la journée va passer vite, je m'ennuie déjà de toi.

— T'es tellement fleur bleue.

— Je suis sérieux.

— Ah oui ?
— Non, mais ça s'en vient. D'ici trois ou quatre heures, je devrais ressentir un début d'ennui. Je te texterai pour t'avertir.

Je lui soutire un dernier sourire avec ma remarque et nous partons chacun de notre côté.

Je pense à Éliane tout au long du trajet d'autobus qui me mène au travail, en regardant distraitement Montréal rendue léthargique par la chaleur qui sévit depuis quatre jours. Les passants sont rares, les démarches traînantes, les vêtements de plus en plus courts. Le début de l'heure de pointe ralentit la circulation et l'air provenant des fenêtres ouvertes ne suffit pas à chasser l'odeur de sueur qui flotte dans l'autobus. Elle m'accompagne jusque dans le Mile End, où je débarque.

Arrivé au bureau avec quelques minutes de retard, je file directement dans une salle de réunion où mon équipe s'est rassemblée pour parler de notre nouveau projet, un jeu fantastique qui se déroule à Londres. Je prends quelques notes dans un cahier, tout en gribouillant dans le coin des pages en m'imaginant le visage paisible d'Éliane, ce matin, tandis qu'elle dormait. Je me sens de retour à l'adolescence, au secondaire, quand je tombais amoureux d'une nouvelle fille chaque semaine et que je ne pouvais plus m'arrêter de penser à elle. La différence, c'est que ce soir, elle m'attendra dans notre appartement.

Notre appartement ! Je pourrais répéter ces mots mille fois tant ils me rendent heureux. J'ai de la difficulté à croire qu'Éliane et moi vivons réellement ensemble. J'ai l'impression que nous venons tout juste de nous rencontrer, au cégep, quand nous n'étions que des amis qui trouvaient les pires excuses pour étirer les pauses entre deux cours, comme cette fois où Éliane avait séché un laboratoire de chimie parce que l'ascenseur était en panne. Ce qu'elle ne précise pas quand elle raconte cette anecdote, c'est qu'elle n'avait qu'un étage à monter. Je n'aurais jamais pu m'imaginer que deux ans plus tard, nous en serions là. J'ai enfin le sentiment que tout est possible avec elle, que nous pouvons donner le sens que nous voulons à notre futur, à nos vies maintenant unies.

En après-midi, installé à mon bureau, je pose mes écouteurs sur mes oreilles pour entrer dans ma bulle. Comme je suis concentré sur mon travail, les heures fuient rapidement. Les jours aussi. Et les mois. Puis les années. J'ai l'impression d'être entré au travail un bon matin avec la légèreté de ma vingtaine pour en repartir, le soir, avec le poids de la trentaine, en me demandant où a bien pu passer mon temps. J'arrive à la maison juste comme Éliane stationne notre camionnette dans l'entrée. Je suis essoufflé par ma course depuis l'arrêt d'autobus et elle, elle semble l'être par sa journée, sa semaine, sa vie au complet. Le stress du quotidien erre au fond de ses yeux bleus. Elle pense déjà à ce qui nous attend : le souper, la vaisselle, les devoirs, les bains. Tout ça pour gagner les deux petites heures libres de notre journée, que nous écoulerons sur le sofa du salon en nous culpabilisant de ne jamais aller marcher ou jogger, contrairement aux habitants du quartier qui défilent devant notre fenêtre. Le soleil automnal irise les mèches grises qui se sont immiscées au travers de ses cheveux châtains à l'aube de ses trente-deux ans. Elle les attache maintenant toujours en queue de cheval pour épargner quelques minutes le matin.

— Ça va ? lui dis-je.
— Pas mal. Toi ?
— Pas mal.

À l'intérieur, une forte odeur de sauce à spaghetti nous accueille – une de celles qui collent aux manteaux plusieurs jours. Claire, la mère d'Éliane, s'affaire devant la cuisinière. Depuis qu'elle a pris sa retraite, elle nous offre toujours son aide. Aujourd'hui, nous n'avons pas eu le choix de lui demander d'aller chercher Océane au CPE et Nathan à l'école. Il faut croire que le souper venait en prime.

— Je vous ai préparé une lasagne, annonce-t-elle en nous voyant, élevant la voix afin que nous l'entendions au-delà du bruit de la hotte. J'espère que ça vous dérange pas.

— Ça va être super bon! se réjouit Éliane. Merci, ma belle maman d'amour que j'adore!

Je passe au salon pour rejoindre Océane qui joue au sol. Je m'arrête soudainement: la pièce est plus lumineuse qu'à l'habitude. Il me faut quelques secondes pour comprendre la situation en remarquant la fenêtre dénudée.

— Euh... les rideaux sont où?

— Ils étaient poussiéreux, répond Claire. J'ai parti une brassée de lavage. Il va juste rester à les laisser sécher à l'air libre et à les repasser.

À l'époque où je vivais seul avec Éliane, l'excès de zèle de ma belle-mère m'aurait agressé. Maintenant, je sais que Claire souhaite bien faire, même si elle a tendance à *trop* en faire. La propreté de mes tentures ne figurant pas dans la liste des soucis de mon existence, je n'avais jamais envisagé qu'il faille faire autre chose que les suspendre à la fenêtre et les fermer pour que la voisine d'en face cesse de nous épier, le soir, même s'il n'y a rien de plus à observer chez nous que chez n'importe quelle famille normale. Il est loin, le temps où le sofa servait à autre chose qu'à paresser devant la télé...

— J'en ai profité pour plier votre linge, poursuit Claire. Vincent, ça va te prendre des nouveaux boxers, plusieurs des tiens sont troués. Je vais t'en acheter pour Noël, si tu veux. En attendant, je pourrais te donner ceux que Sylvain met plus. Ils sont un peu serrés pour lui, mais ils devraient te faire. T'as moins de bedaine. Quoique tu t'en viens bien, mon gendre !

Ma belle-mère qui fouille dans mes sous-vêtements, c'est une limite psychologique que je n'aime pas franchir ; porter les vieux boxers de mon beau-père, une que je refuse catégoriquement d'approcher.

— J'ai des boxers neufs. J'ai simplement pas pris le temps de jeter les anciens.

— Ils sont où ? Cachés avec les kits sexy d'Éliane ?

Elle décoche un clin d'œil à sa fille qui cache difficilement son malaise, surtout quand Océane lui demande de quoi il s'agit. Ce que Claire ignore, c'est que la dernière fois qu'Éliane a porté l'un de ses kits, c'était entre ses grossesses, et que l'expérience s'est soldée par des larmes ; un mélange de sentiments provoqués par son corps qu'elle n'arrivait plus à aimer et les peurs qui accompagnaient nos premiers pas dans la parentalité.

Si le souper venait avec la belle-mère, la belle-mère venait aussi avec le souper, puisqu'elle est restée pour le manger en notre compagnie, prétextant qu'elle se sentait fatiguée. Par contre, alors que nous étions attablés, ça ne l'a pas empêchée de nous raconter avec beaucoup trop de détails sa sortie au centre commercial avec son amie Chantale ; une histoire sans punch qui n'intéressait qu'elle.

— Ça fait que Chantale a dit au vendeur : "L'avez-vous en bleu ?", il a répondu "Non". Ça l'a insultée. Elle lui a demandé d'aller voir dans l'arrière-boutique. Savez-vous ce qu'il a essayé de nous faire croire ?

Elle nous laisse une demi-seconde pour réagir avant de reprendre.

— Qu'y a pas d'arrière-boutique! C'est quoi ça, un magasin sans arrière-boutique? Pis ça s'arrête pas là! Après, on est allées manger. Il y avait pus de frites. J'ai dit: "Mon Dieu, pus de frites, c'est un exploit!" Han, c'est vrai qu'il faut le faire pour manquer de frites dans un restaurant. Avez-vous déjà vu ça? Manquer de poulet, oui. De steak, peut-être. Mais de frites? Ç'a pas d'allure. On a quand même laissé un bon pourboire à la serveuse, c'était pas de sa faute. La pauvre petite, elle se démenait assez. Ça devait être une étudiante. La fille de Chantale a aussi été serveuse, pendant ses études. C'était au bistro de...

Le mécanisme de défense de mon cerveau s'est activé et m'a empêché d'entendre la fin des palpitantes aventures de Claire et Chantale. Ce que j'ignorais, c'est qu'elle remettrait ça dans l'auto, quand je suis allé la reconduire après avoir couché les enfants. Elle m'a entretenu au sujet d'un déraillement de train en Europe, des élections qui approchaient et sans doute de bien d'autres choses qui m'échappent. Elle a de nouveau capté mon attention en parlant d'Éliane et moi:

— Vous formez tellement un beau couple! J'ai tout de suite su en te voyant pour la première fois que t'étais le bon gars pour elle. Est-ce que t'avais remarqué à quel point ses yeux brillaient?

Je me souviendrai toujours de ma première rencontre avec Claire, treize ans plus tôt. J'étais passé prendre Éliane pour l'emmener au cinéma. Je m'étais stationné en bordure de la rue, mais comme elle n'était pas encore sortie quinze minutes après l'heure de notre rendez-vous, j'avais rassemblé mon courage pour aller cogner à la porte. J'avais rarement été aussi stressé. Sans le savoir, j'avais de bonnes raisons de l'être puisque j'étais sur le point de me présenter devant un jury composé de sa mère, son père et certains de ses oncles et tantes. Le verdict avait consisté en des sourcils froncés qui me mettaient silencieusement en garde.

Je conserve une image plus floue d'Éliane. Quand j'y repense, je vois surtout ses yeux bleus et son sourire. J'étais beaucoup trop tendu pour me souvenir du reste, de ce qu'elle portait, de ses cheveux ou de l'odeur de son parfum. Le désir que je ressentais pour elle se mêlait à de la peur. Même si notre relation commençait à peine, je craignais de la perdre, de ne pas être à la hauteur. Elle était beaucoup trop ravissante et intelligente pour moi. Je ne comprenais pas pourquoi elle était attirée par le gars le plus ordinaire de l'île de Montréal. Je me sentais comme le personnage d'une comédie romantique qui vient chercher sa cavalière pour le bal des finissants et qui la regarde descendre l'escalier au ralenti. Les films nous montrent seulement la beauté éblouissante de la fille; on ne voit pas à quel point le cerveau de son partenaire a ramolli, relâchant les muscles de sa face qui, soumis à la gravité, s'étirent vers le bas, le laissant la bouche entrouverte et l'air abruti. Personne ne s'en était formalisé, sauf l'oncle Jean-Claude qui continuait à me fixer avec insistance.

À mon retour à la maison, je suis accueilli par l'obscurité et le silence complet. Je vais au salon pour découvrir qu'Éliane dort sur le sofa. Même avec ses cernes accentués par l'éclairage bleuté du téléviseur et le filet de bave qui lui coule sur le menton, elle est encore belle. Quand le lui ai-je dit pour la dernière fois? La vie passe si vite que c'était peut-être il y a un an, ou deux. Trois? Et si c'était quatre? Autrefois, quand nous avons emménagé ensemble, chaque moment était l'occasion de se rappeler à quel point on s'aimait. Maintenant, on oublie de se le dire.

Je m'assois délicatement à côté d'Éliane et je pose une main sur son épaule pour la réveiller.

— T'es revenu, marmonne-t-elle sans ouvrir les yeux.

Elle se recroqueville contre moi pour la première fois depuis des mois. Nous restons là jusqu'à minuit, quand je sursaute au milieu d'un rêve confus. Je m'étais assoupi à mon tour et je n'avais pas vu le temps passer. Je suis le premier à me lever. Éliane s'aide en prenant mon bras. Nous parcourons ensuite le corridor, somnolents, en nous tenant par la main. Ma tête se pose sur mon oreiller et je me rends compte que j'ai mal au cou. Demain, je serai fatigué – un peu plus qu'à l'habitude –, et pourtant, je me rendors avec le sourire.

Éliane

Octobre s'est enraciné alors que mes souvenirs de nos vacances d'été s'estompaient et que les journées raccourcissaient. Même s'il colore les arbres, il ramène surtout la grisaille – celle des épisodes de pluie déprimants. Les feuilles en décomposition, disséminées sur les terrains d'Ahuntsic, remplissent le quartier de leur odeur. À l'avant de notre maison, ce sont celles des voisins puisque les premières bourrasques automnales ont rapidement dépouillé notre érable chétif, planté à la naissance d'Océane. Il ressemble maintenant à une branche piquée au travers du gazon que nous nous entêtons à faire pousser.

Chaque matin, je me réveille avant le soleil, en même temps que les enfants qui commencent à faire du bruit. Je paresse alors au lit, espérant entendre la sonnerie de l'alarme sur mon téléphone, ne serait-ce qu'une fois. Dans les faits, c'est souvent la première chicane qui m'extirpe de mon confort, me laissant à peine le temps de me décoller les paupières.

— Est-ce que tu veux que j'y aille ? me demande Vincent alors qu'Océane hurle.

— C'est correct, je m'en occupe.

Vincent me tourne le dos pour se coucher sur le côté en se cachant avec les draps.

— Je te rejoins dans deux minutes.

Dans le salon, la crise s'est changée en psychodrame qui frôle désormais l'incident diplomatique. Nathan s'est assis sur la chaise d'Océane même si elle est trop petite pour lui et refuse de la lui rendre parce que sa sœur crie. J'ai à peine besoin de le regarder avec ce que Vincent a baptisé « mes yeux de mère » pour qu'il abdique.

— De toute façon, je la trouve laide, ta chaise, rouspète Nathan en se levant.

— Elle est *belle*! rétorque Océane à pleins poumons.

Étant donné qu'il ne peut plus importuner sa sœur, Nathan se résigne à se coucher sur le sofa pour jouer avec sa tablette. Océane, quant à elle, ignore complètement le fait qu'elle vient de retrouver l'usage de sa si précieuse chaise et se tourne vers son comptoir de cuisine miniature pour y cuire des œufs de plastique. Ouf, nous avons évité le pire!

Le programme de mes matins étant réglé quasi à la seconde, je me dirige vers la salle à manger par automatisme. Je dépose ce qu'il faut pour déjeuner sur la table avant de préparer les lunchs. Vincent se joint aux enfants et moi dix minutes plus tard, vêtu pour sa journée de travail, et se sert un bol de son fameux mélange yogourt et cretons qui écœure tout le monde. Il s'est toujours foutu de l'opinion des autres et c'est en partie ce qui m'avait attirée quand je l'ai connu. Il a le même look qu'il y a treize ans avec ses cheveux dépeignés et ses t-shirts de groupes de musique qui laissent voir ses bras tatoués. Je me demande à quoi ressembleront ses biceps à quatre-vingts ans... Étant donné que je serai aussi ratatinée que lui, je ne m'en soucie pas trop. Nous pourrons comparer nos corps affaiblis en nous souvenant des anecdotes qui y ont laissé leurs marques.

En me regardant dans le miroir de la salle de bain après ma douche, j'ai l'impression que je n'aurai peut-être pas à attendre si longtemps. Avec mes deux grossesses et la vie effrénée qui m'empêche de faire du sport, j'ai pris du poids et j'ai de la difficulté à me trouver belle. J'ai de bonnes journées, comme tout le monde – généralement quand je m'habille avec des vêtements neufs – mais elles sont de plus en plus rares. Je préfère éviter de contempler mon reflet parce que le mot « flétri » me revient immanquablement en tête.

Je ne perds pas mon temps à m'apitoyer sur mon sort puisque mon bras est coincé dans l'engrenage de la routine du matin et que le seul moyen de m'en sortir est d'y soumettre le reste de mon corps : déjeuner, gérer une chicane, ramasser un dégât de lait, avaler une bouchée, me tracasser avec la réunion que je n'ai pas préparée, assister impuissante à un deuxième dégât parce que je suis dans la lune, laisser notre chat s'en charger en me promettant de laver le plancher le soir venu, répondre à Vincent qui se fie à moi pour l'aider à retrouver son téléphone, ses clés et son portefeuille, préparer les lunchs et, enfin, avant de partir, un dernier arrêt à la salle de bain.

Je suis en train de me brosser les dents quand Vincent fait irruption. Il baisse son pantalon et s'assoit sur la toilette, cellulaire en main ; l'ultime geste romantique qui me fait comprendre que nous sommes désormais un vieux couple.

— Ah non! *Come on*, Vincent! On est pas rendus là dans notre relation!

— J'ai pas eu le temps de réparer la toilette d'en bas et je suis pressé.

— C'est dégueulasse!

— Viens pas me faire croire que c'est mieux quand c'est toi.

— Au moins, je le partage pas.

— C'est une fonction biologique parmi d'autres.

— Juste pour que ce soit clair : autrefois, quand je rêvais de voir tes fesses, mettons que c'est pas ce contexte que j'avais en tête !

— Ouin, je suis comme en train de déconstruire un de tes vieux fantasmes...

— Un vrai bulldozer !

Je termine de me brosser les dents en vitesse et je sors de la salle de bain sans refermer la porte. Je me dirige au salon où se trouve Nathan, qui est assis sur le sofa et regarde la télévision. En m'approchant de lui, j'ai de la difficulté à l'embrasser sur le front puisqu'il remue la tête, autant pour éviter mon geste que pour voir l'écran que je cache.

— Sois sage à l'école aujourd'hui, lui dis-je – un ordre plus qu'un conseil.

— Oui, oui, chigne-t-il.

— Océane, il faut partir, ma chouette.

— J'ai pas fini mon dessin.

— Tu le termineras ce soir.

— Oui, mais c'est une licorne !

— Ça change rien. On est pressées.

Océane, couchée à plat ventre sur le plancher du salon, est entourée de crayons de couleur. Elle a étendu cinq feuilles et travaille sur une œuvre d'art qui décorera prochainement mon bureau en attendant les inévitables suivantes qui, si je les gardais toutes, feraient de mon cubicule une galerie plus foisonnante que le Musée du Louvre. Après avoir apporté la touche finale à son dessin, elle se relève, sans rien ramasser. Il n'est pas huit heures que le désordre regagne du terrain dans la maison, comme une mauvaise herbe rampante que l'on n'arrive jamais à éradiquer.

Le combat contre les traîneries, nous l'avons perdu dans notre camionnette. Chaque objet qui y a été abandonné a son histoire : des bouteilles d'eau oubliées après notre randonnée au mont Saint-Bruno, la tablette pleine de jeux d'Océane, le ballon de soccer de Nathan, le balai à neige que nous n'avons pas retiré l'hiver dernier et qui est sur le point de redevenir utile...

En route vers le CPE, Océane me raconte à quel point elle a hâte de jouer avec son amie Coralie et de bricoler des décorations d'Halloween avec elle. Elle se lance ensuite dans une réflexion à propos du costume qu'elle portera pour récolter des friandises le dernier soir d'octobre.

— J'aimerais me déguiser en piñata !
— En piñata ? Pourquoi ?
— Parce que c'est coloré et que je veux être pleine de bonbons. Au lieu d'un sac, je vais avoir une trappe sur le ventre pour que les gens me remplissent.

Je m'imagine déjà Nathan la pourchasser avec un bâton pour la faire éclater.

— C'est un peu compliqué, tu trouves pas ?
— Sinon, je veux être une sorcière. Mais une gentille, là. Pas celles avec les chapeaux pointus et les dents pourries. Moi, je vais être intelligente, comme Hermione.
— Tu voulais pas être une sirène, hier ?
— Est-ce que ça existe une sorcière-sirène ?
— C'est l'une ou l'autre. Souviens-toi que c'est grand-maman qui va confectionner ton costume. Elle a besoin que tu lui donnes ta réponse ce week-end pour avoir le temps d'acheter du tissu et de le coudre.
— C'est compliqué ! C'est compliiiiquééééé !

Océane est démotivée par l'ampleur de la tâche qui se dresse devant elle : devoir choisir. Pour ma part, je l'écoute à peine alors qu'elle énumère les avantages de chacun des personnages fantastiques qu'elle pourrait incarner – les sorcières possèdent des tonnes de chats, tandis que les sirènes chantent toute la journée. Une averse ralentit le trafic et je multiplie les coups d'œil à l'heure, au coin de l'écran du tableau de bord. Déjà du retard. À la radio, l'animatrice parle d'une circulation lourde sur toutes les artères de la ville, comme si mes yeux ne suffisaient pas pour constater que la situation se répète quotidiennement. Si la tendance se maintient, je me ferai accueillir au travail par un regard irrité et ce sera un autre lundi à inscrire sur la liste des débuts de semaine pénibles, un palmarès qui s'allonge considérablement en automne.

Les bonnes nouvelles n'arrivant jamais seules, Joanie, l'éducatrice préférée d'Océane, me réservait une annonce :

— Il se pourrait qu'on soit aux prises avec une éclosion de gastro. Plusieurs enfants sont absents. Vous auriez pas remarqué des symptômes ce week-end ? Diarrhée, vomissements, nausée, crampes abdominales, fièvre...

— Rien pour l'instant.

— Inquiétez-vous pas, on vous appelle s'il y a quoi que ce soit.

J'arrive au cabinet d'avocats où je suis technicienne juridique avec vingt minutes de retard. Je jette un coup d'œil au fouillis dans l'auto et, malgré tout ce qui s'y trouve, pas de parapluie. J'affronte donc la pluie en me protégeant les cheveux et le visage avec le capuchon de mon manteau. Une mince couche d'eau recouvre l'asphalte. Chacun de mes pas éclabousse mes collants et mouille mes pieds. J'entre en trombe dans l'immeuble, sous le regard amusé du gardien de sécurité.

Je constate que j'ai piètre allure en apercevant mon reflet dans le miroir de l'ascenseur. Une mèche de cheveux me colle au visage, ma jupe grise est tachetée de gouttelettes et que dire de la sensation du collant détrempé sur mes jambes. Un mal de tête me gagne. Le mal de tête, ça fait partie des symptômes de la gastro ?

— Éliane, t'étais où ? m'interpelle Marie-Pier, la réceptionniste, dès qu'elle m'aperçoit. Maître Cantin te cherche partout. Tu devais lui fournir des documents pour sa réunion de huit heures.

— Ah, merde ! Le rapport pour le gars des immeubles locatifs. Ça m'est complètement sorti de la tête.

— Il est dans la 203. Si tu te grouilles, il devrait pas trop être en crisse. Apporte-lui un café, ça va mieux passer.

Malgré mes dix ans d'expérience et les soixante crédits d'un bac en droit que je n'ai jamais terminé, je suis encore celle qui sert le café au patron pour éviter qu'il se fâche. Il prend parfois un malin plaisir à me rappeler qu'il m'a engagée sans diplôme autre que mon DEC en sciences de la nature et que c'est lui qui m'a appris mon métier – comme s'il m'avait fait une fleur. J'ai souvent pensé à reprendre les cours à l'université, mais il y a eu la maison, les enfants, la vie... Où trouverais-je le temps et, surtout, l'énergie pour les études ? À moins de gruger encore un peu dans mes précieuses heures de sommeil, je vois difficilement comment j'y parviendrais.

Mon travail est une job d'été qui s'est étirée. Après avoir terminé sa technique, Vincent a décroché un poste dans un studio de jeux vidéo ; moi, j'ai plutôt poursuivi mes études à l'université. Lui avait indépendance et argent pendant que je m'endettais, même si j'occupais un emploi et que mes nuits se résumaient à la lecture de textes de loi sous l'effet de cappuccinos. Mon choix s'est avéré facile quand j'ai appris que la personne que je remplaçais au cours des vacances avait démissionné et qu'on m'offrait une permanence.

Dix ans plus tard, plus une journée ne passe sans que je me demande si j'ai fait le bon choix. Dix ans de couloirs ternes et de faux sourires. Dix ans de small talk avec des collègues désintéressés qui ne seront jamais des amis. Dix ans dans un cubicule où je peux à peine bouger. Dix ans à écouler mes semaines sous un ciel fluorescent. Dix ans à porter des vêtements inconfortables pour convenir à l'image que l'on veut que je projette. Dix ans à donner le meilleur de moi-même, tout en ayant l'impression que ce n'est jamais suffisant. Dix ans à me répéter que c'est temporaire. Dix ans à savoir, au fond de moi, que ça ne l'est pas.

À peine débarrassée de mon manteau, je m'élance, dossier en main, vers une salle de réunion. Je fais un arrêt éclair à la machine à café pour y remplir un gobelet d'excuses en demi-teinte tout en saluant au passage Janine et Annie qui bavardent à trente-cinq piasses de l'heure, et je reprends ma course matinale en talons hauts.

— La voilà enfin! m'accueille maître Cantin quand j'entre dans la salle de réunion où il s'entretient avec des clients.

Je lui remets une épaisse chemise de laquelle dépassent quelques documents et je dépose le café devant lui.

— À la vanille française.

Il attire mon attention sur la tasse qu'il tient déjà.

— Le voulez-vous quand même?

— Juste le dossier. Et tu peux disposer, on a assez de retard sans en prendre davantage.

Je repars vers mon bureau sans ajouter quoi que ce soit, tout en buvant le café. Je me brûle consciemment l'œsophage dans l'espoir de puiser dans cet ersatz de caféine la force nécessaire pour survivre à mon avant-midi. La tasse est déjà vide quand je m'assois devant mon ordinateur. C'est l'une de ces journées où ma seule source de motivation est la photo de famille sur mon bureau. Celle où j'apparais avec Vincent, Océane et Nathan autour d'une balle de foin, quand nous sommes allés aux pommes il y a deux ans. Elle me rappelle pourquoi je suis là, pourquoi je suis encore prête à subir les caprices d'un patron exigeant, pourquoi je tente sans cesse de repousser les limites du stress que je suis capable de supporter sans m'effondrer sous la pression.

Mon avant-midi se résume à éplucher la jurisprudence à propos de litiges en assurances, tout en m'efforçant d'ignorer les notifications de courriels entrants qui se succèdent. J'accumule du retard dans tous mes dossiers et ni mon efficacité ni ma bonne volonté ne suffisent pour le rattraper. C'est frustrant, d'autant plus que certains de mes collègues étirent les discussions de corridor ou les pauses pipi. J'ai beau chercher dans mes rêves de petites filles, je ne me souviens d'aucun moment où j'ai souhaité de cette future version de moi.

Sur l'heure du dîner, je profite du retour du soleil pour me rendre à pied à mon rendez-vous avec mon amie Jade à un restaurant de sushis situé à deux coins de rue de mon bureau. Elle m'attend à l'intérieur, assise à une table. Elle porte ses traditionnels vêtements de sport qui épousent sa silhouette mince. Avec ses cheveux attachés en queue de cheval et ses souliers rose fluo, elle paraît toujours prête à entreprendre un dix kilomètres. Elle a l'allure d'une fille début vingtaine, si on oublie les pattes-d'oie qui commencent à apparaître au coin de ses yeux et qui trahissent sa trentaine.

— Éliane is in the house! s'écrie-t-elle en me voyant. Woot, woot!

Elle se lève pour me prendre dans ses bras, tout sourire.

— T'es donc ben en forme, aujourd'hui!

— Pas plus que d'habitude. T'as envie de commander tout de suite, avant que ça se remplisse?

— Ouais, je sais déjà ce que je veux, de toute façon.

Nous nous joignons à la petite file devant le comptoir et quinze minutes plus tard, nous sommes en train de manger.

— Kombucha-sushi, c'est tellement mon combo prèf de touuuus les temps, apprécie Jade. C'est pas juste un exercice de diction, c'est un style de vie, même si tu penses que je mange juste ça pour être trendy.

— T'es la personne la plus influençable que je connaise pis t'arrêtes pas de changer d'idée. Tu dois être sur le point de retomber dans les pumpkin spice lattés, avec le retour de l'automne, et encore une fois, ça va être une révolution gustative.

— T'es plate !

— Non, réaliste.

— Cette fois-ci, c'est différent.

— Comme les fois d'avant... On s'en reparle dans deux semaines.

— Ah ouais ? Juste pour ça, je vais continuer à en manger jusqu'à l'été pour te prouver que tu as tort, même si j'aime plus ça !

— T'es bébé !

— Non, fidèle à moi-même.

Elle avale un maki d'une seule bouchée et considère déjà ceux qui lui restent pour choisir son prochain.

— Est-ce que t'as l'intention de me dire ce qui se passe ? lui dis-je, sans la laisser terminer de mastiquer.

— Il se passe rien.

— T'as un nouveau chum ?

— J'aimerais bien...

— Qu'est-ce qui te rend si heureuse ?

— Je suis pas heureuse.

— T'as le sourire d'une Miss Monde qui vient de voir sa rivale perdre connaissance sur scène.

— Pas tant que ça, quand même.
— Alors ?
— Désolée... Si je t'en parle, tu vas essayer de m'empêcher de faire une connerie, supposément dans mon intérêt.
— Jade, t'es pas drôle. Tu commences à m'inquiéter.
— Ben non !
— Certainement ! Crache le morceau.
— Tu gosses.
— Non.
— Oui.

Nous nous croisons les bras comme les ados que nous étions autrefois, quand nous avions ce même genre de prises de bec à propos de tout et de rien. Notre réaction nous fait éclater de rire. Même dans les journées où tout paraît aller de travers, ma meilleure amie arrive toujours à me changer les idées.

— Bon, ça va, concède Jade. Ce qui me rend heureuse, c'est...

Elle regarde autour pour s'assurer que personne ne nous entend, puis s'approche en agrandissant les yeux.

— ... un myssssstèrrrrre, siffle-t-elle en pouffant de rire.
— Ah, tu m'énerves !
— C'était trop tentant ! Écoute, c'est rien de grave, je te le promets. Une simple histoire avec une gang de motards et des transactions bancaires.
— Jaaaaaadeeeeee.
— OK, j'arrête ! C'est juste que j'ai pris une grosse décision et que je préfère en parler à personne. Pour une fois, je veux pas d'avis, j'ai envie de suivre mon cœur, pour voir où ça va me mener.
— Et si tu te mets dans la chnoute ?

— Je compte sur toi pour m'aider à m'en sortir, comme d'hab!

— Qu'est-ce qu'il faut pas entendre!

— Pis toi? Quoi de neuf?

Je fige. Je ne sais pas quoi raconter à Jade. Je n'ai pas l'intention de l'embêter avec mes tracas quotidiens, sauf que je prends soudain conscience qu'il ne s'est rien produit d'extraordinaire dans ma vie récemment. La sonnerie de mon cellulaire me sauve. Un appel du CPE. Océane a vomi, je dois donc aller la chercher. J'avale mes sushis en vitesse et m'excuse auprès de Jade. Nous nous promettons de nous revoir bientôt, quand elle sera enfin prête à me dévoiler la raison de son enthousiasme et que moi, j'aurai le temps de me trouver quelque chose de plus intéressant à lui raconter. Du moins, je l'espère.

Vincent

Toujours la même routine. Mon cœur d'automne frissonne dans l'obscurité des journées qui raccourcissent et aurait bien besoin d'une touche de couleur pour le rendre plus léger. À en croire tout bon livre sur la parentalité, nous avons la famille parfaite, un modèle de cette stabilité si importante dans le développement des enfants. Mais que faire quand le quotidien tue notre couple à petit feu, quand on passe d'amoureux, à amis, à parents puis à inconnus qui vivent sous le même toit ? Il faut se poser de sérieuses questions lorsqu'une éclosion de gastro devient le seul événement capable de mettre un peu de piquant dans notre existence. Je ne pensais jamais me réjouir d'agoniser devant des films de Disney. C'est maintenant chose faite.

Ma vie intime est le naufrage du *Titanic* au ralenti, juste avant qu'il ne se brise en deux. Un magnifique désastre. C'est étrange, parce que je n'arrive pas à me souvenir du moment où nous avons frappé notre iceberg, c'est arrivé trop progressivement dans nos vies. Nos «je t'aime» se sont raréfiés, nous avons assez d'une main pour compter nos sorties de couple depuis la naissance de nos enfants et nous ne faisons pratiquement plus l'amour. Quand ça arrive, j'en ai pour deux jours à me remettre de mon mal de dos. Parfois, je me réveille à côté d'Éliane en ayant l'impression de ne plus la connaître. La musique la passionne-t-elle toujours autant ? Danse-t-elle encore quand elle croit que personne ne la regarde ? Caresse-t-elle toujours le rêve de passer sa retraite dans le chalet de sa mère, au bord d'un lac ? Mon unique certitude, c'est que je me sens de plus en plus seul sur mon tas de ferraille qui prend l'eau. Et même si j'arrivais à le renflouer, pourrais-je le dévier de sa trajectoire ?

Chaque matin, après la course dans la maison, c'est la marche en compagnie de Nathan jusqu'à l'école, ce moment privilégié père-fils où nous parlons de tout, quoique plus souvent de rien, et où nous nous taisons lorsque le rien ne vaut pas la peine d'être abordé.

— C'est pas chaud ce matin, dis-je en brisant le silence avec une petite touche de rien.

— Ouin... marmonne Nathan.

Je conserve ma chaleur tant bien que mal en gardant mes mains dans les poches de mon manteau de laine et en rentrant le cou dans mon col. Mes vieux Converse laissent passer le vent et je me demande pourquoi je m'obstine à les porter, surtout que mes bottes neuves m'attendent dans le placard de l'entrée. Nathan, au contraire, se fout du froid. Son manteau est détaché, même si je lui ai répété trois fois de le zipper.

— T'es pas jasant.

Nathan ne répond pas.

— Qu'est-ce qui t'arrive ?

— Je... j'ai une question à te poser.

— Vas-y, mon grand.

— Est-ce que toi et maman allez vous séparer ?

— Pourquoi tu dis ça ?

— Les parents de plein de mes amis sont séparés.

— Ça veut pas dire qu'on va le faire nous aussi. C'est pas une mode, la séparation.

— Maman et toi, vous vous détestez pas ?
— T'es drôle de me sortir des choses comme ça. Pourquoi tu crois qu'on se déteste ?
— Vous vous obstinez souvent.
— À propos de niaiseries. Ta sœur et toi aussi, je te ferai remarquer.
— Justement, je l'aime pas.
— Ben oui, tu l'aimes.
— Non, elle est toujours après moi. Elle me vole mes affaires. Elle arrête pas de me parler, même quand je lui demande de se taire. Elle dénonce mes mauvais coups. Si je pouvais, je l'échangerais contre un frère, ou mieux, un chien. Au moins, un chien, ça écoute quand on lui dit de s'asseoir. On peut lui apprendre des trucs. Ça donne la patte. Ça rapporte la balle. Une petite sœur, par exemple... Maudit que c'est têtu !
— Tu dis ça, mais au fond, tu l'aimes. C'est seulement parce que tu t'en rends pas compte.
— Ah...

Nathan demeure pensif un instant, le temps d'assimiler mes propos, et conclut :

— Ça fait que, si je comprends bien, toi aussi, t'aimes maman, mais tu le sais pas.
— C'est plus compliqué que ça.
— Pis elle, est-ce qu'elle le sait ?
— Tu pourrais lui demander et me donner la réponse...
— Tu veux vraiment que je le fasse ?
— Non, c'était une blague... juste une blague...

Après avoir conduit Nathan à l'école, je me rends au studio. Les bureaux sont pleins à craquer malgré la possibilité de télétravailler. Cette affluence s'explique par le crunch – la phase finale du développement de notre projet. Il reste tant de bogues à régler, de sections à peaufiner et de morceaux d'histoires à raccorder, qu'il est difficile de croire que nous y parviendrons. La sortie est prévue pour le début de février et rien ne pourrait changer cette date, ce qui signifie que nous devons œuvrer jour et nuit. Les fatigués sont ceux qui arrivent, comme moi; les épuisés, ceux qui ne sont pas rentrés chez eux depuis la veille. C'est le prix à payer pour conserver cette job de rêve et, ainsi, satisfaire les joueurs impatients de mettre la main sur le jeu, tout autant que les investisseurs avides de toucher les profits.

Mon bureau se perd parmi une centaine d'autres dans une aire ouverte où les écrans sont trois fois plus nombreux que les chaises. J'ai personnalisé mon espace de travail avec des figurines de mes personnages de films préférés qui, paradoxalement, proviennent tous de romans : Sam Gamgee, pour sa loyauté indéfectible et son courage, Severus Snape, pour sa complexité, et Katniss Everdeen, parce qu'elle est inspirante. Une plante artificielle me sert de mur avec Philippe, qui mange sans arrêt en face de moi.

— T'en veux ? me demande-t-il, sa barbe garnie de miettes de chips, en me tendant un sac entre les branches.

— Pas avant huit heures.

— Du chocolat ?

— Même politique que les chips.

— C'est toi qui sais !

Philippe est mon meilleur ami au studio. C'est un excellent pusher de restants de bonbons d'Halloween et il est toujours disponible pour une pause autour d'une table de ping-pong. Pour parler de mes états d'âme toutefois, ce n'est pas vers lui que je me tourne. J'ai abordé une fois mes problèmes avec Éliane et il m'a adressé le même regard fuyant que si je lui avais avoué que je venais de contracter la peste bubonique. Je suis entouré de personnes que j'apprécie, en même temps, je me sens seul avec mes préoccupations. Je me demande de quel côté de la mince ligne entre l'amitié et les simples connaissances se situe réellement tout ce monde. Ai-je encore de véritables amis si tout ce que nous faisons, ce sont des sorties deux fois par année et de paresseux échanges de textos?

Pour me créer une bulle, je pose mes écouteurs sur mes oreilles. J'ai des playlists pour chacune de mes humeurs. Ce matin, c'est du vieux punk, autant pour me réveiller que pour m'imposer un bon rythme de travail. En entendant *First Date* de Blink-182, je me souviens soudainement de mon premier baiser avec Éliane, quand nous fréquentions le cégep du Vieux Montréal.

Ce soir-là, j'étais sorti dans un bar avec des amis pour un party étudiant sur le thème des nuits tropicales. Les seules différences concrètes avec les beuveries habituelles étaient les palmiers de carton sur les murs et les vêtements d'été que tout le monde avait ressortis pour l'occasion. J'ai tout de suite remarqué Éliane, cette fille rencontrée dans un cours de philosophie qui était rapidement devenue la complice de mes travaux d'équipe. Elle se tenait dans le jet d'une machine à brouillard, près de la piste de danse où elle et ses amies se déhanchaient au son de la musique latine. Elle, elle bougeait surtout pour replacer sa robe moulante. Elle ne manquait toutefois pas de confiance en elle, puisqu'elle s'est dirigée vers moi quand nos regards se sont croisés.

— Vincent, t'arrives au bon moment!
— Pourquoi?
— Parce que j'ai enfin un ami qui me tordra pas le bras pour danser!
— Au risque de te décevoir, j'allais te proposer une valse viennoise.

— Tu sais même pas c'est quoi.

— Tu veux gager?

Éliane a esquissé un sourire. Ses yeux pétillaient et j'ai senti mes genoux fléchir, mon cœur s'emballer, mon monde basculer. C'était la première fois que des dents exposées à l'air libre me faisaient un tel effet et, déjà, j'étais accro. Je venais de succomber à une dépendance plus forte que n'importe quelle drogue. Faire rire Éliane était ma nouvelle raison de vivre. Je n'avais pas simplement quelques papillons dans le ventre, j'en avais des millions, la migration du monarque au grand complet : les naissants, les mourants, les chenilles et les chrysalides se mêlaient dans un ouragan orange et noir.

— Décidément, si tu danses toi aussi, ça va me prendre un autre ami!

— Je peux faire une exception.

— Ah oui? Tu ferais ça pour moi?

— Seulement pour ce soir.

— Yes!

Elle a levé la main pour me présenter sa paume et je lui ai rendu son high-five.

— Il y a une table là-bas, on y va?

Suivre Éliane m'avait quasiment donné une crampe aux muscles des yeux. Je peinais à les garder à une hauteur acceptable, ils n'avaient envie que d'explorer ses formes. Et juste comme ça, j'avais complètement oublié les gars avec qui je m'étais pointé à cette soirée.

Éliane et moi avons discuté de la période d'évaluation qui s'amorçait, de nos projets pour le mois de vacances qui se profilait à l'horizon, au bout du tunnel avec la lumière, les anges et tout le tralala religieux, et du fait que nous n'aurions plus de cours ensemble à la prochaine session.

— Je suis déçue de perdre mon partner de travaux longs en philo, a déploré Éliane. Ils l'étaient un peu moins en ta compagnie.

— Tu te souviens avant la relâche, quand on avait bûché sur notre examen maison jusqu'à trois heures du matin ?

— Tu parles de la fois où on a jasé dans le sous-sol chez tes parents jusqu'aux petites heures et qu'on a bouclé la rédaction en vitesse parce que j'ai vu l'heure et que je devais rentrer avant que mes parents alertent le SPVM au grand complet ?

— Exactement ! On a quand même eu 90 %.

— Parce que je l'ai révisé le lendemain avant de le remettre. C'était du gros n'importe quoi, ce qu'on avait écrit. Aucune phrase se tenait.

— C'est peut-être parce que c'était un travail de philo et que ça nous intéressait pas tant.

Éliane a bu une gorgée de son piña colada en me fixant droit dans les yeux. J'ai pris ma pinte de bière pour l'imiter ; je ne savais plus quoi faire de mes mains et, à bien y penser, du reste de mon corps.

— J'ai une idée ! s'est exclamée Éliane. Si on peut plus se voir dans les cours, on pourrait se voir en dehors.

— Qu'est-ce que t'as en tête ?

— On pourrait aller patiner. Ça te tenterait ?

— Seulement si on va boire un chocolat chaud après.

— C'est un rendez-vous.

Nous sommes partis du bar vers minuit. La ville s'était assoupie. De rares automobiles qui surgissaient de nulle part troublaient la quiétude. Elles disparaissaient presque aussitôt, comme des rêves éphémères que l'on oublie.

La lueur des lampadaires et les enseignes des commerces du coin éclairaient nos pas tandis que je raccompagnais Éliane jusqu'au métro. Le ciel nuageux était lourd, oppressant et arborait une teinte orangée – celle de la pollution lumineuse. Mes oreilles bourdonnaient, elles n'étaient plus habituées à si peu de bruit : au son des feuilles séchées qui virevoltaient sur le sol au gré du vent, à un éclat de rire lointain, au grincement des freins d'un autobus qui s'arrêtait derrière nous.

— Finalement, c'était une bonne idée de venir, a conclu Éliane. Si Jade avait pas insisté, je serais restée dans ma chambre pour étudier.

— C'était aussi mon intention. C'est Jacob qui m'a dit que Jade et toi seriez là...

— Attends, est-ce qu'ils essayaient de nous matcher ?

— Tu penses qu'ils ont réussi ?

Éliane n'a pas répondu. Elle a baissé la tête d'un air gêné, pour regarder où elle mettait les pieds. Son silence était la plus belle réponse qu'elle pouvait me donner. J'aurais quand même voulu savoir à quoi elle pensait.

Nous devions tous deux emprunter la ligne orange pour retourner chez nos parents ; elle prenait la direction Montmorency tandis que j'allais vers Côte-Vertu. Je l'ai accompagnée jusqu'à son quai, où j'ai attendu avec elle.

— Tu sais, je suis une grande fille, je peux attendre toute seule.

— Je préfère rester. Je me sens mal de t'abandonner à la faune de fin de soirée. T'es certaine que tu veux pas que je te raccompagne chez toi ?

— Ça va, je t'assure. C'est pas ma première fois.

Je n'étais pas prêt à ce que cette soirée se termine, mais la rame de métro qui a surgi du tunnel sombre en a décidé autrement. Le train s'est immobilisé, puis Éliane est montée à bord avant de se retourner pour m'adresser un dernier sourire. Nous nous sommes regardés quelques secondes et, sur un coup de tête, elle m'a volé un baiser. Ce fut un moment aussi magique qu'éphémère : la porte du wagon nous a séparés et le métro s'est remis en marche, sans nous laisser le temps de dire quoi que ce soit. Je suis demeuré sur le quai en regardant Éliane s'éloigner au travers des fenêtres du train.

Ce soir-là, je suis rentré chez moi en écoutant du Blink-182. J'avais les mains dans les poches, les écouteurs sur les oreilles et la tête remplie de rêves de cette vie qui se dessinait devant moi. J'aimerais revivre l'intensité de ces sentiments. Le quotidien s'est montré impitoyable pour notre couple. J'ai tout ce que je désire et, pourtant, la flamme qui m'animait s'est éteinte. Je suis persuadé qu'il ne faudrait qu'une étincelle pour la raviver, mais j'ignore comment m'y prendre.

Les heures passent vite au travail, tellement je suis perdu dans mes pensées et mes souvenirs. C'est le seul avantage du sentiment de solitude qui grandit en moi depuis des mois. Je tente de le réprimer en me répétant que c'est temporaire, que c'est simplement un passage plus difficile, comme j'en ai traversé d'autres, cette fois-ci par contre, c'est différent. J'ai peur d'en perdre le contrôle et que, bientôt, il devienne une tempête qui déferlera sur la plage de mon ennui.

La soif m'a ramené à la réalité en début d'après-midi. En allant remplir ma bouteille d'eau, ma journée a pris une tournure inattendue. C'est avec le cœur attristé par mon amour fané, qui ne demande qu'à battre de nouveau, que j'ai rencontré Aurélie.

Éliane

Les soupers de famille du dimanche sont sacrés pour ma mère, qui en organise chaque mois. Même si j'adore mes parents et mes sœurs, le moment m'apparaît parfois mal choisi, surtout quand je sens que le retour insidieux du stress du lundi gâchera ma nuit, qu'il reste de la lessive à faire ou des lunchs à préparer. J'aimerais, une seule fois, passer un week-end en pyjama sans que personne me demande quoi que ce soit. Je prendrais congé de tout pour m'adonner à l'avachissement intensif. Je ne serais plus une mère, une fille ou une compagne, je me changerais en loque humaine, et si on me posait une question, je répondrais par un grognement. That's it! Mon plus grand rêve. Bon, pas le plus grand, mais certainement le plus accessible. Un baume pour mes angoisses, celles dont je n'ose pas parler pour éviter d'avoir l'air incapable d'affronter les défis du quotidien. Autrefois, je me confiais à Vincent, mais plus maintenant. J'ai peur qu'il se tanne si je déverse mes inquiétudes sur lui. C'est sans doute mieux pour les enfants, pour lui, pour moi, pour mon couple. Je nous préfère légèrement dysfonctionnels qu'éclatés. Après tout, ça nous place dans la moyenne.

Au lieu de m'accorder un rarissime moment solitaire, je rassemble la famille à bord de notre camionnette, direction Sainte-Thérèse. Le trafic est lourd sur la 15 en cette fin d'après-midi, me donnant un aperçu de ce que ce sera demain matin. La lenteur s'explique par un accident en sens inverse, à la sortie du pont Gédéon-Ouimet. En voyant une auto renversée sur son toit, je me dis que mon dimanche pourrait être bien pire.

Nous arrivons chez mes parents sous un ciel menaçant qui plombe la ville, alors que les lampadaires s'allument un à un pour laisser tomber leur lumière orangée sur l'asphalte mouillé, comme pour nous rappeler notre manque de ponctualité. Impossible de savoir si le soleil s'est couché au cours du trajet. Le quartier est déjà désert. Seule la silhouette diffuse d'un marcheur l'anime. Si certaines villes ne dorment jamais, celle-ci est plutôt du genre à se mettre au lit tôt, après avoir bu une tisane à la camomille et mis son dentier à tremper.

Nathan sort de la camionnette et file à toute vitesse vers la porte d'entrée pour y improviser un concert avec la sonnette. Ma mère lui ouvre presque aussitôt. Si je la connais aussi bien que je le pense, elle se tient dans un rayon de deux mètres de la porte depuis que la trotteuse de l'horloge lui a indiqué que nous avions une seconde de retard. Nous en accumulons maintenant quelques milliers.

— Vous êtes enfin là ! J'avais peur qu'il vous soit arrivé quelque chose de grave. Voulez-vous bien me dire ce qui vous a retenus ?

— Il y avait un accident sur l'autoroute, dis-je sans spécifier que nous sommes partis plus tard que prévu, parce qu'il est impossible pour une famille de quatre d'être prêts en même temps.

— Vous êtes corrects, j'espère !

— Ben oui, ma belle maman qui s'inquiète pour rien.

Je lui donne des becs sur les joues et elle me serre dans ses bras réconfortants, comme si elle avait réellement eu peur qu'il me soit arrivé malheur. Durant un instant, je me sens redevenir la petite fille qui avait besoin de cette étreinte qui la protégeait du monde entier. Je ne peux pas la blâmer de sa réaction, j'aurais eu la même. Est-ce que la facilité à se tracasser est un talent héréditaire ? Si oui, j'ai de très bons gènes. Assez poche, mon superpouvoir.

La maison est animée par des discussions et des cris d'enfants. Ma sœur Stéphanie arrive toujours la première, même si elle habite à Québec. Elle est debout, entre le salon et la cuisine, pour surveiller ses jumeaux qui ont érigé une forteresse avec les coussins du sofa. Elle est enseignante au primaire et gère le monde comme si elle était dans sa classe, prête à intervenir au moindre débordement. Sa garde-robe est composée de pantalons gris ou noirs et de chandails fades : des vêtements furtifs pour un espion qui voudrait infiltrer un rassemblement de matantes. Stéphanie, c'est la plus vieille de la famille et elle incarne son rôle à merveille. Je me demande à quel moment elle a tourné le dos à sa joie de vivre. Est-ce une décision réfléchie ou est-ce arrivé un bon matin, sans avertissement ? Les trois ans qui nous séparent me font appréhender le pire. Je refuse de lui ressembler, de perdre les derniers fragments de ma jeunesse, et je ne veux pas que Vincent devienne comme son chum, Éric, qui se tient dans son ombre, mort intérieurement. Un zombie tout juste assez fonctionnel pour maintenir à flot leur compte en banque et boucler la tournée des arénas le week-end. Contrairement à Stéphanie, qui est verbomotrice, lui ne parle presque jamais, sauf pour acquiescer quand sa douce émet son opinion. Vincent prétend que c'est le syndrome de Stockholm qui les garde unis. Je ne peux pas lui donner tort.

La famille se disperse selon l'ordre habituel : Nathan rejoint ses cousins, Vincent s'assoit à table avec mon père qui sirote une bière, sa nouvelle trouvaille de microbrasserie, et Océane et moi suivons ma mère à la cuisine.

— T'as besoin d'aide, maman ?

— Tout est sous contrôle. Le poulet cuit dans le four et je viens de partir les légumes et le riz. Il manque juste la sauce barbecue que je vais faire tantôt.

— C'est quoi le dessert ? s'intéresse Océane.

— Toi, tu poses les vraies questions ! commente Claire. Tu vas voir tout à l'heure...

Ma sœur Bianca arrive une demi-heure plus tard avec son nouveau chum, Christopher, sans trop comprendre pourquoi ma mère était aussi impatiente de la voir.

— J'avais oublié que j'avais un entraînement à l'uni avec des amies, se justifie-t-elle en haussant les épaules.

Bianca, c'est la tête en l'air de la famille, le cadeau-surprise, née presque dix ans après moi. Elle est cute à mort et elle le sait très bien, alignant les fréquentations et n'hésitant pas à se débarrasser des poids morts au moindre accroc. Elle arbore toujours la petite robe lumineuse qui s'agence à merveille avec sa personnalité. Étudiante en psychologie, elle trouve le temps de pratiquer l'escalade, tant pour conserver sa silhouette sculpturale que les abonnés de son compte Instagram. Mes parents la considèrent comme irresponsable, limite dévergondée ; moi, j'envie son anticonformisme, celui que je ne me suis jamais accordé.

— Matante B ! s'exclame Océane en courant vers elle.

Bianca lui fait un câlin – avec un bruit d'effort exagéré comme Océane les aime – et lui tend ensuite un sac.

— J'ai trouvé ça pour toi dans mes affaires, explique-t-elle. C'est une vieille poupée que ta mère m'avait donnée quand j'étais enfant. J'ai pensé qu'elle te serait plus utile qu'à moi.

Océane retire la poupée du sac et je m'étonne de revoir ce jouet que je croyais disparu. Je m'imagine à l'âge de ma fille, quand j'improvisais le quotidien de mes personnages de plastique dans le salon de mes parents. J'étais du genre à leur donner des noms compliqués et des vies qui l'étaient tout autant. Mes après-midi étaient des épisodes des *Feux de l'amour.* Il y avait des rivalités, de la romance, des méchants, des vols et, une fois où j'étais allée trop loin pour ma mère, une décapitation... avec mes dents. Je me revois aussi à quelques semaines de mon départ définitif de la maison, lorsque j'ai remis ma dernière poupée à Bianca pour qu'il lui reste quelque chose de moi. C'était ma préférée, celle que j'avais gardée en souvenir dans une boîte au fond de ma garde-robe, et que je lui avais prêtée à quelques reprises ; un privilège qui la remplissait à coup sûr d'un bonheur contagieux. Je me souviens encore de ses mots.

— Je la veux pas, ta poupée, avait-elle affirmé, à mon grand étonnement.

— Tu l'aimes plus ?

— C'est pas ça...

— Alors, qu'est-ce qui se passe ?

— Je suis rendue trop grande pour jouer aux poupées et si je pouvais choisir, c'est toi que je garderais.

— Bianca, je peux pas habiter ici toute ma vie.

— Et si Vincent venait vivre dans ta chambre ? Vous auriez pas besoin d'un appartement !

— C'est pas si simple...

— Dans ma tête, ça l'est ! Il faudrait que tu puisses regarder dedans, tu verrais !

J'étais allée pleurer dans la salle de bain. Beaucoup. J'avais déversé la peine que je ressentais ; celle de vieillir, de réaliser que plus rien ne serait pareil. Je quittais un endroit plein de souvenirs heureux pour en construire un où il y en aurait autant sinon plus. Un vertige qui n'avait pas pour autant remplacé mes rêveries, quand je pensais à mon futur, et à mon bonheur d'aller habiter avec Vincent. Même si cheminer dans ma vie d'adulte m'apparaissait parfois aussi compliqué que monter un meuble suspicieusement abordable acheté sur un site Internet obscur, j'avais hâte de voir ce qui m'attendait. Je chassais mes craintes en tentant de me convaincre qu'au pire, tout se rapièce avec du *duct tape* et que mon plan était plus clair que celui d'une étagère bon marché.

J'étais loin de me douter, à cette époque-là, que la poupée reviendrait dans ma vie par l'entremise de ma fille.

— Une poupée de l'ancien temps! se réjouit Océane. Je les trouve drôles avec leurs jambes trop longues.

— Ouf! L'ancien temps! Exagère pas!

— Il faut que t'assumes ta vieillesse, Éliane! me taquine Bianca. Tu savais, ma belle Océane, que ta mère allait à l'école dans une caverne, avec un manteau en peau de mammouth?

— Pour vrai? demande Océane, les yeux remplis de questions. Maman, t'as déjà vu un tyrannosaure?

— Ça y est. Aux yeux de ma fille, je suis rendue une néandertalienne croulante.

— Ça nous arrive tous un jour, m'encourage ma mère. Moi, c'est quand j'ai arrêté de comprendre vos nouvelles bébelles électroniques. Je pense que c'est ça qu'on appelle l'obsolescence programmée.

Elle éclate de rire et passe une main dans mon dos pour me réconforter. C'est bien essayé, sauf que ça ne fonctionne pas.

Après le plat principal digne d'un mukbang, ce fut la tarte au sucre pour tout le monde. Pour ma mère, le dessert est sacré et si j'ai le malheur de demander la plus petite portion possible, je me retrouve avec la plus grosse. Pour s'assurer de ne laisser aucune artère débouchée, ma mère récompense ceux qui réussissent à venir à bout de leur pointe avec des beignes. Chez mes parents, le concept d'alimentation santé se range dans le placard d'entrée, avec les manteaux et les gants.

En sortant de table, tandis que la production d'insuline tourne à plein régime, Stéphanie décrète qu'Éric et Christopher laveront la vaisselle pendant qu'elle s'occupera des enfants. Bianca se joint à eux pour essuyer. Vincent, quant à lui, se rend au garage avec mon père, qui insiste pour lui montrer ses nouveaux outils, ceux qu'il a achetés pour profiter d'une promotion intéressante. La démonstration s'avère aussi inutile que la scie sauteuse : mon père ne fait presque plus de rénovations et Vincent devrait arrêter d'en faire pour sa santé mentale. Voyant que tout est sous contrôle, je me retire discrètement dans mon ancienne chambre du sous-sol pour m'étendre sur mon lit.

Il ne reste plus rien de ce qui m'appartenait dans la pièce transformée par ma mère pour accueillir ses petits-enfants. Pourtant, je n'ai pas besoin de fermer les yeux pour m'imaginer comment elle était autrefois. Ma bibliothèque trop grande devenue un gouffre financier à force d'essayer de la remplir d'une pile à lire qui grandissait sans cesse. Les guirlandes de lumière qui pendaient du plafond et qui ont laissé des trous là où j'avais planté des clous pour les retenir. Le fauteuil suspendu si confortable où je m'enroulais dans une couverture de laine. Mon bureau de travail toujours encombré de livres d'école et d'un sac à dos.

C'est d'ailleurs dans cette pièce, à deux semaines de notre déménagement dans notre premier appartement,

au milieu de boîtes déjà bien remplies, que Vincent avait voulu me faire une surprise.
— T'avais quelque chose de prévu ce soir?
— Non, pourquoi?
— On en a pour un bon trois heures, si c'est pas plus.
— On va faire quoi, au juste?
— Je peux pas te le dire, pour pas gâcher la surprise.
— C'est surtout pour savoir si je dois me changer ou apporter quelque chose.
— T'es parfaite comme ça. Inquiète-toi pas, j'ai tout prévu.
— La dernière fois que tu m'as dit ça, j'ai fini en jupe dans un centre d'escalade.
— Bon, si t'insistes, tu devrais mettre des vêtements que t'auras pas peur de salir.
— Il me semblait bien!

Nous avions fait une heure et demie de route jusqu'à la ferme laitière d'un oncle de Vincent. La fille de ville que je suis avait tout de suite été charmée par l'odeur et la phénoménale quantité de mouches.

— Est-ce qu'on est venus pour traire des vaches? dis-je en remarquant qu'il y en avait une trentaine dans un champ.
— Non, tout est automatisé, maintenant. Par contre, il y a toujours du fumier à ramasser dans la grange, si ça t'intéresse.
— Moi qui étais sur le point de te dire que c'était une idée de sortie vraiment romantique...
— Sans blague, si tu veux essayer, mon oncle pourrait nous arranger ça. Sauf que c'est pas pour ça qu'on est ici.

Nous étions entrés dans l'étable où des vaches, la tête passée par une armature de métal et le cou étiré, broutaient le foin entassé le long du couloir principal. D'autres vaches étaient couchées dans des logettes, en retrait. Puis il y en avait une qui semblait perdue, au milieu de l'enclos. Elle ne faisait absolument rien et fixait le vide. Vincent avait supposé que son programme avait bogué.

Nous nous étions rendus jusqu'au fond, où Vincent m'avait pointé une boîte de carton.

— C'est là-dedans!

— Je te préviens, si c'est un mauvais coup et qu'il y a une bouse dans la boîte, je te reparle plus de la semaine!

— Ben voyons! Je te ferais jamais ça!

— Tu l'as pas fait juste parce que t'as pas eu l'idée. Je le vois dans ta face!

— Mouin, d'ailleurs, je m'en veux... C'est une occasion ratée...

En ouvrant la boîte, j'avais inspiré profondément, gagnée par une joie intense.

— Ils sont donc bien mignonnets-jolis-tout-p'tits-à-croquer! avais-je apprécié, la voix haletante.

Cinq chatons dormaient sur une couverture de laine, collés contre leur mère. Ils étaient tigrés, couleur caramel, sauf un gris. C'est celui que j'ai pris. Il a à peine ouvert les yeux. Il paraissait si fragile au creux de mes paumes que j'avais peur de lui faire mal à chacun de mes mouvements. Je le sentais trembler de froid, ses griffes minuscules s'enfonçaient dans ma peau. Je flattais du bout des doigts son poil si doux que j'en aurais implosé de jubilation.

— J'étais convaincu que c'est celui que tu choisirais.

— Tu veux qu'on adopte un chat?

— Mon oncle me l'a offert. Il sait qu'on part en appartement. Avant que tu poses la question, j'ai vérifié avec notre proprio et c'est permis.

— T'es vraiment sérieux? Parce que si tu l'es pas et que je me fais des attentes, ça va me faire mal.

— À 100 %. Comme ils sont pas sevrés, ils devront rester ici encore quelques semaines. Mais si tu veux, on peut réserver le petit gris. Ça nous engage à rien. Mon oncle comprendra si on peut pas le prendre, finalement.

— D'accord, on le réserve ! Et on changera pas d'idée !

J'avais redéposé le chaton dans sa boîte et j'avais ensuite serré Vincent dans mes bras. Je n'arrivais pas à croire qu'il nous accompagnerait dans notre nouvelle vie. Qu'il grandirait avec nous, dans notre quotidien, observerait nos élans de bonheur, me réconforterait quand j'aurais de la peine, que je le prendrais parfois contre son gré pour une intense heure de zoothérapie, qu'il ferait partie de ce que j'osais imaginer comme le début de notre famille.

— Il a un nom ? me suis-je intéressée.

— Grisette. C'est la seule femelle de la portée, selon mon oncle.

— Ben là ! Certainement pas ! Je préfère... euh... Féline Dion !

— C'est pas mieux !

— C'est soit ça ou Adèle Croteau.

— Bon, OK pour Féline Dion...

— Yéééééé ! Je suis tellement contente !

J'étais déjà en amour avec Féline, je n'arrivais plus à m'en détacher les yeux. Rentrer chez moi a été un minideuil, elle me manquait même si je venais de la connaître. Ce soir-là, je me suis endormie en m'ennuyant de Vincent, comme c'était le cas chaque fois que nous nous séparions, bien qu'il ait temporairement été surclassé dans mon cœur par un petit animal encore plus mignon. C'est un mois plus tard, juste avant le début de ma session universitaire, que nous sommes repassés à la ferme de l'oncle de Vincent pour récupérer notre nouvelle compagne. Elle était restée sur mon épaule tout au long du trajet de retour pour regarder par la fenêtre avec de grands yeux, miaulant de temps à autre quand elle apercevait des oiseaux qui filaient dans le ciel. Même si elle nous avait tenus réveillés jusqu'en octobre, parce qu'elle adorait attaquer nos pieds qui bougeaient sous les draps, je ne l'aurais échangée sous aucun prétexte.

— Dis-moi pas que t'es encore en train de rêvasser aux gars! me nargue ma mère en entrant dans la chambre, me ramenant à la réalité. Vincent serait jaloux!

— Tellement mon genre, d'abord!

— Quand t'étais ado, tu perdais des soirées couchées sur ton lit. Je me suis toujours demandé ce qui te brassait autant les méninges.

— J'étais du genre à repasser dans ma tête une conversation inconfortable avec une amie, à m'en faire avec l'oral du lendemain ou à essayer de concilier mes périodes d'études avec mes heures de travail à la boutique de maillots.

— Et là, qu'est-ce qui te préoccupait?

— Rien en particulier. J'étais plongée dans des vieux souvenirs. Toi, qu'est-ce que tu fais au sous-sol?

— J'étais pus capable d'endurer tes sœurs!

— C'est vrai qu'elles sont intenses quand elles s'y mettent. Elles s'obstinent à propos de quoi, aujourd'hui?

— Noël.

— C'est pas un peu tôt pour ça? On est même pas à la mi-novembre.

— Y a rien à leur épreuve!

Les voix qui proviennent du rez-de-chaussée me le confirment. Bianca vient d'annoncer qu'elle passera les fêtes en République dominicaine, ce qui a indigné Stéphanie qui devra, ô grand malheur, fêter *son* Noël une autre date que le 24 ou le 25.

Ma mère ferme la porte de la chambre derrière elle pour couper les voix.

— Tsé, pour moi, Noël c'est juste un prétexte pour vous voir pis vous gâter un peu. Partager du bon temps en famille, c'est pas obligé d'être compliqué.

— Je vais leur parler. Habituellement, je suis une bonne médiatrice.

— Je m'ennuie du temps où c'était plus simple, quand on passait les fêtes en famille, au chalet. En plus, si Bianca voulait de la chaleur, avec le foyer, elle en aurait eu.

— Je suis pas certaine que c'est ce qu'elle a en tête. Et le chalet, maintenant qu'il y a les enfants, il serait petit, non?

Ma mère s'assoit sur le coin du lit et fixe le sol un instant. Elle reprend la parole, sans me regarder.

— Je t'avais pas dit que j'avais une grosse semaine qui m'attend. Lundi, on a un rendez-vous au garage pour les freins. Ton père pense qu'ils sont encore en train de coller. C'est la deuxième fois que ça arrive en six mois. Pis mardi, je retourne chez mon médecin. Imagine-toi donc qu'ils m'ont découvert une masse. Mercredi, c'est ma coloration chez Yvette et jeudi, je...

— Reviens en arrière. C'est quoi cette histoire de masse?

— Une petite affaire de rien du tout dans un sein. Il y a pas de quoi t'inquiéter.

— C'est pas le cancer, j'espère.

— Le cancer! Te v'là partie avec tes grands mots.

— C'est quoi, alors?

— Si je le savais, j'aurais pas besoin d'y retourner. Je me souviens plus de tout, ils m'ont parlé de tumeur et de biopsie.

— Maman, tu dis que je devrais pas m'en faire, mais c'est pas des bonnes nouvelles.

— Pour l'instant, c'est pas des nouvelles, c'est juste des tests. Ils sont précautionneux. C'est rassurant, dans le fond.
— Veux-tu que j'y aille avec toi?
— Perds pas une journée d'ouvrage pour moi.
— Je te connais, maman. Si tu m'en as parlé, c'était pour avoir quelqu'un qui peut te comprendre. C'est décidé, je vais aller chez ton médecin avec toi.
— Ton père va m'accompagner.
— Il va tellement stresser qu'il écoutera pas. C'est mieux d'avoir deux paires d'oreilles attentives pour ces affaires-là. Essaie pas de me faire changer d'avis.

Claire me serre dans ses bras; elle espérait cette réaction de ma part. Maintenant que je suis une mère, je comprends à quel point elle a toujours dû se montrer forte pour porter le poids des angoisses de ses trois filles, en plus des siennes. C'est à mon tour de l'être pour elle.

Vincent

Depuis plusieurs semaines déjà, j'ai pris l'habitude de dîner tard. J'ai tendance à me perdre dans ma tête quand je travaille et je ne vois pas les heures s'envoler. Je pense souvent à Éliane, je me demande pourquoi notre relation est au point mort. Comment peut-on passer autant de temps avec une personne et s'en éloigner de jour en jour? Hier soir, notre seule véritable activité de couple a été de tirer les couvertures dans le lit. J'aimerais bien trouver le moyen de me rapprocher d'elle, mais chaque tentative se solde par un échec. Lui proposer un week-end en amoureux, c'est me faire déballer le contenu de notre agenda surchargé pour que je comprenne que c'est impossible. Quand je l'enlace après une journée de travail, j'ai l'impression de lui faire gaspiller de son temps trop précieux. Si je veux l'embrasser, je dois bien choisir mon moment pour éviter de la déranger, idéalement, lorsqu'elle n'a ni couteau de cuisine ni cellulaire dans les mains. Alors, j'espace les gestes affectueux en sachant que ça n'aide en rien.

La faim m'a tiré de mes tracas en début d'après-midi. Pour gagner du temps, je décide de manger à mon bureau sans même réchauffer mon lunch – de l'extrême paresse. J'en viens à me questionner sérieusement sur mes priorités en mordant dans une fève à moitié décongelée.

Je songe pour un instant à me forcer à engloutir le tout. Je me ravise à la deuxième bouchée en m'apercevant que Ludivine, ma voisine de bureau qui a des airs de Lisbeth Salander avec ses cheveux noirs et ses piercings, me dévisage avec une expression de dédain.

— J'ai oublié de le réchauffer.

— J'aimerais te dire que je te juge pas... mais je te juge solidement!

— Mon plat est presque décongelé.

— Parce qu'il était congelé, en plus! *Vince, get your shit together!*

— Bon, ça va!

Je remets mes écouteurs sur mes oreilles pour couper la conversation. Je quitte mon bureau et je parcours l'aire de travail, lunch en main, en saluant d'un signe de tête les collègues que je croise. J'arrive à la cafétéria et ma musique cesse: la connexion sans fil à mon ordinateur s'est rompue. À peine ai-je retiré mes écouteurs que j'entends mon nom, derrière moi.

— Vincent! Salut!

Aurélie est assise à une table et m'envoie la main. Elle porte un tricot dans lequel se perd sa silhouette élancée. Ses cheveux tombent sur ses épaules et, en suivant ses boucles du regard, je vois poindre un tatouage au creux de son cou. Je me demande ce qu'il représente.

— Enfin un peu de compagnie! Je commençais à croire que j'allais manger toute seule.

— Euh, c'est-à-dire que...

Je songe à lui répondre que j'avais l'intention de retourner à mon bureau, mais son sourire me convainc de rester. Je me sens mal de la décevoir et je n'ai pas adressé plus de deux phrases à un être vivant depuis que je suis au bureau. Il faut bien que je socialise un peu.

Le micro-ondes sonne, je prends le plat brûlant – au contenu probablement encore glacé – et je m'assois en face d'Aurélie. Ses yeux pers, qui ont la douceur et la couleur du miel, fouillent mon visage. Si j'étais un fin connaisseur, je décrirais son parfum comme ayant des notes d'agrumes et d'écorce de noix de coco qui lui donnent une inspiration côtière, tropicale, égayée par une toute petite touche de vanille. Comme je n'y connais rien, je me contente d'observer qu'elle sent bon en maudit.

— Comment s'est passé ton premier mois ? dis-je, avant qu'un malaise s'installe entre nous.

— Le rythme m'étourdit ! Je sais pas si je vais parvenir à m'adapter.

— C'est toujours comme ça quand on achève le développement d'un jeu. C'est mon troisième et chaque fois, c'est pareil : de longues heures, pas de rémunération additionnelle et un cadeau cheap à la fin.

— En tout cas, j'ai du travail pour deux !

— J'en ai pour trois. Si tu veux, je partage !

— Ça va aller.

— Dommage.

— Au fait, c'est quoi ton titre d'emploi ? La fille des RH l'a dit quand elle nous a présentés, l'autre jour, mais je l'ai oublié.

— Animateur 3D.

— Eh bien ! Je savais même pas que ça existait. Concrètement, tu fais quoi de tes journées ?

— En gros, je reprends le contenu créé par l'équipe du MoCap et je l'adapte pour les cinématiques.

— En français ?

— Je retouche la capture de mouvements.

— Est-ce que t'es le seul animateur ?

— Non, pas du tout. On est une vingtaine. Il y a des tonnes de choses à animer dans un jeu, que ce soit les ennemis, la végétation ou les animaux. Tout ce qui bouge pour rendre les scènes plus réalistes.

— Ah bon, j'y avais jamais pensé... Répète-le à personne, mais je suis pas une gameuse. J'ai réussi à me faufiler dans les entrevues en faisant du name dropping : Mario, Zelda, *Final Fantasy*...

— T'aurais pu trouver pire.

— Pas mal, han ?

— Juste pour vérifier tes connaissances générales, est-ce que le nom *Elden Ring* te dit quelque chose ?

— Non...

— Dans ce cas, je suis désolé, je vais devoir te dénoncer. C'est pas de ma faute, je te jure ! Si tu connais pas un des meilleurs jeux de tous les temps, je me demande comment t'as abouti ici.

Aurélie sourit en mordillant le bout de sa langue entre ses dents.

— Plus sérieusement, même si notre environnement de travail est exigeant, tu vas voir, l'équipe est extraordinaire. Les sacrifices en valent la peine, même si ça rend la conciliation avec la vie personnelle difficile.

— T'arrives encore à avoir une vie personnelle, toi ?

— Je sais, c'est dur à croire !

— J'imagine que j'aurai l'occasion d'en avoir une plus tard. Je suis encore jeune...

— T'as quel âge ?

— Ça se demande pas à une fille, ça.

— Oups, désolé.

— Je me moque de toi ! J'ai vingt-quatre ans.

— Ah oui ?

— Tu me donnais combien ?

Un voyant rouge s'illumine dans ma tête. L'univers tout entier, bien qu'infini, ne contient aucune bonne réponse à cette question, je demeure donc évasif :
— Entre treize et quarante-six.
— En plein dans le mille ! T'es trop fort ! Et toi, t'as quel âge ? Vingt-huit, vingt-neuf ?
— Trente-quatre.
— Quoi ? On a dix ans de différence ! C'est fou !
— Euh, ouais...
— T'en as pas l'air, en tout cas. T'es très bien conservé.
— T'es gentille, mais j'ai un petit surplus de poids.

Au cours des derniers mois, j'ai adopté la mode des vêtements serrés sans le vouloir, à coups de repas copieux et d'exercice de plus en plus rare, ce pour quoi je blâme une douleur au genou, même si c'est en réalité du laisser-aller. Avant le crunch, j'avais une meilleure hygiène de vie. Je m'entraînais au gym du bureau le midi ou en fin de journée, je jouais au soccer dans l'équipe de la compagnie contre les agents d'assurances de l'immeuble voisin. L'habitude s'est perdue au fur et à mesure que le travail m'a englouti.

— Ça te fait un petit coussin, reprend Aurélie. Ta blonde doit aimer ça. C'est cosy.
— Aucune idée.
— T'as pas de blonde ?
— J'en ai une, mais elle est plutôt du genre à me conseiller de surveiller mon alimentation pour réduire mes risques de faire du diabète, de l'hypertension, des kystes aux ovaires et plein d'autres maladies qui ont l'air graves.
— Pfft, tellement probable, les kystes aux ovaires ! En tout cas, moi, je te trouve correct comme ça.

Elle me décoche un clin d'œil et je ne sais plus quoi lui répondre.

— Tu pourras te soucier de ta santé plus tard. En attendant, profite de ce qu'il te reste de jeunesse.
— Ce qu'il me reste !
— Ouais, dans six ans, t'auras quarante. Tu vas officiellement rentrer dans le club des vieux.
— Merci du rappel !
— C'est pas nécessairement un défaut. Les acteurs que je trouve les plus beaux ont tous plus que quarante ans.
— Content de voir que je suis pas une cause perdue !
— Pas encore...

Aurélie s'amuse de ma réaction en avalant une bouchée de salade. La conversation est si facile avec elle que j'ai l'impression de la connaître depuis toujours.

— Et toi, ton travail, c'est quoi ? Je sais que t'es dans l'équipe marketing, mais c'est tout.
— Je suis gestionnaire de réseaux sociaux. Avec la sortie du jeu qui approche, la communication avec les joueurs tourne à plein régime. Notre calendrier de publications déborde. C'est fou, j'ai jamais vu ça dans mes autres emplois.
— Tu travaillais où auparavant ?
— Pour un salon funéraire.
— C'est vrai que ça devait être différent. Les publicités de pierres tombales sont rares sur les réseaux sociaux.

Aurélie s'amuse de ma remarque et je sens son pied me toucher le genou, sous la table, alors qu'elle croise ses jambes.

— Non, là-bas, c'était un contrat pour dépoussiérer l'image de marque : revoir le logo, le positionnement dans le marché, le slogan...
— Les salons funéraires ont un slogan ? Ça ressemble à quoi ? "Pour une incinération réussie, choisissez Pompes

funèbres Landry" ou peut-être "Les cercueils Lemieux : parce que pépère mérite le mieux".
Aurélie rit de plus belle. Elle place une main devant sa bouche pour se retenir de cracher sa gorgée d'eau. Il y a longtemps que je n'avais pas eu un public si réceptif à mes jeux de mots. Ça me fait du bien d'avoir quelqu'un avec qui avoir des conversations aussi légères, sans attente particulière.
— Non, c'est plus solennel, dans le genre : "Paix et confiance."
— Décevant.
— T'aurais été drôle dans les séances de brainstorming... C'est dommage qu'on soit pas dans le même département. Je sais! T'aurais envie d'embarquer dans le club social? Je viens de m'inscrire et il nous manque des membres sur le comité organisateur.
— Le club social... c'est que...
— Ça demande presque pas de temps. On se réunit sur l'heure du dîner, deux fois par mois. Actuellement, on organise le party de Noël.
— Ça tombe mal, j'y vais plus.
— Pourquoi?
— Les dernières années, c'était moyen.
— C'est exactement pour ça que tu dois te joindre à nous! Pour pouvoir changer les choses. Sois pas dans le clan des chialeurs, mais dans celui des changeurs!
— C'est quoi, t'es la Che Guevara des partys de bureau?
— En plein ça! Je fais la guérilla au monde plate avec des ballons gonflés à l'hélium et des consommations gratuites. *Viva la revolución*!
— Je vais y réfléchir.
— Ça, ça veut habituellement dire non.
Aurélie pousse un soupir de résignation et pique une feuille de laitue avec sa fourchette. Elle la regarde comme

si elle n'avait soudainement plus d'appétit. Je n'ai jamais été du type à participer aux activités du club social, mais d'un autre côté, j'ai besoin de casser ma routine.

— Bon, OK, j'accepte, mais je...
— Super! Toi, tu viens de faire ma journée! T'es pas mal cool pour un presque vieux.
— Attends, j'ai pas eu le temps de préciser mes conditions.
— Brise pas le moment!

Dans quoi est-ce que je me suis embarqué? J'essaie de me convaincre qu'un peu de nouveauté me fera le plus grand bien, mais la seule image qui me vient en tête, c'est la dernière soirée karaoké de la compagnie à laquelle j'ai assisté. À la prochaine, je me promets d'imposer un règlement: confisquer les cellulaires à l'entrée. Ça empêchera la circulation, le lendemain, d'une vidéo de moi qui chante *L'Aigle noir*.

Éliane

Chaque fois que Vincent finit de travailler tard, il descend discrètement au sous-sol, certain que personne ne l'entend. Le moindre de ses mouvements trouble la quiétude de la maison ainsi que mon sommeil agité. Je suppose qu'il regarde un film, joue sur sa console ou perd son temps à consulter des sites Internet que je préfère ne pas connaître. Parfois, il s'endort sur le sofa, peut-être exténué par sa journée ou parce qu'il ne veut pas me réveiller en me rejoignant. Quand ça arrive, je repense au sous-sol chez ses parents, là où il avait sa chambre et où nous avons eu nos premiers rendez-vous sous prétexte de travailler sur des dissertations de philosophie.

Au lendemain d'une nuit presque blanche passée avec lui, mon amie Jade m'avait pressée de lui en raconter les moindres détails :

— Est-ce que t'es en train de me dire que t'es restée chez lui jusqu'à trois heures du mat' et que vous avez absolument rien fait ?

— On a terminé notre travail... et... euh... on devrait avoir une bonne note.

— C'est tellement pas d'école que je te parle en ce moment !

— Je sais, mais...

— T'avais pas envie de plus ?

— Comme quoi ?
— L'embrasser.
— Oui... Je voulais juste pas précipiter les choses. J'adore Vincent, sauf qu'il a pas l'air du genre à prendre les devants.
— Toi non plus, à ce que je vois ! Si tu veux pas le brusquer et qu'il veut pas te brusquer, vous risquez de moisir avant qu'il y ait échange de salive.
— Il y a pas de mal à prendre son temps.
— Attends pas d'avoir quatre-vingt-quinze ans pour faire ton move !
— Ben non, tu me connais.
— C'est *justement* parce que je te connais ! Il va encore falloir que je me charge de tout.
— Je suis capable de me débrouiller toute seule.
— Ça paraît pas !

Malgré mes protestations, Jade m'avait organisé un rendez-vous lors d'un party étudiant. Elle avait comploté avec Jacob pour qu'il vienne en compagnie de Vincent. Elle m'avait aussi prêté l'une de ses robes moulantes dans laquelle j'avais le swag et l'apparence d'un saucisson.

— Elle te fait super bien.
— On me voit le bas des fesses si je la replace pas de temps en temps.
— C'est encore mieux !

Au bar, près de la piste de danse, je n'avais jamais été aussi stressée. J'avais juste envie d'être ailleurs ou de me cacher. Et s'il ne m'aimait pas ? Et si l'amour, ça n'était tout simplement pas pour moi ? Après tout, j'étais la seule de mon groupe d'amies à ne jamais avoir eu de relation sérieuse. Je voulais apprendre à connaître Vincent, passer plus de temps avec lui, en même temps que j'avais peur de finir avec le cœur brisé. Je préférais une amitié durable à un amour éphémère, comme ceux que j'avais vécus auparavant.

Puis soudain, il est entré dans le bar. J'avais eu l'impression que la musique s'était arrêtée, que les danseurs s'étaient figés et que nous n'étions plus que lui et moi dans l'établissement obscur. Nos regards se sont croisés. A-t-il seulement vu à quel point j'étais effrayée ?

Je me sentais retomber dans mes angoisses d'adolescente et perdre tous mes moyens. Mon secondaire se résumait à l'apprentissage désagréable de deux mots : stress et eczéma. En ce moment, leur spectre errait en mon esprit. Jade m'avait répété dix fois de passer par-dessus mes craintes irrationnelles et de me donner un coup de pied au derrière, que c'était uniquement ce dont j'avais besoin, que le reste se ferait tout seul. C'est finalement elle qui l'a fait en me poussant depuis la piste de danse pour que j'aille à la rencontre de Vincent. Si elle n'avait pas été là, ma soirée et, à bien y réfléchir, ma vie, aurait peut-être pris une tout autre direction.

En me faufilant au travers de la foule jusqu'à Vincent, tout ce à quoi je pensais, c'était de me trouver une sortie de secours qui n'était préférablement reliée à aucun système d'alarme. J'ai réussi à me détendre et à reprendre confiance en mes moyens quand j'ai abordé Vincent et qu'il m'a fait rire.

Quand je prends le métro, je repense souvent à mon premier baiser interrompu par la porte qui m'avait séparée de Vincent à la fin de cette soirée. J'étais rentrée chez moi en me demandant ce qui se passerait désormais entre nous. Sortions-nous ensemble ? Devais-je le rappeler le lendemain ou plutôt attendre de le revoir au cégep le lundi suivant ? Et s'il agissait comme si de rien n'était ? Mes inquiétudes m'avaient tellement étourdie que j'étais passée tout droit... de trois stations. J'étais finalement revenue à la maison beaucoup plus tard que prévu. J'avais mal aux pieds, j'étais épuisée, ma tête débordait de questions, mais j'avais aussi le cœur léger et l'impression de flotter sur un nuage.

Cette soirée me semble désormais bien loin en ce samedi de novembre, alors que je suis assise dans un train qui file sur cette même ligne orange qui avait tracé mon futur. L'amour s'est transformé en famille, et notre couple, en équipe parfois dysfonctionnelle. Nous survivons à la vie de tous les jours en restant unis malgré les crises, les problèmes d'argent, le stress au travail, la fatigue et le manque de temps généralisé. La passion s'est éteinte depuis longtemps déjà. C'est arrivé si progressivement que je ne m'en suis pas rendu compte. Comment aurait-il pu en être autrement?

Aujourd'hui, Vincent est chez ses parents avec les enfants. Sa mère, Solange, tient un salon de coiffure dans son sous-sol et prend plaisir à couper les cheveux de Nathan et Océane; un prétexte pour les voir plus souvent. Ça dure des heures et Vincent ramène toujours des boutures de plantes dont Solange souhaite se débarrasser, une tâche qui m'incombe ensuite puisqu'elles passent rarement la semaine. Pour ma part, je reste loin de Solange et pas seulement parce que sa coiffure, la même depuis trente ans, tient avec tellement de fixatif qu'elle est sans doute explosive. C'est surtout parce qu'elle est *intense*, à la limite désagréable. Une chialeuse professionnelle qui a une opinion sur tout et qui se plaît à déblatérer sur ce qui va mal dans le monde, tant que ça la touche directement. Pour elle, une crise humanitaire devient importante quand le gouvernement envoie «ses impôts» pour aider des étrangers «incapables de se sortir de la misère par eux-mêmes».

J'ai donc profité d'un rare moment de solitude pour accepter l'invitation de Jade. Elle m'a donné rendez-vous sur Le Plateau, dans une librairie. Je l'ai tout de suite remarquée en entrant dans le commerce. Elle flâne près de l'entrée, deux livres en main.

— Allô, Éli, m'accueille-t-elle en me serrant dans ses bras. Ça va ?
— Ouais, toi ?
— Super bien ! Je suis tout énervée, il y a plein de romans que je connaissais pas !
— Ah ouin ? Il va falloir que tu me les montres... après m'avoir expliqué depuis quand tu m'invites à fouiner dans une librairie si loin de chez toi.
— T'es tellement impatiente ! Tant qu'à être ici, profites-en pour te gâter. Ça fait longtemps qu'on a pas perdu du temps ensemble.
— Ça va, tu gagnes.

Nous considérons une table de nouveautés avant de nous avancer dans une allée. Nous feuilletons de nombreux romans tout en lisant des extraits de ceux qui nous intriguent le plus. Jade me force à ralentir mon rythme de fille éternellement pressée et, en me perdant entre les pages d'histoires fascinantes, j'en viens à oublier pourquoi je l'étais en arrivant ici.

Nous restons près d'une heure. Jade accumule cinq romans, moi, deux : l'histoire d'une fille qui voyage avec sa meilleure amie et sa suite.

Nous passons à la caisse avant de sortir du commerce.
— Alors ?
— Alors quoi ?
— Qu'est-ce que tu voulais me montrer ?
— Déjà la suite de Miss Impatiente ?
— Je suis curieuse, c'est pas pareil.

— Ça se ressemble beaucoup, je trouve.

— Je te rappelle que tu me gosses depuis deux semaines pour que je vienne te voir et que tu restes mystérieuse dès que je te pose des questions.

— Tu peux bien attendre quelques minutes de plus.

Nous marchons jusqu'à une intersection où Jade s'arrête, souriante.

— Nous y sommes !

— Je suis censée voir quoi ? Des feux de circulation ?

— Tu trouves pas que c'est un beau coin ?

— Pas tant. Un dépanneur, une borne-fontaine, une boîte aux lettres, quelques graffitis, des lampadaires tapissés d'affiches à moitié déchirées... Il est dans la moyenne montréalaise.

— Il a quelque chose de différent, non ?

— Bof... En même temps, je suis jamais tombée en pâmoison devant une intersection.

— T'es plate.

— OK, d'abord... Wow, le beau coin de rue. J'ai rarement senti une aussi bonne odeur d'ordures. Et que dire des fissures dans l'asphalte ? Un véritable chef-d'œuvre d'art contemporain ! On devrait interdire la circulation pour le préserver.

— Si tu continues, je te montrerai pas ma surprise.

— Tu pourras pas t'en empêcher.

— C'est ce que tu crois !

— Arrête de faire la baboune. T'es incapable de m'en vouloir pour vrai.

— Ouin...

Jade retrouve le sourire et sort une clé de sa poche, avant de s'approcher de la porte d'une ancienne boutique de vêtements et de la déverrouiller. Le local est presque vide. Au sol, des cintres abandonnés, au fond, un présentoir renversé et, au mur, une affiche qui annonce des soldes de fin de saison. J'ai envie d'éternuer à la simple vision de la couche de poussière qui s'est posée sur tout.

— Qu'est-ce qu'on fait ici ?
— C'est à moi !
— Tu l'as acheté ?
— Loué.
— Pour quoi faire ? Tu veux ouvrir une boutique de linge ?
— Non, un studio de yoga.
— T'es sérieuse ?
— À 100 % !
— Tu sais que c'est pas facile de lancer son entreprise.
— Ben oui ! J'ai pas fait ça sur un coup de tête, quand même !

Je fronce les sourcils.

— OK, c'est un coup de tête... Mais je suis persuadée que ça va fonctionner. Beaucoup de familles se sont établies dans le quartier récemment et elles ont plein de cash. Moi, je vise la nouvelle maman qui veut se remettre en forme. Quoique j'accepterai aussi les vieilles mères déboîtées du dos, tu sais, celles qui font du bruit quand elles se penchent, un peu comme toi.
— Trop gentil.
— De rien !
— Reste qu'un local de même, ça doit coûter un bras...
— ... pis une jambe.
— T'as pas peur que ça soit limité, le yoga ? Il y a déjà beaucoup d'endroits qui offrent des cours, en plus de ceux en ligne...
— Pas du tout ! Je suis la seule dans le secteur et je vais offrir des produits variés : yoga périnatal, yoga chaud, yoga actif, yoga méditationneux.

— Méditationneux ? C'est un mot, ça ?

— Maintenant, ça l'est. Tu crois que je devrais l'enregistrer comme marque de commerce avant qu'on me le vole ?

— D'après moi, t'as rien à craindre.

— Donc, les murs vont être mauves... ou roses... Ça va dépendre du revêtement de sol. Ici, ce sera la réception, avec des poufs hyper confos pour la salle d'attente. Je vais vendre des accessoires : tapis, blocs en liège, vaporisateurs d'huiles essentielles et coussinets pour poignets et genoux. Il y aura aussi des vêtements usagés. Le vestiaire va être dans le coin des cabines d'essayage et la salle de yoga, au deuxième. Les vitrines donnent sur la rue et laissent entrer plein de lumière.

— Eh ben ! T'as des idées de grandeur ! Arrange-toi pas pour t'endetter par-dessus la tête.

— J'ai tout calculé. Je m'endette seulement jusqu'aux hanches, parce que j'ai mis mon auto en vente pour payer une avance sur le loyer et réaménager l'espace. De toute façon, je me déplace quasiment toujours en vélo, maintenant.

— Et ta job, tu vas la garder ?

— Au début, oui, mais je songe à prendre un congé sans solde d'un an si ça fonctionne bien.

— T'as plus de couilles que moi, Jade Archambault.

— C'est pas des couilles, c'était plutôt une nécessité. J'ai juste trente-deux ans et j'ai l'impression de plus avoir de défis dans ma vie. Je suis censée faire quoi, moi, jusqu'à ma retraite ? Regarder brunir mes bananes ? Apprendre à coudre des courtepointes ? Me plaindre de la météo ? Ça me prenait quelque chose qui me tient à cœur.

— T'es quand même courageuse. J'oserais pas me lancer dans un projet comme ça.

— Ah non? J'allais justement te demander si ça t'intéresse d'embarquer.
— Vraiment? Je... je sais pas... Tu me prends de court.
— Je vais comprendre si tu refuses, mais ensemble, on irait loin. Je pourrais donner les cours et toi, tu t'occuperais du côté administratif, t'es fuuuuull bonne là-dedans. Pis je te demande pas une réponse aujourd'hui.
— Écoute, dans un monde idéal, j'accepterais. J'aimerais ça, je t'assure, sauf que j'ai pas d'argent à investir et, surtout, pas beaucoup de temps libre.
— Ouin, je comprends...
— Si t'as besoin d'aide, je peux toujours te donner un coup de main pour le côté légal. Je m'en viens pas pire là-dedans.

Je pousse amicalement sur son épaule avec la mienne, ce qui la fait sourire.

— T'as pensé à un nom pour ton studio?
— Je songeais à Un, deux, trois, yoga.
— Tu pourrais te forcer!
— Le studio Cul par-dessus tête?
— Non. Juste non!
— Yoga vitalité?
— On jurerait une marque de yogourt!
— C'est donc bien difficile de trouver un nom!
— D'ici à l'ouverture, t'as le temps d'y réfléchir.
— Il va falloir que je m'y mette, j'ouvre début janvier.
— Dans un mois et demi? Avec tout ce qu'il y a à régler?
— Étant donné qu'une bonne partie de mon plan d'affaires repose sur une vague d'inscriptions avec les résolutions du jour de l'An, j'ai pas le choix.
— T'es certaine que c'est assez pour t'assurer du succès?

— Le succès, c'est une bête mythique, imprévisible et indomptable. Personne sait où elle se cache et quand on l'attrape, c'est par chance. Parfois, elle peut mordre fort en maudit quand elle nous échappe. Même si c'est risqué, j'ai envie de partir à la chasse.

— Tant que tu commences pas à t'habiller en kaki et à masquer ton odeur avec de l'urine, moi, ça me va. En tout cas, je te croyais pas philosophe !

— Je suis pas philosophe pour deux cennes, encore moins guerrière amazone. Je te répète juste ce que j'ai lu dans un livre !

— Il me semblait que c'était trop intelligent pour toi.

Jade me toise avec un air faussement offensé. Elle tourne les talons et se dirige vers un escalier au fond de la pièce. Je la suis jusqu'au deuxième étage où nous nous approchons des fenêtres qui donnent sur la rue.

— Avoue que ça va être bien.

— J'avoue... T'as un méchant beau spot.

— Là, ça ressemble à rien parce que c'est pas encore décoré. Je vais acheter des plantes tropicales. Ça va nous mettre dans l'ambiance pour le yoga chaud. Tu vas voir, on va être super bien à trente degrés dans nos petits kits, à rire du monde emmitouflé qui se presse sur les trottoirs en hiver.

Je remarque qu'elle m'a incluse dans ses plans, en dépit de ma réticence.

— Tu vas trouver ça niaiseux, mais je suis venue passer du temps ici, cette semaine, quand j'avais rien de mieux à faire, pour lire ou manger.

— Pourquoi ce serait niaiseux ?

— Parce qu'il y a pas de chaises, pas de chauffage et pas d'éclairage.

— Bon, je l'admets, c'est *un tantinet* niaiseux.

— Un tantinet! C'est parce que je t'ai pas dit que je portais mon manteau pour éviter de grelotter et que je lisais en m'éclairant avec la lampe de poche de mon cellulaire.

— Mettons que tu gagneras pas un prix Nobel avec ça. Mais si ça te fait du bien...

— Tu veux rester encore quelques minutes?

Nous nous assoyons au sol pour regarder à l'extérieur et j'appuie ma tête contre l'épaule de Jade. Le ciel de Montréal traverse une crise identitaire: il ne sait pas s'il aspire à être menaçant, sinistre ou dégagé. Ce matin, le gars de la météo annonçait un temps incertain. Pour une fois, il avait raison.

Jade et moi observons sans dire un mot les passants décoiffés par le vent. Les silences sont confortables avec elle et nous ne cherchons pas toujours à les remplir. Être là, l'une pour l'autre, nous suffit. Notre amitié ne s'exprime pas qu'avec les mots. C'est finalement elle qui brise ce moment de quiétude.

— Qu'est-ce qui se passe avec toi? me demande Jade.

— Moi? Rien...

— Fais pas semblant. Je te connais, t'es pas dans ton assiette.

— J'ai la tête ailleurs, ces temps-ci.

— Pourquoi?

— J'ai accompagné ma mère à l'hôpital la semaine dernière.

— C'est grave?

— Je sais pas. Elle a une masse dans un sein et elle a dû subir une biopsie.

— Vous avez reçu les résultats?

— Pas encore, mais quand j'ai posé des questions au médecin, il était pas encourageant.

— T'aimais pas ses réponses ?

— Non, c'était sa façon d'être. Il fronçait les sourcils quand il étudiait son dossier, il remuait la tête, il grommelait. J'avais l'impression que son idée était déjà faite, mais qu'il voulait pas la partager.

Jade me prend dans ses bras et, pour un instant, j'ai envie de pleurer, comme si toute la pression que je me suis mise sur les épaules dans les dernières années pour assumer mes rôles de mère, de blonde et de fille était sur le point de retomber. Je m'efforce de garder le contrôle en serrant mon amie fermement contre moi.

— Reste positive, me chuchote Jade à l'oreille. Tout va bien aller.

J'aimerais y croire, seulement je suis assez vieille pour savoir que ce n'est pas aussi simple. Jade a tout de même raison, je dois rester positive. Pour ma mère. Si elle a partagé ce qu'elle vivait avec moi, c'était pour que je la soutienne. Je ne peux pas la laisser tomber au moment où elle a le plus besoin de moi.

Nous quittons le futur studio de Jade une heure plus tard, après qu'elle m'ait montré un coffre-fort qu'elle n'a toujours pas été en mesure d'ouvrir. Elle espère qu'un serrurier dénouera le mystère et, idéalement, qu'il prendra la forme de liasses de billets... jusqu'à ce que je lui parle de lingots d'or et qu'elle s'enflamme à cette idée.

Avant de nous séparer, à l'extérieur, Jade me lance une invitation :

— En passant, tu pourras venir quand tu veux. Ce sera gratuit pour toi.

— Merci de l'offre, mais j'ai pas de vêtements de yoga...

— On t'en achètera.

— ... et au risque de me répéter, mes temps libres sont rares.

— C'est justement. Tu dois relaxer et il y a rien de mieux que le yoga pour ça.
— En tout cas, t'es bonne vendeuse.
— Pas mal, han! Ça va être un talent très utile pour éviter la faillite.

Je ne veux rien promettre à Jade, bien qu'avec ma vie stressante, c'est vrai que j'aurais besoin d'une pause de temps à autre.

La semaine qui suit me le confirme. Vincent multiplie les heures supplémentaires et je me retrouve souvent seule avec les enfants. Nous faisons maintenant pratiquement chambre à part, puisqu'il dort sur le sofa du sous-sol presque toutes les nuits. J'ignore ce qui trouble le plus mon sommeil : ses ronflements ou le vide que son absence laisse dans notre lit?

Dans les derniers mois, j'ai quasi tout essayé pour m'aider à dormir : un bain chaud avant de me coucher, des exercices de respiration, l'aromathérapie, la mélatonine, écouter de la musique relaxante, éviter les écrans en soirée... et les collations qui viennent avec. Ces trucs, bien qu'excellents, n'ont pas réglé mon problème de façon durable. Ils fonctionnent quelques jours et puis, sans savoir pourquoi, je me réveille de nouveau à deux heures du matin sans être capable de refermer l'œil. Parfois, je vais lire dans le salon, en espérant retomber dans les bras de Morphée. Je n'ai jamais terminé autant de romans en si peu de temps.

Ma plus récente technique est la méditation guidée. Armée d'écouteurs spécialement conçus pour le sommeil et de balados, je m'évade au bord d'un océan calme, au sommet d'une montagne ou le long d'une rivière, le tout avec Gary, le nouveau complice de mes nuits. Sa voix de plus en plus familière me réconforte, me détend. Je me surprends même à lui répondre intérieurement de temps à autre.

— Assurez-vous que tout ce que vous aviez à faire aujourd'hui est réglé, conseille-t-il au début de chacun de ses enregistrements.

— Ce serait assez dur, Gary. Il y a toujours des choses à faire dans une maison.

— Tu sais ce que je veux dire.

— Mouin...

— Bon, un peu d'attention, Éli, et arrête de m'interrompre.

Gary me demande de m'imaginer sur un sentier, en nature, dans un endroit qui m'apaise. Les premiers soirs, j'avais de la difficulté à me créer des images mentales. Maintenant, je rejoins ma jungle luxuriante en un rien de temps. Mon problème, c'est d'y rester.

— Avant d'explorer votre refuge secret, concentrez-vous sur votre respiration. Inspirez... Expirez... Inspirez... Expirez...

J'inspire profondément, et mes poumons se remplissent d'air chaud et humide. Quelques rayons de soleil diffus percent la canopée et se perdent dans la brume légère qui flotte entre les arbres. Des fourmis qui marchent sur une pierre ramènent des morceaux de feuilles à leur nid. Pourquoi ont-elles besoin de toutes ces feuilles? Est-ce qu'elles les mangent? Qu'est-ce que ça mange, une fourmi? Au fait, est-ce que j'ai prévu un souper pour demain? Ce soir, on a mangé quoi, déjà? Des hamburgers. C'étaient des hamburgers. Demain, ça pourrait être du spaghetti. Ça fait longtemps. Sauf qu'Océane n'aime pas ça. Je pourrais lui préparer un macaroni au fromage. Ah non, ça ne fonctionne pas, j'ai oublié d'acheter du fromage à l'épicerie. Je l'ajouterai à ma liste demain matin.

Soudain, je réalise que je n'écoute plus Gary. Je me concentre de nouveau sur sa voix et m'empresse de le rejoindre. Nous marchons maintenant sur un chemin de pierres qui serpente entre des arbres. Je le suis en me demandant où il me mène. Je ne l'avais pas remarqué, mais Gary a de belles fesses dans ses pantalons d'explorateur. Pourquoi est-ce qu'il ne porte pas de t-shirt ? L'a-t-il retiré parce qu'il est en sueur ? Ce n'est pas pratique dans la jungle... Un moustique pourrait piquer ses abdos et ensuite, quelqu'un aurait à lui appliquer un onguent. Je lève presque la main dans mon lit pour répondre présente. Il a un petit look à la Chris Hemsworth dans *Thor*, non ? C'est sexy, les longs cheveux blonds chez un gars. Ils ont l'air soyeux, ça me donne le goût de les toucher. Il faudrait que je lui demande sa marque de shampoing. Au fait, à quoi ressemble Gary dans la vraie vie ?

Je sors mon téléphone de sous les draps et j'appuie sur le bouton qui rallume l'écran. Il m'aveugle comme si le soleil venait d'exploser dans mon lit. Je plisse mes yeux qui peinent à s'habituer à autant de lumière et j'effectue une recherche rapide sur Internet pour tomber sur le profil Instagram de Gary. Quelle déception ! C'est à ça que ressemble celui qui remplace Vincent dans mon lit depuis une semaine ? En même temps, c'est de sa voix que j'ai besoin pour dormir. Dormir ! Ça, c'est une bonne idée. Éliane, chemin, pas d'abdos sexy.

Je suis désormais seule dans la jungle. Gary est parti et c'est beaucoup mieux ainsi. Cette fois-ci, j'ai de la facilité à suivre le sentier tortueux. Il me mène jusqu'à des lianes que je repousse pour découvrir un bassin dans lequel se déverse une chute.

— T'es certaine que tu veux pas de moi ? me demande une voix suave.

Gary est de retour... en partie. Son corps de dieu, ça peut passer, son véritable visage, un peu moins. C'est trop étrange, d'autant plus qu'il est nu. L'eau lui arrive aux hanches et cache tout juste ses parties intimes dont je devine la forme au travers des vagues. Je suis à la fois excitée et dégoûtée. J'aurais envie d'explorer son corps avec ses pectoraux découpés au couteau si ce n'était de sa façon de glisser sa langue sur sa lèvre supérieure, balayant l'extrémité des poils de sa moustache poivre et sel touffue.

Pour faire disparaître cette troublante vision, je recentre mon attention sur ma respiration et sur la voix du véritable Gary. Il m'ordonne de m'asseoir près du bassin naturel et d'enlever le sac à dos que je portais sans le savoir.

— Constate sa pesanteur.

— C'est vrai qu'il est lourd. Qu'est-ce que j'ai mis là-dedans ? Des roches ?

— Oui.

— Pour vrai ? Pourquoi j'ai fait ça ?

— Parce que chacune d'elles représente un souci dont tu vas te débarrasser en les déposant dans l'eau.

Une à une, je retire les roches de mon sac et les dépose dans le bassin où elles sombrent pour disparaître dans ses profondeurs. Je pense à mon travail, aux résultats des tests médicaux de ma mère qui pourraient tomber à tout instant, aux réparations de la camionnette qui viennent de creuser un trou dans notre budget, à Vincent qui semble de plus en plus distant, à Nathan dont les notes à l'école dégringolent et à Océane qui s'est chicanée avec sa meilleure amie. Je me défais de toutes ces sources de stress en espérant ne pas les revoir de la nuit.

Gary me mène ensuite jusqu'à une cabane qui s'élève au-dessus des arbres. Les nuages recouvrent la jungle

comme une mer cotonneuse et seule la cime de quelques palmiers s'en détache. Un hamac m'attend sur un balcon. Je m'y étends et me laisse bercer par le vent chaud. Je me sens m'enfoncer dans mon lit, jusqu'à ce qu'une voix retentisse :
— Mamaaaan ! J'ai fait un cauchemar !
— J'arrive, Océane...
Il faut croire que Gary ne me sera d'aucune aide cette nuit.

Vincent

La première neige est tombée un vendredi soir, à la fin du mois de novembre. Elle illuminait Montréal et faisait briller les yeux d'Océane, qui regardait les gros flocons virevolter au vent par la fenêtre du salon.

— Je veux faire un bonhomme de neige! s'exclame-t-elle en détalant vers l'entrée pour enfiler ses bottes.

— Il y aura pas assez de neige, ma chouette, dit Éliane en la rejoignant. Et tu te trompes de pied.

Océane tente d'insérer le bon pied dans sa botte, qui se tord dans tous les sens. Elle se décourage et commence à mettre son manteau à la place.

— On pourrait quand même aller au parc, dis-je en me rendant dans l'entrée.

— Ouiiii! s'enthousiasme Océane.

— Il va falloir que tu mettes ton habit de neige, dit Éliane.

— Nathan, mon grand, lâche la télé, on va dehors, dis-je.

Nathan bougonne en espérant que je change d'idée, mais finit par m'écouter. Il arrive en se traînant les pieds, les épaules basses et les bras pendant mollement. Il sommeille quelque part au fond de lui soit un acteur de talent, soit un adolescent difficile.

En route vers le parc, les enfants courent sur le trottoir avec une vingtaine de mètres d'avance, s'arrêtant parfois pour se lancer une boule de neige ou pour lever la tête vers le ciel avec la bouche ouverte, dans l'espoir d'attraper des flocons qui fondraient sur leur langue. La scène est féerique et, peut-être dans un élan de romantisme, Éliane me prend par le coude pour se coller contre moi. Elle ne le fait presque plus. Moi non plus, d'ailleurs.

— J'adore la première neige. C'est tellement beau !

— C'est vrai que c'est beau.

— Je me souviens quand j'étais petite et que j'allais jouer dehors avec mes sœurs. On rentrait au bout d'une heure avec les pieds gelés et ma mère nous attendait avec un chocolat chaud qu'on buvait en se réchauffant près du calorifère du salon.

— Avec des guimauves ?

— Non, nature... J'adorais croquer les petits mottons de poudre pas dissous qui flottaient sur le dessus.

Les yeux d'Éliane pétillent et je reconnais celle dont je suis tombé amoureux il y a treize ans. Éliane, cette fille si belle, intelligente, drôle, passionnée, que j'avais tant désirée, dont j'avais rêvé durant d'innombrables nuits, est devenue celle que j'évite. Comment ai-je pu en arriver là à trente-quatre ans à peine ? Nous nous sommes éloignés sans nous en rendre compte, un peu comme ma calvitie naissante m'avait surpris sur une photo prise de dos. À la question « Coudonc, c'est qui le bonhomme avec Éliane ? », la réponse avait été « moi ». Pourtant, ce soir, en la regardant, je redeviens amoureux. Je me demande à quoi elle pense... Éprouve-t-elle les mêmes sentiments que moi ? Je n'ai pas envie d'aborder le sujet, je préfère profiter de l'instant présent. Repousser les discussions difficiles m'aide à croire, ne serait-ce qu'un instant, que tout va bien.

— Moi, l'hiver, c'était plutôt le hockey avec mes chums. On jouait tous les week-ends, peu importe la température. S'il neigeait, on donnait un coup de pelle et s'il faisait moins trente, on patinait plus vite pour se réchauffer.
— C'est drôle, depuis qu'on se connaît, t'as jamais rejoué.
— J'ai réalisé avec le temps que j'aimais pas ça.
— Ah non? Pourquoi tu jouais, alors?
— Pour faire partie de la gang. Le hockey, c'est quasi un rite initiatique.

Au parc, la neige s'est intensifiée. Les enfants se jettent au sol sur le premier coin de gazon blanchi pour faire un ange, tandis qu'Éliane et moi déneigeons un banc pour nous y asseoir. Éliane sort son cellulaire pour filmer Nathan et Océane. Elle appuie deux ou trois fois sur l'écran et, hop, une story de plus sur Instagram. Elle tourne ensuite sur elle-même en brandissant son téléphone pour ne rien manquer de cet avant-goût de l'hiver.

— Regardez! nous montre Éliane en pointant du doigt.

Au travers du brouillard qui enveloppe la ville, des décorations de Noël illuminent déjà une maison, comme un phare lointain qui annonce l'arrivée de la période des fêtes et de la surconsommation de masse.

— Des décorations de Noël! se réjouit Océane d'un ton suraigu. Papa, pourquoi on en a pas, nous?
— Parce qu'on les a pas installées.
— Pourquoi?
— On est pas encore au mois de décembre.
— Ça change quoi? me relance Éliane en fronçant les sourcils, se joignant à sa fille dans la pression festive.
— Des lumières de Noël, il faut pas poser ça trop d'avance, sinon, on s'écœure de les voir avant le 24.
— Moi, je me tannerais pas même si elles restaient toute l'année, insiste Océane.

— Pour une semaine de plus ou de moins... renchérit Éliane.

— C'est le principe ! Si tout le monde fait ça, ça va devenir le chaos. Les précoces vont les installer en même temps que leurs citrouilles à l'Halloween et les retardataires vont les allumer jusqu'à la fonte des neiges.

— T'exagères, me reprend Éliane.

— Pas du tout ! Il devrait même y avoir un règlement municipal. Les décorations, c'est du 1er au 31 décembre. Point final ! Si tu les allumes en novembre ou en janvier, c'est une amende. Rendu à février, direct en prison !

— Bonne idée, monsieur Grinch, se moque Éliane, comme ça, les petites mamies nostalgiques du réveillon vont se radicaliser avec les dealers de drogue.

— L'avantage, c'est que l'année d'après, elles vont organiser une crèche vivante sur l'acide, ça va être de toute beauté ! En tout cas, si ça peut éviter que la situation dégénère en guerre civile, je peux bien accepter un peu plus de répression policière.

— Et si on installait les nôtres ce week-end en famille ? propose Éliane.

— Ouiiiiiiii ! s'emballe Océane.

— Ahhhhh nooonnnn, soupire Nathan.

— T'oublies que j'ai promis à mon père de l'aider avec les meubles qu'il vient d'acheter. Pourquoi pas samedi prochain ?

— On a le souper chez ma sœur, à Québec.

— L'autre ?

— Ça commence à être tard.

— Traduction : je viens de décrocher un contrat de décoration dans l'obscurité et le froid un soir de semaine, possiblement esseulé, abandonné par ceux que j'aime, qui vont constater par la fenêtre du salon mon état d'hypothermie avancée parce que j'essaie de démêler des rallonges électriques au sommet de mon échelle depuis une heure.

— Pauvre petit chou, je te prends déjà en pitié.

— Mets-en! Penses-y, est-ce que ça vaut vraiment la peine de risquer ma vie pour installer des lumières qu'on verra pas de l'intérieur?

— Oui, Vincent, pour la magie du temps des fêtes.

— C'est sûr qu'avec des arguments comme ça...

— En plus, s'il t'arrive quelque chose, je vais avoir assez d'argent avec les assurances pour rembourser l'hypothèque. Avec un peu de chance, il va m'en rester pour changer l'auto et me payer un beau voyage.

Pendant que les enfants tentent de faire un bonhomme moitié neige, moitié gazon et feuilles mortes, Éliane range son téléphone.

— J'avais jamais remarqué à quel point les maisons sont grosses dans le coin, reprend-elle. Il doit pas y en avoir une en bas d'un million.

— Tous des médecins et des propriétaires d'entreprise. Sauf celle en pierre, là-bas. Ça, c'est une ex-star de téléréalité reconvertie en influenceuse.

— Sérieusement, j'ai l'impression de pas comprendre comment fonctionne le capitalisme. La plupart de nos amis ont des trains de vie de PDG de multinationales alors que nous, on s'endette pour refaire la toiture de notre bungalow des années soixante-dix.

— J'aimerais bien voir leurs relevés de cartes de crédit.

— Tu crois qu'elles sont pleines?

— C'est la seule explication possible. Avec l'épicerie qui coûte toujours plus cher et nos salaires qui stagnent, on pourrait difficilement se permettre de partir sur une balloune à Vegas.

— Mettons que ce serait pas une grosse balloune.
— Un chihuahua fait par un clown ?
— Pis encore...
— L'idéal, ce serait de gagner à la loterie. Ça réglerait tous nos problèmes. C'est décidé, je commence à acheter des billets demain.
— Et si je changeais de job, à la place ?
— T'es sérieuse ?
— J'y pense depuis un bout. Je pourrais aussi finir mon bac pour m'ouvrir d'autres portes.
— Tu serais prête à renoncer à ta stabilité ?
— Tout ce que mon travail a de stable, c'est de m'emmerder et de me stresser à longueur de semaine.
— Je savais que tu traversais un bout dur, mais pas à ce point-là.
— Mettons que le bout dur s'étire. Ce qui aide pas, c'est que j'ai l'impression de faire aucune différence dans le monde avec mon travail. Et comme il me reste trente ans avant la retraite, ça peut être long longtemps.
— C'est ton choix, mais...
— Mais quoi ?
— Non, rien. Je m'excuse, je m'attendais juste pas à ça ce soir. Si c'est ce que tu veux, je vais t'appuyer.

Ma remarque manque de conviction et je me sens ingrat d'avoir réagi ainsi. Depuis quand ai-je cessé de soutenir Éliane ? Je devrais l'aider à devenir la meilleure version d'elle-même, pour qu'elle rayonne, s'épanouisse, et non lui imposer des limites parce que c'est plus confortable pour moi. Je ne peux pas lui en vouloir de souhaiter améliorer ses conditions de travail, même si ses choix ont un impact sur notre vie familiale, sauf que si elle se réinscrivait à l'université, les prochaines années risqueraient d'être difficiles. Est-ce qu'elles le seraient plus que le présent ?

De retour à la maison, nous nous installons tous les quatre à la table de la salle à manger pour jouer aux cartes. Éliane, perdue dans ses pensées, oublie son tour et réagit à peine quand nous lui volons l'une de ses cartes. Sur les cinq parties que nous disputons, elle ne peut faire mieux qu'une troisième place. Après avoir couché les enfants, au lieu de s'affaler devant le téléviseur avec moi, elle se rend à la cuisine ranger un peu. Je lui propose de l'aider le lendemain, ce à quoi elle me répond qu'elle sera incapable de dormir en sachant que c'est le bordel.

Nous nous couchons une heure plus tard. Éliane se recroqueville en boule, sur le côté, vers sa table de chevet et je me glisse sous les draps pour m'allonger derrière elle et poser mon bras sur sa taille.

— Ah, non, Vincent. J'étais bien, tranquille.

— Qu'est-ce qu'il y a? J'ai plus le droit de te coller un peu?

— C'est pas ça. Je vais être menstrue pis j'ai mal au ventre.

— Pour que ce soit clair, j'ai aucune arrière-pensée. J'ai appris à gérer mes attentes de ce côté-là...

— Ça veut dire quoi, ça?

Elle se retourne pour me regarder, les sourcils froncés, à la fois froissée et inquiète.

— T'as pas remarqué qu'on s'est éloignés, depuis quelque temps?

— On est loin d'être les seuls parents à qui ça arrive.

— C'est pas parce que ça arrive aux autres qu'il faut nécessairement qu'on l'accepte. On a passé une super belle soirée et je croyais que ça nous rapprocherait.

— Je sais que je suis poche depuis un bout, mais ça va revenir. J'ai besoin de temps et d'un peu de sommeil, c'est tout.

— Je veux bien te laisser tout le temps du monde, si c'est ce qu'il te faut. Sauf qu'en attendant, ça t'aiderait pas à aller mieux si on accordait un peu plus d'attention à notre couple ? C'est quand la dernière fois qu'on s'est embrassés ? Et pas seulement du bout des lèvres par habitude. Je te parle d'un gros french cochon.

— Je... je m'en souviens pas...

— Moi non plus.

— C'est pas si dramatique. Avec le quotidien, on a d'autres préoccupations que d'entortiller nos langues.

— Reste qu'on pourrait prendre quelques minutes de temps en temps. Pour se demander comment ça va. Pour se dire qu'on s'aime. Un peu d'affection, ça fait pas de mal.

— C'est beau, je vais faire un effort.

— Au-delà de l'effort, faut en avoir envie.

— T'en as plus envie ?

— C'est pas ce que j'ai dit...

— ... mais c'est ce que tu pensais, non ?

— J'ai l'impression qu'on est devenus des colocs plus que des amoureux. Je veux embrasser ma blonde, pas la fille avec qui j'habite.

Je regrette mes paroles aussitôt que je les ai prononcées. Le visage d'Éliane s'affaisse et ses yeux se remplissent d'eau.

— Je suis vraiment juste ça, pour toi, maintenant ? murmure-t-elle en retenant un sanglot. La fille avec qui t'habites.

— Je me suis mal exprimé.

— Sauf que je l'ai remarqué, Vincent. Dans ta façon d'agir, de m'éviter, tes regards fuyants et les conversations que tu coupes en répondant avec empressement.

— À ce que je vois, j'ai aussi mon effort à faire...

Éliane me fixe, hésitante, et me désarme avec sa prochaine question :
— Es-tu encore heureux avec moi ?
— Je pense que oui.
— Et toi ?
— Je pense que oui.
— Ça nous prendrait quoi pour être certains ?
— Du temps pour réfléchir, j'imagine.

Éliane soupire. Elle se couche sur le dos, moi aussi. Alors que mon regard se perd dans l'obscurité, je ressens un vertige qui me met à l'envers, comme si je me tenais sur le bord de la brèche que je viens d'ouvrir dans mon couple, prêt à y tomber. Je me sens mal d'avoir suscité cette conversation. Elle était sans doute nécessaire, même si elle n'a absolument rien réglé.

Incapable de me calmer, je me relève.
— Qu'est-ce que tu fais ?
— J'ai besoin de me changer les idées.
— Je suppose que je te souhaite une bonne nuit.
— Ouais, bonne nuit.

Je descends au sous-sol où je me cale dans mon fauteuil de cuir et je dépose mon cellulaire sur la table adjacente pour le troquer contre une manette de jeu. Je reprends une partie d'un vieux *Resident Evil*. Parcourir les couloirs sinistres d'un manoir infesté de zombies dans l'obscurité et la solitude de ma propre demeure me garde attentif et me change les idées, du moins, jusqu'à ce qu'une notification illumine, pour un instant, l'écran de mon téléphone. Un courriel promotionnel pour des forfaits vacances vers le Mexique pendant la semaine de relâche. Je le supprime par automatisme et, au lieu de redéposer l'appareil sur la table, j'ouvre Instagram. Je cherche le profil d'Aurélie avec une curiosité coupable. Je le trouve facilement. Je découvre peu à peu sa vie en faisant défiler ses posts et en regardant quelques-uns de ses reels. Elle habite dans un appartement complètement blanc. Elle a plusieurs amis. Un chat. Passe beaucoup de temps à l'extérieur. Pratique la randonnée. Aucune photo de gars. Elle est célibataire ? Qu'est-ce que ça change ? Je scrolle et passe par-dessus une vidéo d'entraînement. J'y reviens deux secondes plus tard, en m'assurant de garder mon pouce loin du cœur qui pourrait lui laisser savoir que je l'ai regardée. Sa technique ne m'intéresse pas autant que ses leggings. J'ai soudainement un sentiment de déjà-vu. Je viens de découvrir qui elle me rappelle, la source de la familiarité que j'ai ressentie en lui parlant : elle ressemble à Éliane quand je l'ai rencontrée, il y a treize ans. Son visage diffère, son corps aussi, mais son énergie, sa fougue sont les mêmes. Je ferme l'écran en entendant un craquement dans la maison et je fais disparaître mon téléphone dans une fente du fauteuil en reprenant ma partie.

Féline Dion est assise dans la pénombre et paraît me juger de ses yeux qui brillent, comme si elle savait exactement ce que j'étais en train de faire. J'ai beau m'efforcer de l'ignorer, j'en suis incapable.

— Qu'est-ce que tu me veux ?

Aucune réponse. Je recommence à explorer distraitement le monde virtuel en sentant son regard intense qui ne me lâche pas, jusqu'à ce qu'un serpent de douze mètres me bouffe. Déjà deux heures du matin. C'est le temps de dormir. Pour éviter de troubler le sommeil fragile d'Éliane, je déplie simplement mon fauteuil. Mon téléphone tombe au sol dans un bruit sourd qui résonne dans toute la maison. Je le récupère et constate qu'Instagram est encore ouvert. Je regarde une dernière fois la photo de profil d'Aurélie avant de fermer l'application et mes yeux.

Éliane

Ma mère et moi sommes assises dans la salle d'attente d'un hôpital où la dissonance des râlements et des quintes de toux se mêle au bruit de fond émis par un téléviseur. Des affiches recouvrent en partie les murs bleu pâle, annonçant des services psychosociaux, des groupes d'entraide ou des conseils à propos d'une bonne hygiène. J'essaie de me distraire avec mon téléphone. Je consulte à répétition les mêmes sites sans réellement y porter attention. Ma mère, quant à elle, est absorbée par un feuilleton de fin d'après-midi dans lequel les personnages parlent de déterrer le corps d'un proche pour prouver le lien de sang avec son prétendu fils.

Nous attendons depuis une heure en compagnie des mêmes dix personnes. Elles sont toutes plus âgées que Claire et semblent en mauvaise santé. Je me sens mal, mais leur langueur me rassure, comme si comparer la malchance de ma mère avec celle de ces inconnus m'aidait à me convaincre qu'elle s'en tirera mieux qu'eux. Je prends tout ce que je peux pour apaiser mes craintes, même si, au fond, je suis consciente que j'invente mes propres règles.

Une voix quasi incompréhensible qui résonne dans un haut-parleur met un terme à notre attente alors que se fait entendre la musique qui lance le téléjournal.

— Claire Allard, salle quatre.

La moitié des têtes se relève en se demandant si leur nom vient d'être appelé, l'autre moitié leur répond que non.

Nous entrons dans un bureau sans fenêtre et sommes accueillies par le Dr Pinel. Il nous salue sans lâcher du regard le dossier qu'il épluche. Je m'assois devant lui, tandis que ma mère hésite en jetant un coup d'œil à la table d'examen recouverte d'un papier prêt à se déchirer sous elle, comme si l'habitude des visites médicales lui dictait que c'est l'endroit qui lui est réservé. Elle se décide finalement à prendre place à mes côtés.

— Ce ne sont pas de bonnes nouvelles, lâche Dr Pinel, en allant droit au but. Le cancer est à un stade avancé.

— C'est un cancer? s'étonne ma mère.

— Je suis vraiment désolé, confirme-t-il avec une sincère expression d'empathie, en nous regardant pour la première fois.

— C'est impossible, argumente ma mère. Comment est-ce que je peux avoir un cancer avancé? Je passe des examens aux deux ans! Il aurait forcément été découvert avant. Et s'il vient d'apparaître, il peut pas être avancé. C'est pas logique, votre affaire.

— Les cancers n'évoluent pas tous au même rythme ni de la même façon.

— Je comprends pas, je fais attention à ma santé, pourtant. Oui, je mange de la friture, mais c'est mon seul défaut. Je fume pas, je bois une coupe de vin de temps en temps pis je sacre même pas! J'ai un petit surplus de poids, peut-être. Pour une femme de mon âge, c'est rien d'alarmant.

— Votre mode de vie diminue les risques, mais ne vous immunise pas. Plusieurs autres facteurs entrent en ligne de compte, par exemple la génétique.

— Justement, il y a aucun historique de cancer du sein dans ma famille.

— C'est peut-être une erreur sur la personne, dis-je, la voix pleine d'espoir.

— J'ai bien peur que non, compatit le Dr Pinel.

— Est-ce opérable ? dis-je.

— Avant de penser à la mastectomie...

— Quoi ? chuchote ma mère. Une mastectomie...

— Écoutez, je ne veux pas trop m'avancer. C'est certain que vous aurez de la chimiothérapie ou de la radiothérapie. Il faut freiner la croissance des cellules cancéreuses et, surtout, empêcher leur migration vers les autres organes ; les os, le foie, le cerveau... Madame Allard, malgré vos traitements, vous devriez garder une bonne qualité de vie.

— Qu'est-ce que vous voulez dire ? Est-ce qu'elle va s'en sortir ?

— Écoutez, votre mère va être suivie par les meilleurs spécialistes.

— C'est pas ma question.

— L'oncologue pourra se prononcer, vous détailler le plan de traitement.

Le médecin ferme le dossier de ma mère et nous regarde tour à tour, comme si la rencontre était déjà terminée.

— Alors, c'est tout ?

— Je ne peux malheureusement pas vous en dire plus pour le moment. Si ça peut vous rassurer, à cause de sa situation, votre mère aura un rendez-vous rapidement.

Je ne suis aucunement rassurée. Comment puis-je l'être après ce qu'il vient de nous annoncer ?

— Des questions ?

J'ai de la difficulté à me remettre du choc. Des centaines de questions s'entremêlent dans ma tête, sans que j'arrive à en formuler ne serait-ce qu'une seule. Je ne sais pas par où commencer. De toute façon, elles ne changeraient pas le diagnostic et n'apaiseraient pas l'angoisse qui monte en moi.

— Dans ce cas, conclut le Dr Pinel, je vais vous souhaiter une bonne fin de journée. Vous laisserez la porte ouverte en sortant.

Claire et moi quittons le bureau et parcourons les couloirs de l'hôpital en silence. J'ai la nausée, le souffle court. J'ai de la difficulté à croire que ma mère est atteinte d'un cancer. J'essaie de me convaincre que je dramatise inutilement, qu'avec les traitements adéquats, elle s'en tirera sans problème. L'attitude du Dr Pinel me laisse toutefois craindre le contraire. Et s'il en savait plus long que ce qu'il nous a révélé ? Les scénarios se bousculent à toute vitesse dans ma tête et je suis incapable d'y mettre de l'ordre. J'imagine ma mère affaiblie par la chimiothérapie, ou sans ses cheveux, ou sur une table d'opération, ou gisant dans un lit d'hôpital, ou... pire.

Quinze minutes plus tard, nous sommes en route vers la maison de mes parents. Le silence de ma mère est presque insupportable. Habituellement, ce sont plutôt ses histoires sans but qui le sont. J'aimerais qu'elle parle, qu'elle partage ses pensées, qu'elle se fâche, qu'elle me promette de se battre pour vaincre son cancer ou, à défaut d'avoir mieux à dire, qu'elle me raconte qu'elle a changé de marque de tomates en conserve et qu'elle préférait l'ancienne. Elle regarde plutôt par la fenêtre, l'air songeur. Je voudrais lui demander si elle va bien, si elle a besoin de discuter de ce qu'elle vit, sans toutefois trouver les bons mots. Y en a-t-il ?

— T'aurais envie de venir prendre un café ? propose ma mère, à quelques coins de rue de chez elle.

— Maintenant ?

— J'aurais aussi le goût d'un beigne. Ceux avec du chocolat à l'intérieur et du sucre en poudre à l'extérieur. Y en font-tu encore ? Il me semble que ça fait un bout que j'en ai pas vu. Sinon, ce sera une bonne vieille roue de tracteur. Ça fait toujours la job. Je me demande avec quoi ils préparent ça. De la pâte à choux ?

— Je suis vraiment désolée, maman, il va falloir se reprendre. L'attente a été plus longue que prévu et je devrais déjà être à la maison. Vincent est au travail et les enfants, chez la voisine.

— C'est pas grave, je me souviens c'est quoi de s'occuper de sa petite famille.

Ma mère se montre compréhensive, même si elle est visiblement déçue. Je m'en veux de refuser son offre. Je me répète que je n'ai pas le choix pour me déculpabiliser. Est-ce vraiment le cas ? Est-ce que je regretterai un jour cette fois où je n'aurai pas étiré l'après-midi en sa compagnie ? Si seulement je n'étais pas aussi coincée dans le temps...

Quand je dépose ma mère chez elle, elle me remercie de l'avoir accompagnée à l'hôpital et, avant qu'elle referme la portière derrière elle, je la retiens :

— T'aimerais que je rentre, pour annoncer la nouvelle à papa ?

— Non, ma chouette, t'es déjà en retard et, avec ton père, je suis entre bonnes mains.

— S'il y a quoi que ce soit, fais-moi signe, je vais m'arranger pour être là. Et tu me tiendras au courant de la date de ton prochain rendez-vous, OK ?

— Merci.

— Je t'aime, maman.

— Moi aussi, je t'aime.

Je me promets d'être présente pour ma mère comme elle l'a été si souvent pour moi. Or avec toutes mes obligations, j'ai peur de trahir ma parole. Combien d'autres fois pourrai-je m'absenter du bureau? Qu'est-ce que je ferai avec les enfants? Vincent pourra-t-il diminuer son nombre d'heures de travail, lui qui arrive dans la dernière ligne droite d'un développement de jeu de près de trois ans?

Le temps des fêtes qui approche est synonyme de magasinage. Chaque année, je me promets d'être plus prévoyante et de ne pas repousser à la dernière minute l'achat des cadeaux d'Océane et de Nathan. Décembre a toujours la fâcheuse manie de me surprendre. J'ai parfois l'impression que quelques jours à peine séparent la dernière canicule, la tombée des feuilles et le retour du givre dans les vitres d'auto le matin.

Comme il commence à être tard, je préfère éviter les commandes en ligne pour être certaine de tout avoir à temps. J'ai donc repris mon rendez-vous annuel avec les centres commerciaux bondés, les stationnements pleins, les files aux caisses, la musique de Noël qui joue en boucle pour torturer les commis, les clients qui toussent leur vie et les relevés de carte de crédit qui provoquent des micro-crises cardiaques. Jade s'est jointe à moi puisque c'est l'une des rares occasions où nous pouvons être seules.

— Ça coûte donc bien cher, des enfants! s'insurge-t-elle. Vu la grosseur du manteau, il pourrait être à la moitié du prix! T'étais vraiment obligée d'en racheter un?

— Océane a brisé le sien. Le pire, c'est que celui-là fera plus l'an prochain.

— Parce qu'il faut que t'en rachètes un nouveau chaque année? Je comprends pourquoi Vanessa, Juliane et toi avez formé un réseau de trafic de linge d'enfants. Ça explique aussi pourquoi tu me dis que ma dépendance aux sushis est pas viable.

— Ton mode de vie au complet est pas viable.

— Il l'est... à court terme.

Après deux allers-retours à la voiture pour y déposer les nombreux sacs de vêtements et de jouets, ce fut l'heure de dépenser le peu d'argent qu'il me restait. Jade m'a tirée de force dans sa boutique d'accessoires de yoga préférée, même si j'ai insisté pour lui faire comprendre que je n'avais pas l'intention de dépasser mon budget pour la renommée d'une marque.

— Jade! C'est beaucoup trop cher!

— Ben non, pas tant que ça.

— Tu disais que le prix du manteau d'Océane était abusif. Là, il y a dix fois moins de tissus, mais dans ton univers parallèle, c'est correct.

— C'est une fibre synthétique respirante et élastique. C'est la haute technologie du cache-fesses. C'est pas juste un logo, c'est un gage de qualité.

— Reste que c'est deux cent cinquante piasses pour deux morceaux!

— Deux cents.

— Ajoute les taxes...

— Ça en vaut la peine, promis!

Jade et moi accumulons pour plus de mille dollars de vêtements en explorant la boutique. Je me dirige ensuite vers les cabines d'essayage où j'enfile un legging. En me regardant de dos dans le miroir, je n'aime pas ce que je vois. Je n'ai pas porté un bas aussi serré depuis ma première grossesse et je dois admettre que c'était sage de ma part.

— Il me faudrait une taille plus grande, dis-je sans sortir de la cabine.

— Pourquoi ? répond Jade, la voix étouffée par la porte qui nous sépare. C'est normal que ce soit moulant.

— Et c'est normal que ça me fasse un gros cul ?

— Sors donc, je suis certaine que c'est pas si pire.

— En plus, on voit toute ma cellulite.

— T'en as même pas !

— Tu crois ça parce que tu m'as jamais vue toute nue.

— Pis c'est correct comme ça !

— À moins que ce soit la couleur qui donne cette impression. Rose, c'est un peu intense. Le mauve serait mieux.

— Éliane ! Arrête de te chercher des excuses !

Je sors de ma cabine et Jade me considère avec l'œil de la critique mode qu'elle n'est pas.

— Tourne-toi.

Je l'écoute.

— Sont belles, tes fesses.

— T'es pas ma référence en la matière.

— Sauf que j'ai de l'expérience ! Je suis des cours de yoga depuis cinq ans et j'ai pas vu beaucoup de mères qui ont un cul comme le tien. Tu ferais des jalouses !

— Tu dis ça juste pour être fine.

— Ben non ! C'est décidé, t'achètes celui-là. Maintenant, les tops !

J'entre dans la cabine, essaie le premier haut et ressors pour le montrer à Jade.

— Oh, sexy girl ! apprécie-t-elle.

— Shit, on a pas les mêmes standards. Avec les élastiques qui s'enfoncent dans ma peau, je me sens potelée comme le bonhomme Michelin.

— Voyons donc !

— Je déborde de partout !

— C'est parce que t'as gardé ton soutien-gorge que t'as l'impression que ton top est trop serré. Ça va être mieux sans.

— Regarde-moi ! Je serais parfaite pour les photos "avant" dans une publicité de Weight Watchers...

— T'es trop exigeante envers toi-même ! Ça nous prendrait un avis neutre pour trancher.

Jade se tourne vers un client qui fait le piquet devant une cabine d'essayage.

— Eille, toi ! Tu la trouves comment, mon amie ? Elle est belle, han ?

— Euh... je...

— Gêne-toi pas ! Elle est consentante.

— J'aime la couleur de son pantalon...

— Tu parles à qui ?

La voix étouffée provient d'une cabine voisine. Le gars détourne le regard pour répondre.

— À personne.

— Pas très concluant, dis-je.

— Fie-toi pas à lui. C'est un nobody, son opinion compte pas.

— Vous savez que je peux vous entendre ?

— À qui tu parles, Max ?

— Personne !

Le gars nous tourne le dos pour couper court à la conversation.

— OK, je te laisse essayer les autres morceaux, m'accorde Jade. Si t'es une bonne amie, tu vas me faire confiance.

J'ai finalement endossé mon rôle d'horrible humaine et j'ai choisi le pantalon mauve au lieu du rose, histoire d'avoir une couleur qui me permettrait de me fondre au groupe de yoga et non d'y devenir le centre de l'attention.

Jade et moi dînons dans l'aire de restauration, accompagnées d'une foule bruyante et d'une odeur de friture. Un burrito pour moi, un plat asiatique pour elle. Des décorations et de la musique de Noël nous rappellent qu'il ne reste plus que trois semaines avant le temps des fêtes.

— T'as des projets pour les vacances ? me demande Jade.

— Rien en particulier : des rassemblements familiaux, me coucher tard, trop manger...

— Gros programme !

— Et toi ?

— La même chose, quoique je serai sûrement moins occupée que toi. C'est mon premier Noël de célibataire depuis longtemps. Je m'évite les situations malaisantes avec une belle-famille, mais ça signifie aussi que je recevrai moins de cadeaux. La vie est mal faite ! Pourquoi les mauvaises nouvelles accompagnent toujours les bonnes ?

— À ton âge, t'attends encore après les cadeaux ?

— Au cas où tu l'aurais pas remarqué, je suis un peu princesse.

— Ah oui ? Tu m'étonnes ! Si je me retenais pas à la table, je tomberais en bas de ma chaise.

— Je cache bien mon jeu, han !

— Reste que je le prendrais, ton temps des fêtes relax. T'aurais pas envie d'un échange de vie pour deux semaines ?

— Vincent, il donne des beaux cadeaux ?

— L'an passé, c'était un pyjama en flanelle, style grand-mère.

— Ouch !

— C'est moi qui l'avais acheté...

— Re-ouch ! Vous achetez vos propres cadeaux de Noël ?

— Comme ça, on s'assure d'avoir ce qu'on veut. Au moins, il l'a emballé... avec le papier que j'avais choisi pour les enfants.

— Au fait, ça va toujours bien vous deux ?

— Pourquoi tu me poses la question ?

— T'es pas comme d'habitude.

Je considère mon burrito en me demandant comment le manger sans que la sauce en coule et que la moitié de la garniture tombe sur mon plateau. J'en prends une bouchée pour me donner le temps de trouver une réponse.

— Décidément, je peux rien te cacher. Mon couple va pas fort.

— C'est-à-dire ?

— On s'est éloignés sans trop nous en rendre compte au cours des dernières années. C'est comme si une partie de nos vies s'était envolée en fumée et que j'avais rien vu venir. Je comprends pas comment le temps a pu fuir aussi rapidement et pourquoi j'ai l'impression que c'est rendu les enfants et l'hypothèque qui nous unissent. Elle est passée où, la vie romantique que je rêvais d'avoir avec Vincent quand je l'ai rencontré au cégep ?

— Cheer up, Éli ! Sois pas si dramatique. C'est rien qu'un week-end de sexe torride dans un hôtel peut pas arranger. Ta vie romantique, elle est encore là, c'est à toi de la dépoussiérer et, avec pas de bobettes, ça aide. C'est une méthode éprouvée depuis longtemps ! Tu me remercieras plus tard.

— Je veux pas tourner le fer dans la plaie, sauf qu'elle doit pas marcher fort, fort ta technique infaillible avec la façon dont tes dernières relations se sont terminées.

— Ça aura au moins eu l'avantage de mettre un peu de piquant dans mon malheur.

— J'aimerais quand même une solution plus durable.
— Fair enough. Tout ce que j'essaie de te dire, c'est qu'avec vos vies chargées, vous devez pas avoir grand temps à vous consacrer et que ça doit pas aider.
— Ça fait surtout partie de la liste des excuses faciles. Et des excuses, il va toujours y en avoir. On s'en est parlé et on est tous les deux d'accord : ça fonctionne plus.
— Oh shit! Genre... plus pantoute?
— Pas à ce point-là. Si on fait rien, par exemple...
— Ça veut dire quoi? La séparation?
— Je sais pas.
— La question qui tue : tu l'aimes encore?
— Oui... je pense... j'espère...
— Qu'est-ce que ça signifie?
— J'ai de la difficulté à ressentir quelque chose pour lui, en ce moment. Pour tout, en fait... C'est comme si ma switch émotionnelle était fermée. Moins je dors, plus c'est éprouvant.
— Si c'est le sommeil, ton problème, t'as pas envie d'en parler à ta médecin?
— Tu veux qu'elle fasse quoi?
— Te prescrire un somnifère.
— J'en suis pas rendue là!
— Tu dors mal depuis combien de temps?
— J'ai toujours plus ou moins mal dormi.
— Je reformule : c'est pire depuis quand?
— Septembre.
— Ça fait trois mois, Éli! T'as besoin d'un coup de main.
— J'ai pas envie de me droguer aux pilules.
— Je te parle pas d'en prendre pour le reste de tes jours, seulement pour un temps.
— Ouin, t'as peut-être raison.

— Enlève le "peut-être" de ta phrase. Prends au moins un rendez-vous. Tu paies des impôts comme tout le monde, t'as le droit de consulter.
— Eh bien, je m'attendais pas à recevoir des conseils de vie de ta part aujourd'hui. C'est une première!
— Je suis meilleure pour les donner que pour les suivre.
— Cordonnière mal chaussée?
— Non, triathlonienne pas de vélo, de maillot de bain pis de souliers.
— Je l'avais jamais entendue, celle-là.
— En gros : fais ce que je dis, pas ce que je fais.
— C'est bon, je vais y réfléchir.

Vincent

Chaque fois qu'un imprévu force la fermeture de l'école de Nathan, je constate à quel point le tissu social est fragile. J'en ai eu une autre belle démonstration en voyant les visages désemparés des parents du quartier lorsqu'une panne d'électricité a empêché la tenue des cours. Je ne suis pas différent. Je m'en veux de me sentir découragé par la perspective d'avoir à m'occuper de mon propre enfant. J'aimerais être de ces parents qui accueillent les contretemps avec sérénité. Pas d'école? Pas grave, c'est l'occasion idéale pour une sortie de kayak père-fils! Je rêve de découvrir leur secret pour ralentir le quotidien, me le réapproprier et moi aussi voir du positif dans l'inattendu. Mon life goal serait de me réjouir des obstacles, parce qu'ils m'aident à apprécier les jours plus calmes. J'ignore comment m'y prendre, par où commencer, parce que dans les faits, les obstacles me font royalement chier. Parfois, je me demande s'il faudrait qu'un bouleversement secoue ma vie pour qu'elle change. Enfin frapper ce foutu mur métaphorique qui me montrera que le pilote automatique était une mauvaise idée. Ce ne sera pas aujourd'hui, beaucoup trop de travail m'attend. Les changements de vie majeurs ne sont pas adaptés aux mardis matins.

Habituellement, pour régler mes problèmes, j'opte pour la solution clés en main: Claire. Par contre, avec son diagnostic de cancer et ses traitements qui doivent commencer d'un jour à l'autre, je ne veux pas qu'elle se fatigue inutilement. Je songe à laisser Nathan à la maison, mais, malgré tout l'amour que je lui porte, je dois avouer qu'il a l'autonomie d'une fourchette. Il m'accompagne donc au travail où je l'installe sur un kit de développement pour tester notre jeu.

— Eh ben, Vincent, t'es vraiment le gars le plus intelligent que je connaisse, se réjouit Ludivine en nous voyant. T'as mis au monde de la main-d'œuvre au rabais!

Je me souviendrai toujours de la première fois que j'ai pris Nathan, à l'hôpital. Jamais huit livres ne m'avaient paru si lourdes. C'était le poids des responsabilités, celles qui chambouleraient ma vie, parce que lui était léger, délicat. Il me toisait en se demandant s'il devait avoir confiance en ce vil personnage qui venait de l'arracher des bras de sa mère, surtout s'il arrivait à voir, avec ses yeux bleu-gris qui s'ouvraient au monde, ma repousse de barbe, mes cheveux ébouriffés et les cernes creusés par la nuit blanche passée à attendre la fin de l'accouchement.

Je l'ai redonné à Éliane quand il s'est mis à pleurer, comme si je venais de le briser et qu'elle devait le réinitialiser avec un bouton que je ne connaissais pas – une réaction qui laissait déjà présager la nature de ma relation avec lui. Éliane aurait toujours une longueur d'avance au département de l'affection. Malgré mes efforts, je ne pouvais pas rivaliser avec la force du lien maternel. Le cordon ombilical avait beau avoir été coupé, il les unissait encore tel un membre fantôme.

Tenir Nathan pour la première fois m'avait rempli d'autant de joie que de craintes et de peine. La joie si pure d'avoir contribué, ne serait-ce qu'un peu, à mettre au monde un être aussi beau. La crainte de ne pas être à la hauteur, de devenir un mauvais père. La peine de le voir quitter mes bras en sachant qu'un jour, sa petite main que je pouvais capturer du bout des doigts ne se laisserait plus prendre si facilement. Parce que je l'aime, je dédierai une partie de ma vie à le rendre autonome. Je l'aime, donc je veux qu'il brise mon cœur un jour en partant de la maison. Encore là, je serai fier de lui, de ce qu'il sera devenu, de ses accomplissements.

J'avais toujours pensé que mon amour pour Éliane était le plus fort, le plus précieux. C'était avant d'avoir Nathan. Au fond, c'est logique, puisqu'il résulte de deux amours. De l'amour au carré, encore plus puissant que chacune de ses composantes. Mon amour pour Éliane peut changer, se faner. Celui pour mon enfant est immuable. Avant ce 12 novembre, Éliane et moi étions là l'un pour l'autre; après, c'était d'abord pour Nathan.

Parce que nous refusions que s'éteigne cet incendie ardent qui enflammait notre cœur de bonheur, nous l'avons attisé avec un déversement de pétrole océanographique en ayant une fille. Ce n'est pas un hasard si son nom est inspiré par les plus grandes étendues d'eau de la planète : il est le seul qui pouvait montrer l'ampleur des sentiments qu'Éliane et moi développerions pour elle. Océane avait apporté un deuxième grand bouleversement dans nos vies, et je n'aurais rien souhaité d'autre. Nous étions une famille. Nous étions heureux.

— Papa, c'est donc ben violent ton jeu! commente Nathan, qui me tire de ma nostalgie. J'a-do-re!

— Euh... ouin. Ça m'arrangerait que t'en parles pas à tes amis. Sinon, ça pourrait me mettre dans le trouble. Et aussi, à ta mère.

— Le meilleur moyen de garder les secrets, nous coupe Ludivine sans nous regarder, c'est de t'inspirer de moi : pas avoir d'amis.

Nathan ne possède pas mes années d'expérience avec Ludivine, qu'il vaut toujours mieux ignorer. Il s'intéresse donc à elle :

— Tu fais quoi ici ?

— Je suis dessinatrice et je m'enferme souvent aux toilettes pour pleurer.

— Elle raconte n'importe quoi, dis-je. Elle dessine pas.

— T'es en forme ce matin ! se réjouit Ludivine avec le sourire.

Je commence à travailler, tandis que Nathan remonte le temps virtuellement. Il se retrouve à l'époque de la reconquête de l'Espagne, au début des années 1500, et découvre l'art nasride de l'Alhambra de Grenade en contrôlant un soldat. Je jette des coups d'œil à mon fils. C'est la première fois que j'observe quelqu'un qui joue au jeu sur lequel je planche depuis trois ans. Je note chaque détail des animations du personnage principal lorsqu'il se met en route, à dos de cheval, pour accomplir une mission.

— Tiens, de la grande visite !

Aurélie vient d'arriver à mon bureau. Elle appuie une main sur le dossier de ma chaise et regarde Nathan, trop absorbé par le jeu pour remarquer sa présence.

— C'est ton fils ?

— Oui, son école est fermée à cause d'une panne de courant.

— Dommage, il va devoir *gamer* toute la journée !

— Comme tu peux le voir, il en souffre beaucoup.

— Mets-en ! Une vraie torture.

— Le problème, c'est que je vais devoir le laisser seul. Antoine vient de convoquer une rencontre d'urgence. Un bogue majeur a fait péter les armatures de nos personnages.

— De ma position de fille qui comprend rien, ça me semble pas si grave.

— C'est comme si tous les acteurs d'un film se transformaient en gélatine contorsionniste.
— Je suis certaine que vous allez trouver une solution.
— Il y a toujours des solutions. C'est le temps pour les implanter qui m'inquiète.
— Si tu veux, je peux m'occuper de Nathan en ton absence.

Je songe à lui dire que ce ne sera pas nécessaire, mais je n'ai pas beaucoup d'autres choix. C'est ça ou je le laisse sous la surveillance de Ludivine.

— Nathan, t'as envie d'accompagner Aurélie à son bureau ?

Il lui jette un coup d'œil, à mi-chemin entre l'indifférence et le mépris, sans toutefois daigner lui répondre. À l'écran, il assassine des citadins sans raison. Il ne réagit même pas au sang qui gicle et aux têtes qui roulent.

— J'ai plein de cochonneries à manger, précise Aurélie pour tenter de le convaincre.

Le regard de Nathan s'illumine : il passe du désintérêt à la supplication. Il s'attend à ce que je m'interpose pour l'empêcher de se goinfrer de calories vides, mais si c'est ce qu'il faut pour m'apporter une certaine paix d'esprit, je suis prêt à cette concession.

— C'est bon, vas-y.
— Super !
— Tu devrais pas suivre une inconnue qui t'offre des bonbons, intervient Ludivine. La première chose que tu vas savoir, elle va te forcer à monter dans un camion louche.
— J'ai une Vespa, se défend Aurélie. Et je l'utilise seulement en été. L'hiver, c'est le bus ou l'auto à ma sœur, quand j'ai pas le choix...
— Nathan, tu fais à ta tête, reprend Ludivine, mais quand tu disparaîtras, je vais lâcher ma job et te chercher

jusqu'à ce que je te retrouve, juste pour te dire que j'avais raison! Et je te sauverai même pas!

— Tu pourrais éviter de faire peur à mon fils?

— Si je voulais l'effrayer, je lui raconterais que nous sommes dans un ancien abattoir, que des milliers d'animaux sont morts ici, que leur sang s'est infiltré dans les pores du béton sur lequel on marche et qu'il va ramener chez vous, sous ses semelles, plein de microparticules des ancêtres de son souper.

Ma réunion d'une heure en a duré trois et elle se résume en une phrase: du travail supplémentaire pour toute l'équipe d'animation. Enfermé avec mes collègues, j'avais la tête ailleurs. Je m'inquiétais en m'imaginant Nathan en compagnie d'Aurélie. Je savais qu'elle en prendrait soin. Ce que j'appréhendais, par contre, c'était ce que mon fils lui révélerait candidement à mon sujet. Lui parlerait-il de mes mésententes avec Éliane? Lui confierait-il que je suis un père absent depuis six mois? Je me sentais ridicule de m'en soucier, d'autant plus que cela n'a que bien peu d'importance. Aurélie n'est, après tout, qu'une collègue parmi tant d'autres.

En sortant de la salle de réunion, je m'empresse de me rendre au bureau d'Aurélie où Nathan, assis à côté d'elle devant son ordinateur, porte une casquette de notre jeu vidéo.

— Et puis, ça s'est bien passé?

— Ouais! s'exclame Nathan. On a dévalisé le placard des objets promotionnels. J'ai trois nouvelles figurines à ajouter à ma collection. Elles sont même pas encore en magasin!

Il me montre les personnages de plastique. Je reconnais Juan-Manuel Gonzalez, le soldat castillan, Yusuf al Rahman, le marchand et espion de l'émirat de Grenade, et Maria Halévi, redoutable assassin qui joue de ses poignards aussi bien que de son charme.

— ReallyPanda est vraiment cool, poursuit Nathan. Maman m'aurait jamais laissé manger autant de cochonneries la semaine.

— ReallyPanda?

— C'est mon nouvel identifiant de gameuse, précise Aurélie. Nathan m'a aidé à le créer en vue de la sortie du jeu.

— Qu'est-ce qu'il signifie?

— C'est un mélange entre mon nom et celui que j'avais comme monitrice, au camp de jour. Aurélie et panda.

— Les jeux de mots qu'on doit expliquer sont les meilleurs!

Nous éclatons de rire sous le regard dubitatif de Nathan.

— Bon, mon grand, tu viens? Il faut que je recommence à travailler.

— Je suis obligé de te suivre? demande Nathan, déçu.

— Allez!

— T'auras juste à revenir une autre fois, suggère Aurélie.

— Ouiiiii! Papa, je comprends pas pourquoi tu te plains de ta job. C'est mieux que l'école! Si je pouvais, je lâcherais les cours et passerais tout mon temps ici.

— Sauf que pour travailler dans le domaine, tu dois étudier.

Nous quittons le bureau d'Aurélie. Elle me sourit, les yeux pétillants. Ses quelques heures en compagnie de Nathan l'ont charmée. Je ne me doutais pas, à la mi-trentaine, que mon fils deviendrait une arme secrète de séduction. Je l'avais longtemps perçu comme étant celui qui me rapprocherait d'Éliane ; maintenant, il pave la voie à la tentation.

Éliane

Au bureau, décembre est la période où mes collègues ressortent inexorablement l'expression « On va tous arriver à Noël en même temps », autant pour se rassurer que pour s'en convaincre. C'est symptomatique de la surcharge de travail et du manque de temps. La pression d'écouler des piles de dossiers devient omniprésente, comme si une catastrophe allait se produire s'ils étaient laissés sans surveillance durant la semaine et demie où nous nous absenterons du bureau. Combustion spontanée ? Transformation en citrouilles ? Malédiction sur quatre-vingt-dix-neuf générations ? Je l'ignore. Ce n'est rien pour m'aider à mieux dormir.

En dépit de mon agenda surchargé et de la gymnastique de réorganisation familiale que ça implique, j'ai pris rendez-vous à la clinique au sujet de mon insomnie, comme Jade me l'avait suggéré. Ma médecin, une mère de deux fillettes à en juger par les photos qui ornent son bureau, a environ mon âge. C'est là que s'arrêtent nos points communs. Alexia est un modèle de zénitude. Elle porte un jeans ajusté et un chandail super doux et confo du type je-veux-me-rentrer-les-mains-dans-les-manches-et-me-recroqueviller-sur-mon-sofa-pour-lire. Ses sourcils sont expressifs tandis qu'elle m'écoute me plaindre avec beaucoup trop d'empathie, comme si elle savait ce que je traversais, même si ça ne lui est sans doute jamais arrivé. Juste d'être dans son bureau m'apaise déjà. Ça fait du bien d'avoir une médecin aussi humaine, avec qui j'ai l'impression de pouvoir avoir une discussion informelle au lieu de me sentir auscultée. Je laisse tomber mes barrières en sa présence, je m'ouvre à elle, je me sens réellement écoutée. Alexia est demeurée attentive pendant que je lui étalais mes problèmes.

— À part le sommeil, est-ce que le reste de ta vie va bien ?

— J'ai pas à me plaindre. Mes enfants sont en bonne santé, j'ai une relation stable avec mon chum. Je pourrais avoir plus d'argent, comme tout le monde, sauf que je suis pas dans la rue non plus.

— T'as mentionné quelque chose à propos de ton travail, tout à l'heure.

— Un peu de stress.

— Dans les derniers mois, étais-tu plus souvent stressée que le contraire ?

— Euh... ouais...

— Ça dure depuis combien de temps ?

— Au moins depuis l'été.

— Est-ce que ça t'arrive d'éprouver de la difficulté à te concentrer sur tes tâches quotidiennes ? D'avoir l'impression d'être absente.

— Fréquemment, mais avec la fatigue...

— Je te comprends, ça affecte toutes les sphères de notre vie. Dirais-tu que tu es du genre à envisager des scénarios catastrophes ?

— Pas mal tout le temps, en réalité... Je vois pas le lien, par contre.

— Connais-tu les troubles anxieux, comme le trouble d'anxiété généralisée ou l'anxiété de performance ?

— Oui, heu... Moi? Non! Je pense pas. Je me suis jamais considérée comme anxieuse.
— As-tu déjà rencontré un psychologue?
— Non.
— As-tu des assurances?
— Pas pour ça.
— Ça pourrait être une bonne idée de consulter, si ça t'intéresse. Tu ne risques pas grand-chose, à part te sentir mieux après.
— Vous pourriez m'avoir un rendez-vous?
— Au public? Je vais être honnête avec toi, les listes d'attente sont longues et tu ne seras pas dans les cas prioritaires. Ce n'est pas toujours plus facile au privé, surtout ces temps-ci. Je te conseille tout de même d'envoyer des courriels. Je t'avertis, tu risques d'avoir beaucoup de refus, ou de carrément pas recevoir de réponse. Tu dois persévérer. Pour l'instant, je vais te prescrire de la trazodone pour t'aider à dormir. Commence par un demi-comprimé. Si ça fonctionne bien et que t'es pas trop mêlée le lendemain matin, continue comme ça. Sinon, tu peux essayer un comprimé complet.
— J'en prends pendant combien de temps?
— Une semaine ou deux, pour te remettre les idées en place. Après, tu y vas au besoin. Je te donne une prescription d'un mois. Si ça ne marche pas, rappelle-moi d'ici là. Et profite du temps des fêtes pour te reposer pour vrai! Pour prendre soin de toi. Je te recommande la méditation pleine conscience. Tu connais?

Je me suis retenue de rouler des yeux. J'étais persuadée qu'elle était sur le point de me suggérer un truc spirituel qui fonctionne uniquement si on croit à l'ésotérisme: les licornes, la communication avec les esprits, les prévisions à long terme de MétéoMédia... J'étais suffisamment à bout de ressources pour la questionner à ce sujet :

— C'est quoi, au juste, la pleine conscience ?

— C'est très simple. C'est de prendre quelques minutes dans ta journée pour te ramener dans le moment présent. Selon ce que tu m'as raconté, tu vis toujours à cent cinquante kilomètres à l'heure. Ton cerveau a pas le temps de se reposer. Quand tu te couches, il s'arrête pas d'un coup, il continue à tourner. Il faut que tu lui apprennes à ralentir, à s'ancrer dans l'immédiat. Ça peut être aussi simple que de t'asseoir dehors pour écouter les bruits ambiants ou te concentrer sur les sensations de ton corps, sans penser à quoi que ce soit d'autre. Sinon, il y a les balados.

Je repense à Gary, qui m'a accompagnée au cours de certaines de mes nuits blanches. Sans le savoir, je pratiquais déjà la méditation pleine conscience, apparemment.

— Justement, j'en ai téléchargé quelques-uns. Tout ce qu'il me faut, c'est chasser mes pensées intrusives quand je les écoute.

— Tu y arriveras avec de l'entraînement.

En partant de la clinique, je passe à la pharmacie pour récupérer ma prescription. J'ai presque honte de demander qu'on me prépare des somnifères, comme si c'était un signe de faiblesse. Je n'ai pas eu la force d'affronter le quotidien et maintenant, je sollicite de l'aide pour dormir ; une fonction pourtant élémentaire du corps. Mon chat dort vingt-trois heures par jour et moi, je suis incapable de dépasser trois heures, malgré mon épuisement. La surprise de la pharmacienne quand je lui mentionne que je n'ai jamais eu recours à ce genre de médication me fait sentir mieux : je ne suis visiblement pas la seule à avoir ce défaut de fabrication.

Une odeur épicée m'accueille à la maison. Vincent est dans la cuisine avec les enfants et ils préparent le souper – des bols burritos, un de mes repas préférés. Sur la table sont déjà disposés des petits plats avec différents ingrédients : quartiers de lime, riz à la coriandre, fromage, crème sure, salsa, sauce piquante, avocats et haricots noirs. Hier, j'avais sorti une lasagne du congélateur. Je m'attendais à ce que Vincent la réchauffe au micro-ondes, la réduisant ainsi en bouillie pâteuse aux coins calcinés – une de ses spécialités –, alors je suis agréablement surprise par son initiative.

— Ah non ! T'es arrivée trop tôt ! se désole Vincent. Quand tu m'as texté en partant de la clinique, je croyais qu'on aurait le temps de tout préparer. Il me reste juste à finir de cuire le poulet.

— C'est gentil d'avoir préparé tout ça !

Je m'approche du four pour sentir l'odeur du repas. Je vole la cuillère de bois de Vincent et remue la préparation.

— Comme on est mardi, reprend Vincent, je me suis gardé une petite gêne sur le vin. J'espère que tu m'en voudras pas.

— Comment je pourrais t'en vouloir ? T'as fini de travailler plus tôt, t'es allé chercher les enfants, t'as fait le souper... Il manquait juste le bain avec des huiles parfumées pour que tu te transformes en l'homme idéal.

— Zut, j'ai raté ma chance !

Nous mangeons en écoutant Océane et Nathan nous parler de leur journée. Vincent me regarde souvent du coin de l'œil ; je sais qu'il meurt d'envie de me questionner à propos de ma visite chez le médecin. Il le fait plus tard, quand nous nous rejoignons dans le salon après avoir couché les enfants.

— Alors, ton rendez-vous ?

— J'ai une prescription pour des somnifères.
— Tu commences ce soir ?
— Ouais... J'en peux plus de mal dormir.
— Si c'est ce que ça te prend pour redevenir Éliane...

La phrase de Vincent est pleine de sous-entendus. Il semble douter que des comprimés règlent mes problèmes de sommeil, en plus d'insinuer que je ne suis plus moi-même, que ma véritable personnalité s'est effacée dans le brouillard de ma fatigue. Je ne peux pas lui en vouloir ; moi aussi, j'ai de la difficulté à me reconnaître.

Depuis l'été, j'ai l'impression que Vincent et moi menons des vies parallèles, qu'elles se suivent, mais ne se croisent plus. Je me suis souvent répété que ce n'était qu'un moment difficile à traverser, que le temps arrangerait les choses. Et si ce n'était pas le cas ? Notre bonheur s'est-il réduit en un tas de morceaux qui ne retrouvera jamais sa forme, même avec un excès de colle digne des bricolages d'Océane ? Faut-il jeter de nouvelles bases à notre relation ? Et si nous avions changé et qu'il était désormais impossible de s'accorder ?

J'espère que notre couple saura résister à cet éloignement. Une petite voix intérieure tente de me convaincre que le feu de notre passion brûle toujours au fond de nous. Parfois, quand je le regarde, je me surprends à avoir envie de me lover dans ses bras pour m'y endormir. De rester dans cette position pour la nuit. Pour des semaines. Des mois, peut-être. Au fond, je ne demande rien d'extraordinaire. Je veux me retrouver. Nous retrouver. Mais par où commencer ?

Un demi-comprimé, ce n'était pas suffisant. Je me suis réveillée en sursaut peu après minuit et j'ai terminé d'épuiser les lentes heures de la nuit sur le sofa du salon avec un livre en main, des écouteurs sur les oreilles. Féline Dion m'a sentie en me piétinant, comme si elle se demandait si c'était bien moi, avant de se coucher sur mes cuisses, ramenant les souvenirs des premières semaines que nous avions partagées en appartement. Elle restait toujours proche de moi, la solitude des pièces plongées dans la pénombre la terrifiait. Maintenant, c'est à son tour d'être là pour moi. Elle m'accompagne souvent dans mes nuits ; un ronronnement rassurant en bruit de fond qui s'apaise et se perd dans le silence de la maison lorsqu'elle tombe dans le sommeil.

Malgré tout, les mêmes inquiétudes à propos de mon travail, des traitements de ma mère, de mon couple et des enfants m'étourdissaient, comme une mauvaise publicité dont le bouton «Ignorer l'annonce» demeure impossible à cliquer. Plus je m'implorais de dormir, moins j'avais sommeil. Un cercle vicieux frustrant, gage de fatigue.

Le lendemain, j'ai pris un comprimé complet. À peine mieux : me réveiller à deux heures du matin, essayer le sofa du sous-sol au cas où il serait plus confortable, me retourner sans arrêt, songer à sortir arracher les gouttières de la maison au grand complet pour arrêter d'entendre l'eau qui y ruisselle, et me lever avec des courbatures.

Au bout d'une semaine à avoir envie de quitter mon propre corps pour des vacances bien méritées, je me suis résolue à rappeler ma médecin, qui m'a prescrit un nouveau somnifère. Il n'a pratiquement pas fait de différence, à part m'assécher la bouche et rendre mes rêves étranges. J'en étais au point où j'aurais essayé n'importe quoi pour dormir. Me glisser dans mon lit m'angoissait.

Comment se déroulerait ma nuit ? À quel point serais-je fatiguée demain ? Je fondais tous mes espoirs sur une récupération miracle dans le temps des fêtes, même si cette période de «repos» est celle où tout le monde court. Je me promettais de limiter les rassemblements familiaux, tout en ne voulant pas décevoir les enfants et Vincent. Quand trouverais-je le temps de prendre soin de moi, alors que mon agenda déborde déjà des attentes démesurées de tout le monde ?

Vincent

Le dernier jeudi de travail avant les vacances des fêtes, à quelques heures du party de Noël, un mélange de parfums et d'odeurs de fixatifs pour les cheveux s'est répandu dans les bureaux. Mes collègues étaient de mieux en mieux vêtus et il me fallait parfois un deuxième coup d'œil pour les reconnaître.

— Quoi ? m'interpelle Ludivine en voyant que je la dévisage.

— T'as quelque chose de différent, non ?

— T'as remarqué ? T'es vraiment attentif, aujourd'hui !

Ludivine a beau avoir l'habitude des changements de look, là, elle a atteint un niveau supérieur en passant de cheveux noirs à blonds avec des mèches roses et en renonçant au maquillage.

— Répète-le à personne, mais j'envie ton attitude. Tu fais ce que tu veux et tu t'assumes pleinement.

— Il existe une autre façon de vivre ? Si ça te tente de suivre mes traces, il me reste de la teinture.

— Je t'admire quand même pas tant que ça.

Avant de me mettre en route vers l'hôtel où se déroule le party, j'enfile mon veston – le seul que j'ai –, et je passe à la salle de bain pour me peigner. Même si je n'ai pas l'éclat de Ludivine, je m'octroie un bon sept sur dix. Déjà plus que ma moyenne hebdomadaire.

Le hall du Saint-Honoré, qu'on prétend distingué et raffiné sur la page web du cinq étoiles, est décoré de ballons noirs et blancs. Un tapis rouge a été déroulé pour les invités et des projecteurs simulent des flashs d'appareils photo lorsqu'on franchit la porte. Pour l'instant, il n'y a qu'une dizaine de personnes. Aurélie m'accueille en me tendant une flûte de champagne. Sa robe noire épouse ses courbes délicates.

— Santé! me salue-t-elle en levant son verre.

— Tchin-tchin!

Nos verres s'entrechoquent et nous buvons une gorgée. Les bulles me chatouillent le palais et le goût sucré du liquide éveille mes papilles.

— Et puis, est-ce que ce party sera la torture qu'étaient les derniers auxquels t'as assisté?

— Je réserve mon jugement pour plus tard.

— Si c'est pas à ton goût, je te suggère de consulter le comité organisateur. Je préfère t'avertir: le responsable des plaintes est un vieux bougon.

— Presque pas vieux! Et pas bougon pour deux cennes!

— Tu te sens visé?

— Pas du tout! Je rectifie les faits. De toute façon, ça semble bien pour l'instant. J'adore le tapis rouge et les flashs qui scintillent chaque fois que quelqu'un entre. C'est très distingué. Ça prenait un génie pour y penser.

— Une chance qu'il y avait d'autres membres dans le comité pour noter les idées de ton génie, effectuer les démarches, s'occuper des réservations, des suivis. Sinon, on aurait un excellent plan, mais une soirée manquée.

Elle me gratifie d'un sourire qu'elle noie dans sa flûte de champagne. Elle boit en me fixant droit dans les yeux et je l'imite.

— J'y pense! s'exclame-t-elle. Ce serait le bon moment pour prendre une photo avec les autres membres du comité organisateur avant que le monde commence à arriver. Suis-moi!

Un photobooth a été aménagé dans le hall. Toile de fond gris charbon, fauteuils blancs, projecteurs tamisés, lustre de cristal: tout pour se croire dans un shooting professionnel. Entouré des autres membres du comité qui brillent par leur élégance, je me sens soudain underdressed avec mon veston par-dessus mon t-shirt et mon jeans délavé. J'aurais pu faire l'effort de mettre une chemise. Quoique celles qui traînent dans ma garde-robe ne me font sans doute plus...

Le photographe s'amuse avec l'éclairage, et nous prenons différentes pauses. Il actionne ensuite un ventilateur pour donner du mouvement à nos cheveux. Je frissonne en sentant ceux d'Aurélie effleurer mon cou. Je n'ai pas besoin d'autres verres de champagne pour m'enivrer, l'odeur de son parfum me suffit.

— Bon, j'ai des détails de dernière minute à régler avec le traiteur, annonce Aurélie une fois la séance terminée.

— De mon côté, je m'occupe du sonorisateur et je fais une tournée des tables pour m'assurer qu'il manque rien.

— À plus tard!

Aurélie place une main sur mon épaule et m'adresse un sourire espiègle avant de tourner les talons. Elle m'avait déjà confié qu'elle aimait le marketing parce que sa job, c'était d'éveiller les désirs des gens. Je me demande si, en ce moment, elle essaie d'éveiller les miens ou si ce n'est que dans ma tête.

Les invités arrivent en petits groupes tandis que l'après-midi tire à sa fin. Parmi les huit cents employés du studio et ceux en télétravail, je découvre beaucoup de nouveaux visages et je revois des collègues en personne pour la première fois depuis une éternité : bref, je me retrouve à parler de la pluie et du beau temps avec des quasi-inconnus.

Pour le souper, je mange avec Philippe et quelques autres programmeurs qui débattent d'un sujet hautement philosophique : est-ce qu'Hollywood devrait arrêter d'adapter des romans pour le grand écran ? Selon Charles-Étienne, jamais une version cinématographique n'a dépassé l'œuvre originale. Mahdi cite en contre-exemple *Fight Club*, *The Shining* et *The Lord of the Rings*, déclenchant une vague de désapprobation. Résultat : personne n'a changé d'avis, quoique ce fût divertissant.

Alors que nous terminons le plat principal, Aurélie passe à notre table pour nous demander si tout va bien. Je n'avais pas remarqué qu'elle était si proche de moi avant que Philippe ne se mette à nous fixer. Elle est appuyée sur le dossier de ma chaise et je sens son bras dans mon dos.

— J'admets que canard confit et risotto, c'était le bon choix, dis-je.

Elle esquisse un sourire en improvisant quelques pas d'une danse de la victoire.

— Par contre, je maintiens mon point : je comprends pas la nécessité des petits pois.

— Ma seule portion de légume de la semaine ! clame Philippe.

— Tu vois ! renchérit Aurélie.

Après le repas, les tables sont retirées et un groupe de musique lounge se lance dans des reprises de chansons populaires. Je vais rejoindre Aurélie, qui s'est assise sur un tabouret, au bar, et qui fixe le vide, le poing écrasé contre le visage.

— T'as l'air fatiguée.

— Un peu. J'ai l'impression de courir depuis que je suis arrivée.
— Tu veux prendre un verre pour relaxer ?
— Oh oui, ça me ferait du bien !
— Tu bois quoi ?
— Une sangria. Il paraît que la recette spéciale du temps des fêtes avec des morceaux de canne de bonbon est délicieuse.

Je commande une sangria et une bière, qui nous sont servies presque aussitôt. Aurélie goûte à son cocktail et lâche un soupir.

— Je suis tellement contente que ça se passe bien ! Tout le monde a l'air d'apprécier. Il est pas mal, notre party, han ?
— Ouais, c'est bien.
— J'adore ton groupe de musique. C'est l'un des meilleurs que j'ai entendus dans ce genre d'événement et en plus, il était pas cher.
— C'est l'avantage de connaître le cousin de la chanteuse.
— Tu t'es décidé pour ta participation l'année prochaine ? Ce serait dommage de te perdre après un tel succès !
— Je sais pas. Ça va dépendre de beaucoup de facteurs.
— Dans ce cas, profitons de cette soirée comme si c'était la dernière que nous organisions.
— Ça me va !

Aurélie et moi restons au bar pour discuter. Elle me révèle ce dont je me doutais : c'est une ancienne première de classe. À l'université, malgré les études et le travail, elle était engagée dans divers comités, faisait du sport et trouvait le temps pour du bénévolat.

— J'étais du genre à toujours vouloir remettre la copie finale d'un travail d'équipe, précise-t-elle. Ça me permettait de retravailler les sections des autres, pour m'assurer d'obtenir la meilleure note possible.

— Ça dérangeait pas tes coéquipiers?

— Personne s'en rendait compte. Toi, t'aurais relu un travail après avoir obtenu 100 %?

Aurélie m'apprend aussi qu'elle fait partie d'une équipe de volley-ball amateur – elle me met au défi de bloquer son smash –, qu'elle adore cuisiner et, encore plus, manger, qu'elle voudrait faire davantage de randonnée et que, de façon générale, elle est incapable de rester en place. Je me perds dans ses yeux étincelants lorsqu'elle me parle de ses passions et je bafouille lorsqu'elle me questionne. Dans la catégorie « Comment aimes-tu ton café ? », « dans une tasse » n'était pas une réponse acceptable.

— Je dois aller aux toilettes, annonce Aurélie. Tu restes ici?

— Il commence à être tard. Il faudrait que je pense à rentrer.

— Ah non! Tu vas pas me laisser toute seule!

— Il y a plein d'autre monde.

— Mouais...

— Bon, OK, un dernier verre.

— Hourra!

Elle disparaît dans la foule et je sursaute quand Ludivine, assise au bar, se retourne vers moi.

— Votre conversation est fascinante.

— T'es là depuis combien de temps?

— Le début...

— T'étais obligée de rester pour nous écouter?

— Oui, Vince, j'étais obligée. Et j'ai une question pour toi. Faites-vous exprès pour être aussi maladroits que

deux ados qui se sont rencontrés autour d'un feu de camp et qui ont pas le choix de se parler parce que leurs amis les ont ghostés pour aller frencher dans les buissons ?
— On est pas maladroits.
— Si tu le dis, ça doit être vrai, à moins que tu aimes te mentir. Je m'inquiète aussi à propos de la santé de tes yeux. Est-ce que tu vois Aurélie floue ?
— Non, pourquoi ?
— Tu te tiens à deux pouces de sa face.
— T'exagères encore.
— Pas sûr que ta blonde partagerait ton avis.
— C'est pas comme si je la trompais.
— À partir du moment où il y a des choses que tu préférerais qu'elle apprenne pas, tu commences à la tromper.
— J'ai pas l'intention de coucher avec elle.
— C'est pas l'intention qui compte. Actuellement, t'as envie de rester fidèle. Dans trois ou quatre verres, t'auras peut-être plus les idées aussi claires. Réfléchis maintenant avant qu'il soit trop tard.
— Merci de t'inquiéter pour moi, mais...
— Tiens, la belle Aurélie ! On parlait justement de toi.
— En bien ou en mal ?
— Je laisse Vincent te donner les détails.
Aurélie m'adresse un de ses sourires craquants, tandis que Ludivine se pousse.
— Donc, vous disiez quoi ?
— Ludivine te niaise. On parlait même pas de toi.
— Les niaiseries contiennent toujours une part de vérité.
Elle pose une main sur mon bras. Je ne l'avais pas remarqué, c'est vrai qu'elle est proche... et belle... et que j'aimerais que la soirée s'étire le plus longtemps possible pour rester en sa compagnie... Merde ! Ludivine a raison.

La question que j'aurais dû me poser bien avant me tombe dessus, avec la violence d'une enclume larguée par le Road Runner sur Wile E. Coyote : qu'est-ce que je suis en train de faire ?

Aurélie court-circuite ma réflexion :

— Tu danses ?

— Le moins souvent possible.

— Tu ferais une exception pour moi ?

— Pourquoi je sens que je vais encore apparaître sur des photos qui circulent au bureau ?

— S'il te plaît !

Aurélie me saisit la main avant que je puisse de nouveau manifester ma réticence. Nous nous faufilons entre des employés qui discutent çà et là, jusqu'à la scène où joue le groupe de musique. Aurélie se laisse porter par le rythme lent d'une reprise de *Señorita* qui n'aurait pas pu tomber à la fois à un pire et un meilleur moment. Elle danse maladroitement, ses mouvements improvisés sont involontairement lascifs. Je me sens tellement mal que je fige. Je veux partir, mais l'interdit attise mon envie de rester. Même si je suis toujours entouré dans ma vie trop remplie, la solitude me ronge. Ça me met à l'envers juste d'y penser. En ce moment, j'ai l'impression d'être important pour quelqu'un, d'être vivant. Chaque fois qu'Aurélie m'effleure, j'ai envie de m'en approcher ; je me le refuse. J'ai honte que mon cœur batte aussi fort pour elle, qu'elle soit celle qui lui rappelle comment s'emballer.

— Je suis désolé, dis-je. Je dois y aller.

Aurélie cesse de danser, visiblement déçue. Moi, je ne m'explique pas davantage. Avant de faire une connerie, je lui tourne le dos et je pars. Je remets mon cœur dans sa cellule, en lui disant de se taire un peu plus longtemps.

Éliane

Ma mère a reçu ses premiers traitements de chimiothérapie dans la deuxième semaine de décembre. C'est mon père qui l'a accompagnée à l'hôpital, et comme je ne l'ai pas revue depuis, je me suis rendue chez elle le samedi, autant pour prendre de ses nouvelles que pour l'aider à décorer la maison pour le temps des fêtes. J'ai fait un petit détour pour prendre Bianca à son appartement. Elle a insisté pour m'accompagner, même si elle croule sous les études.

À peine arrivées, nous avons transporté des boîtes dans l'escalier du sous-sol. Ma mère avait vidé le contenu d'un placard et avait entrepris de tout monter au rez-de-chaussée, sans nous attendre. Ça me rassure de voir que, malgré son cancer et ses traitements, elle reste fidèle à elle-même. Elle a encore envie de virer la maison à l'envers, comme chaque week-end : changer les meubles de place, faire le ménage de ses armoires et laver ce qui est déjà propre. Pourtant, quand je lui ai parlé plus tôt dans la semaine, j'ai eu de la difficulté à reconnaître sa voix tant elle était fatiguée.

— T'as l'air en forme aujourd'hui! dis-je en lui enlevant des mains la boîte qu'elle tient.

— C'est plus dur que je pensais, me répond-elle, essoufflée. J'ai passé l'avant-midi à faire le tri dans ce que je voulais installer et, en vous attendant, j'ai voulu monter quelques boîtes, sauf que je dois prendre des pauses dans l'escalier. C'est trop lourd.

— Papa est pas là? intervient Bianca.

— Imagine-toi donc que ton père est parti chercher un sapin!

— Pas avec sa scie, j'espère.

— Non, c'est fini ce temps-là. J'ai blessé son orgueil l'année dernière en riant de ses compétences de bûcheron. Deux heures d'auto pour se rendre dans une plantation et il choisit un arbuste desséché. Cette année, il aura plus de chance de succès, il va ratisser les stationnements des quincailleries. Il va nous rapporter le plus beau, ç'a l'air. J'ai ben hâte de voir ça. Je lui ai suggéré de demander l'aide de Gilles, tu sais, le mari d'Antoinette, mais il prétend qu'il est capable tout seul. "Maudite tête de cochon, que je lui ai dit. Tu vas l'attacher comment, sur l'auto? Hein?" Mais ton père, c'est ton père! Il change pas d'idée facilement. En tout cas, pour l'instant, je sors pas trop de boules pour pas avoir à les ranger si je manque de branches pour les suspendre.

— Vous auriez pu en acheter un artificiel. Ça vous aurait évité un paquet de troubles.

— C'est pas pareil sans l'odeur, rappelle Bianca.

— Et les bibittes! dis-je.

— Tu le secoues comme il le faut avant de le rentrer, pis t'as pas de problème, m'assure Bianca.

— Un jour, ma p'tite sœur, tu vas te résigner à l'artificiel quand tu vas réaliser que c'est impossible de faire tomber des araignées d'un sapin saucissonné dans un filet.

— Ah ouin, han! Un autre apprentissage à ajouter sur la liste de ceux qu'il me reste à faire dans ma vie d'adulte.

— Mon bébé est rendu une femme, conclut ma mère, sous le choc, comme si c'était une révélation. À un détail près...
— Lequel ?
— T'as pas besoin de liste, la vie va s'occuper de toi.
— On dirait une parole de vieux sage... pas tant rassurante !

Alors que ma mère, ma sœur et moi commençons à décorer la maison selon le plan festif éprouvé depuis les trente dernières années – guirlande enroulée autour de la rampe de l'escalier qui monte au deuxième, collection de casse-noisettes sur la table de la salle à manger, rubans rouges et blancs qui encadrent les fenêtres –, je me surprends à étudier ses gestes, à remarquer ses moindres tremblements, ses soupirs, ses grimaces de douleur. Je me demande si je porte simplement plus attention à ces détails ou si les effets secondaires de la chimiothérapie se manifestent. Peu importe, le constat reste identique : la femme la plus forte au monde me paraît soudain si fragile... J'ai envie de la prendre dans mes bras, plus pour me réconforter et me convaincre que tout ira bien que le contraire, puisqu'elle ne se plaindra jamais de son sort. J'attends que ma sœur aille aux toilettes pour questionner ma mère à ce sujet.

— Comment se sont passés tes traitements, cette semaine ?
— Ça fait pas mal, à part la piqûre. Savais-tu ça que c'est une perfusion, la chimio ? Avec un nom comme ça, je m'attendais à plus impressionnant. Ben non ! Ils te relient à un tube intraveineux pis tu patientes sur un fauteuil. Bon, j'ai eu des nausées le premier soir, mais avec les médicaments, ç'a passé. Là, je suis surtout fatiguée.

Mon amie Lucienne aussi a eu un cancer, de l'utérus, elle, et elle me racontait que c'est moins pire que ce que le monde pense.

Je n'ai aucune idée de qui est Lucienne. Celle avec un début de moustache? Celle avec le petit chien énervant qui veut toujours me zigner la jambe? Celle qui me donne deux dollars chaque fois qu'elle me voit, ignorant complètement l'inflation et le fait que j'ai trente-deux ans? Une chose est certaine: ma mère dispose d'un réseau social beaucoup plus vaste que le mien.

— Au moins, j'ai pas encore perdu mes cheveux. L'infirmière m'a prévenue de m'y attendre, même si c'est pas instantané et que ça arrive pas à tout le monde.

— Ça te fait peur?

— Des cheveux, ça repousse. C'est surtout le regard des autres qui me dérange.

— À ton âge, mom? nous coupe Bianca en revenant au salon. Si quelqu'un se permet un commentaire, tu me l'enverras, je vais lui dire ma façon de penser.

— Il y a pas de limite d'âge pour ça. J'ai pas envie d'être prise en pitié par des inconnus. Je me suis déjà acheté une nouvelle tuque, au cas où. Pour une fois que l'hiver tombe bien. Elle est belle, en plus. Fabriquée au Québec, en laine bio, pis toute! Je l'ai dénichée dans une boutique spécialisée. Vous auriez dû voir les mitaines. C'est ce que j'ai dit à ton père: "Si les filles avaient été avec moi, elles auraient aimé les mitaines." Je pense que je vais y retourner. Ça ferait des beaux cadeaux, han? En avez-vous des mitaines de laine?

— Non, maman, j'ai pas ça, dis-je.

— Moi, j'en ai en mérinos pour faire du sport.

— Eh ben, coudonc!

Les histoires sans dénouement de ma mère m'ont souvent fait frémir d'impatience, surtout au téléphone, les soirs de semaine, quand elle m'appelle en commençant par me promettre que ce ne sera pas long. Plus maintenant. Je veux qu'elle m'en raconte des centaines d'autres, des milliers, que ses tirades sans pause se prélassent dans le temps. Le spectre de la maladie me fait craindre l'inévitable jour où sa voix s'éteindra pour de bon. Je ne suis pas prête à ce que ça survienne dans trente ans ; je refuse de penser que ça pourrait se produire avant.

Une heure après mon arrivée, mon père fait irruption avec un sapin emballé dans un filet de plastique.

— Ç'a donc ben été long ! l'accueille ma mère. T'es allé le chercher où, ton sapin ? À Sainte-Agathe-des-Monts ?

— T'aurais dû voir le paquet de monde dans les quincailleries. Un peu plus pis j'en sciais un dans notre cour.

— Ça aurait été beau en maudit, un bout de haie de cèdres dans notre maison.

Mon père se débarrasse de ses bottes sur le tapis d'entrée et apporte le sapin dans le coin du salon que ma mère et moi avions dégagé. Il entreprend de le fixer dans son pied, les dents serrées autant par l'effort physique que par la concentration dont il doit faire preuve pour ignorer les conseils de ma mère. Quand il se relève, le soulagement de mon père est palpable. Il a fait un bon choix, approuvé par ma mère, qui a déjà des boules dans les mains, prête à le décorer. Bien vert, branches touffues d'aiguilles, odorant, tronc droit, il ne touche pas au plafond. Le sentiment du devoir accompli, Sylvain se retire dans la cuisine en sifflotant pour se préparer un café.

Pour mettre en valeur le sapin, ma mère, Bianca et moi le couvrons de guirlandes, de lumières et de boules. Pour

Claire, la disposition « aléatoire » des objets décoratifs dans l'arbre se veut une science exacte. Il faut varier suffisamment les grosseurs, les couleurs, le fini et la forme de ceux-ci pour que ça semble naturel.

Elle se permet une première entorse à la tradition quand je lui propose d'aller chercher les boîtes avec les maisons de son village de Noël.

— J'en ferai pas cette année.

— Non ? Pourquoi ?

— C'est trop long à installer et à ranger, d'autant plus que je sais pas dans quel état je serai après les fêtes. Je vais déjà avoir assez d'ouvrage avec le réveillon sans m'en ajouter.

— Et si je m'en occupais, du réveillon ? Je pourrais le faire chez moi.

— Ben voyons ! C'est beaucoup trop d'organisation.

— Justement. C'est pas toujours à papa et toi de nous recevoir. Avec tes traitements, tu dois te reposer. Et ça va empêcher plein de monde de venir ici avec leurs microbes. Chez nous, on va pouvoir s'arranger pour t'installer à une table à part, pour le souper.

— Je peux pas t'imposer de...

— Tu m'imposes rien ! Et c'est inutile d'argumenter parce que c'est décidé ! Je vais appeler Steph pour le lui dire.

— Et moi, je vais t'aider pour les desserts, même si j'ai vraiment trop d'étude. Ça me donnera une pause et ça me changera les idées.

— Vous êtes ben les filles de votre père, avec vos têtes dures et vos grands cœurs. Maudit que je vous aime pareil.

Ma mère nous serre dans ses bras, reconnaissante de notre initiative. Elle retient un gémissement de cette douleur qu'elle refuse de partager, quand Bianca lui rend son étreinte un peu trop fortement. Un non-dit plane entre nous quelques secondes, jusqu'à ce que ma mère se retourne vers le sapin et s'affaire à déplacer des boules dont la disposition ne la satisfait pas.

L'idée, qui me semblait bonne à deux semaines de Noël, est rapidement devenue un fardeau. En voulant enlever de la pression à ma mère en planifiant le réveillon, je l'ai transférée sur mes épaules. Malgré l'insistance de Vincent pour acheter des plats et des desserts chez un traiteur du quartier, je me suis entêtée à cuisiner. Je voulais préparer les classiques de ma mère pour que ce soit le plus normal possible. J'y ai passé mes week-ends et mes soirées et, malgré tout, j'ai été piégée par la vitesse à laquelle le temps défile.

Pour ajouter à mon anxiété, un matin, dans la douche, en me savonnant, je crois remarquer une bosse inhabituelle sur l'un de mes seins. Est-ce que le gauche ressemble au droit? Il était comme ça avant? Il semble y avoir quelque chose près de l'aisselle, non? Je me sens soudain mal, comme si mon monde venait de basculer. Et si j'avais aussi un cancer? Je me raisonne: quelles sont les chances d'en développer un en même temps que ma mère? Sans doute faibles, bien que ce ne soit pas impossible.

Pour me rassurer, j'effectue des recherches sur Internet en retournant au salon. PIRE. IDÉE. EVER. Ce fut le début d'une pensée obsessive qui s'est mise à tourner en boucle dans ma tête. Surtout parce que j'ai découvert qu'un gène héréditaire peut causer certains des cancers les plus agressifs. Selon mes informations, si je suis porteuse dudit gène, il faudrait que je commence à me soumettre à des examens mammaires à la moitié de l'âge où ma mère a reçu son diagnostic. J'ai déjà deux ans de retard. Je ne veux pas aller d'urgence à l'hôpital de peur d'avoir l'air trop intense – version polie de « folle raide » –, même si c'est probablement la seule chose qui m'apaiserait. En même temps, j'appréhende un résultat positif. J'ai donc le choix entre demeurer avec mes craintes ou risquer qu'on m'annonce que je suis mourante.

C'est la surenchère du stress au bureau qui m'a fait oublier ma maladie imaginaire ou, du moins, qui l'a reléguée en arrière-pensée. J'ai fini de travailler le 23 vers dix-huit heures et, le 24, j'ai dû me régler en mode festif. C'était quasi impossible. Même *Maman, j'ai raté l'avion*, que j'avais mis pour Océane et Nathan, ne réveille pas mon cœur d'enfant – celui qui s'émerveille chaque année en entendant la trame sonore. Je suis habituée à arriver à Noël fatiguée, pas écorchée. Je n'avais pas le temps de me reposer, il y avait encore trop à faire. Cuisine, vaisselle, balayeuse, un dernier coup d'essuie-tout sur le comptoir de la salle de bain, les enfants surexcités, la visite arrive, les cadeaux s'accumulent sous le sapin, les voix s'élèvent, les bouteilles de liqueur et de bière sont plantées dans la neige, de l'autre côté de la porte-patio, puisque le réfrigérateur est plein, et les manteaux sur mon lit – une idée de ma mère, bien qu'il y ait assez de place dans la garde-robe d'entrée. Inspirations saccadées, sentiment de pression dans la poitrine. Ouf! Tout le monde est là, presque tout est prêt. Claire me félicite pour l'organisation de la soirée et me verse un verre de vin. J'en bois une gorgée et mes jambes ramollissent sous le poids de mon épuisement. Célébrons! C'est Noël!

Au souper, la mère de Vincent, Solange, fidèle à ses habitudes, prend le contrôle de la conversation en parlant trop fort :

— Ma belle Claire, je sais ce qu'il te faut pour ton cancer : l'aromathérapie. C'est très répandu en Europe. La Finlande, la Norvège pis tous ces pays-là, ils utilisent ça. Ils ont de l'avance sur nous en médecine. Moi, si j'attrape un cancer, je vais aller me faire soigner dans leurs hôpitaux.

— Avec quel argent ? lui rétorque Mario, habitué aux divagations de sa femme.

— Je vendrai la maison, répond Solange.

— Pis moi, je vais habiter où ?

— On verra rendu là. J'aime mieux être une itinérante vivante qu'avoir une maison pis être morte. Si tu veux, Claire, je te prêterai une perruque quand tu vas perdre tes cheveux. J'ai fait ça pour une de mes clientes, au salon. Bien peignée, ça paraîtra pas. J'en ai une blonde qui t'irait bien. Ça va te rajeunir et te donner un petit look à la Marylin Monroe, avec ton grain de beauté sur la joue.

— Je pensais pas devenir top-modèle à mon âge, se moque Claire.

— Je vais t'arranger quelque chose avec de la classe. Juste assez pour que les messieurs te remarquent. Mon Sylvain, tu vas faire des jaloux !

La coiffure de Solange, une ode aux vidéoclips des années quatre-vingt, ne présage rien de bon. De toute façon, ma mère m'avait confié vouloir adopter un bandeau si elle venait à perdre ses cheveux et je doute que Solange puisse la convaincre du contraire.

À leur sortie de table, les enfants ne tiennent plus en place. Nathan, Alexis et Jules s'approprient le plancher du salon pour jouer entre les cadeaux, le sapin, les sofas et le chat. Océane préfère dessiner, sous le regard attentif de Stéphanie qui note chaque détail de son art expressionniste, comme si c'était un projet scolaire qu'elle devait corriger. À vingt-trois heures, pour contrer le déclin des paupières de mes invités, je sors les sandwichs mayo-poulet, mayo-jambon et mayo-œufs, les chips, le chocolat, le sucre à la crème de ma mère et le fudge hypocalorique de Stéphanie, que tout le monde examine avec mépris pour l'abomination qu'il représente. Bianca nous appelle en direct d'un balcon de sa chambre de Punta Cana un peu avant minuit, pour nous souhaiter un joyeux Noël, avec en prime une version « fille éméchée » de *Mon beau sapin*. Elle tourne sur elle-même pour nous montrer la plage faiblement éclairée par la lune et tente de nous faire écouter la mer. Malheureusement, la rumeur des vagues se perd dans le sifflement du vent. La fébrilité atteint son paroxysme à l'heure de déballer les cadeaux. Des jeux de PlayStation qui se ressemblent tous pour Nathan, ainsi que des livres que j'ai choisis et qu'il regarde à peine en promettant qu'il les lira plus tard. Océane arrache en vitesse le papier qui recouvre ses poupées aux boîtes remplies d'accessoires, et s'émerveille des bijoux et des vêtements qu'elle y découvre.

Je suis contente que la famille soit réunie chez moi. Enfin, je sais que je devrais l'être. Depuis le début de la soirée, je suis absente. J'ai l'impression d'être la spectatrice de ma propre vie, que les travailleurs de mon usine à émotions ont pris congé. Je me surprends à fixer ma mère en songeant que c'est peut-être son dernier Noël. Je me sens ridicule d'être incapable de profiter de sa présence au lieu de m'en faire avec des scénarios invraisemblables. Pourquoi ai-je de la difficulté à être heureuse, à me recentrer sur le présent ? Est-ce seulement mon manque de sommeil ? Je repense à ma médecin qui me parlait d'anxiété. Et si c'était ça ? Et si c'était autre chose ?

Je m'étais promis de profiter de mon congé pour me reposer, mais avec les rassemblements qui s'étirent pour se terminer en plein milieu de la nuit, et Nathan et Océane qui se lèvent tout de même tôt le matin, c'est impossible. Malgré mes problèmes de sommeil qui persistent, je ne prends pas de somnifère; je n'ai pas envie d'être une larve apathique à mon réveil, bien que ce soit exactement ce que j'ai l'impression d'être.

Une tempête de neige a fait dérailler nos plans du Nouvel An. C'était la première fois que j'utilisais l'expression « un cadeau tombé du ciel » aussi littéralement. Je n'avais pas la force d'affronter la famille élargie de Vincent ; les becs sur les joues dangereusement près de la bouche de tantes qui m'aiment trop, des poignées de mains à de vagues oncles dont je ne connais pas le nom, des parties de jeux de groupe plates entourée de monde qui tousse, les émissions qui clôturent l'année avec le son du téléviseur dans le tapis, pour s'assurer que les deux personnes intéressées puissent les entendre au-delà des voix qui s'élèvent... Tout ça dans une maison minuscule où l'odeur des saucisses cocktail au bacon et du café donne mal à la tête.

Toute la journée, j'ai jeté des coups d'œil par la fenêtre pour voir les centimètres s'accumuler et le ruban qui bloque notre entrée gagner en hauteur et en dureté à chaque passage de la gratte, jusqu'à ce que Vincent m'annonce que la soirée était annulée, une nouvelle qui m'a presque fait pleurer de soulagement. La perspective d'écouler les prochaines heures emmitouflées sous une couverture, couchée sur mon sofa, me procurait un bonheur que je n'avais pas ressenti depuis longtemps.

Le lendemain, nous avons profité de la température agréable pour aller glisser avec les enfants. Vincent et moi agissions comme remonte-pente et nous les aidions aussi à se lancer à l'assaut des pistes en les poussant. Ils faisaient des courses que Nathan remportait toujours, au grand désarroi d'Océane, qui persévérait devant l'adversité.

— Là, maman, pousse-moi plus fort, m'ordonne-t-elle lors d'une énième remontée. Cette fois-ci, je sens que je vais gagner. Je vais me placer sur le ventre pour aller plus vite.

— Pas sur le ventre, c'est trop dangereux.

— Sur le côté, d'abord. Pis tu parleras à papa pour le déconcentrer. Si je pars avant Nathan, il pourra pas me dépasser.

— Nathan est plus rapide parce qu'il est plus lourd que toi, c'est tout.

— T'aurais dû me le dire avant que ça marchait comme ça!

Océane me fait signe de m'approcher d'elle, comme si elle avait un secret à partager :

— La prochaine fois, chuchote-t-elle, je vais remplir mes poches de roches. Mais il faut le dire à *personne*!

Elle éclate d'un rire presque machiavélique, comme si elle venait de mettre au point un plan de domination du monde. Je ne gâche pas son plaisir en omettant de lui mentionner qu'elle n'apportera jamais de roches pour une journée de glisse.

Les remontées se suivent et l'automatisme s'empare de mon être. Des pensées refont surface, emmêlées, tourbillonnantes, évasives : la montagne de travail qui m'attend à mon retour au bureau, la maladie de ma mère, ma promesse d'assister aux cours de yoga de Jade malgré mon agenda chargé, Nathan qui accumule les sanctions dans sa classe. Soudain, je ne me sens plus bien. J'ai la tête qui tourne, les jambes lourdes, le souffle court. Je m'arrête et j'inspire profondément. Vincent ne s'aperçoit de rien, il continue à marcher. Océane, elle, s'impatiente.

— Envoye, maman! Avance! Nathan va encore gagner!

Je recommence à tirer Océane la tête basse. Qu'est-ce qui m'arrive? Est-ce la fatigue? Avec mes nuits blanches, ce ne serait pas surprenant. Je me suis rarement sentie aussi mal. L'air froid qui picote mes joues est la seule chose qui me soulage un peu. Je desserre mon foulard pour mieux respirer. Ça m'aide à peine. Plus j'y pense, plus ma gorge se noue.

— J'abandonne pour aujourd'hui, dis-je à Vincent, après que nous avons poussé Océane et Nathan.

— Ah oui? Tu veux déjà rentrer? se surprend Vincent en fronçant les sourcils, inquiet.

— Non, on peut rester encore un peu. Si t'as envie de faire du patin avec les enfants, vas-y. Moi, je vais m'installer près d'un feu de camp. Il y a des chaises libres.

Finalement, Vincent et Nathan chaussent leurs patins et s'élancent sur l'anneau de glace avec les autres patineurs, au son de la musique qui résonne sourdement. Océane, quant à elle, m'accompagne. Affalée sur une chaise avec le poids de ma fille contre moi, le crépitement doux et régulier du feu, la chaleur qui me gagne et les voix indistinctes, je sombre dans la somnolence. Je m'y abandonne, faisant parfois de légers soubresauts au milieu d'un rêve dont je ne garde aucun souvenir. La voix de Nathan me tire de ma torpeur.

— Maman! T'aurais dû voir ça, j'ai réussi à sauter par-dessus une chaise!

Le ciel lourd de nuages s'est obscurci. Ce sera une autre de ces journées d'hiver où la nuit tombe trop tôt.

— Dormiez-vous? ajoute Vincent.

— Non, dis-je, les yeux mi-clos.

— Nooooooooon! répète Océane en éclatant de rire. Sauf que maman, elle ronflait réveillée!

— N'empêche qu'avoir un foyer chez nous, ça me ferait une belle place pour lire.

Vincent me fixe avec un sourire tendre.

— Vous êtes tellement cute, assises ensemble.

Il m'embrasse sur le front puis dépose un baiser sur celui d'Océane.

— Bon, levez-vous mes paresseuses préférées! exige-t-il. Sinon, vous allez rentrer à pied.

Océane et Nathan détalent vers l'auto tandis que je me relève lentement.

— Attends un peu... C'est quoi cette histoire de sauter par-dessus une chaise?

— Euh, je me souviens plus...

Vincent me serre dans ses bras avant de suivre les enfants, me signifiant par là que sa réplique évasive digne d'un mafieux qui comparait dans une commission d'enquête clôt le sujet et qu'il souhaite l'enterrer pour ne plus jamais y revenir.

Quand ma vie redevient aussi simple, je me sens retomber amoureuse de Vincent. J'essaie de m'accrocher à ce sentiment, même si je sais qu'il ne durera pas. Dans deux jours, la réalité du quotidien reviendra me voler mon temps et miner mon moral à coups de comptes à payer et d'accumulation de tâches ménagères. Je chasse cette pensée en me rappelant qu'aujourd'hui est une belle journée. Je rattrape Vincent à la course pour lui prendre la main et nous nous rendons jusqu'à l'auto en suivant les enfants qui se lancent des balles de neige.

Vincent

J'étais loin de me douter qu'une tempête de neige nous rapprocherait, Éliane et moi, en nous obligeant à prendre une pause dans les rassemblements familiaux du temps des fêtes pour nous donner l'illusion, l'espace de deux jours, que tout était revenu à la normale. Écouter un film en mangeant du pop-corn à dix heures du matin, jouer à des jeux de société en après-midi, construire un fort à l'avant de la maison en soirée pour rivaliser avec celui des petits voisins d'en face, puis aller glisser et patiner le lendemain. Des activités pourtant simples qui m'ont rempli d'un bonheur que je n'espérais plus.

Au fond, c'est ce qu'était notre relation à ses débuts, au cégep, quand nous ne vivions que pour nous aimer et que nous croyions que cette légèreté serait éternelle. Nos responsabilités, nos obligations et nos horaires n'étaient qu'une arrière-pensée. Mes cours me préoccupaient uniquement la veille d'un examen, et mon travail de caissier dans une station-service me tenait autant à cœur que le bien-être des ours polaires pour les dirigeants de la compagnie de pétrole qui m'engageait. Notre amour était beau, simple, pur. Nous apprenions à le découvrir chaque jour, à nous découvrir.

À nos débuts, le père d'Éliane refusait que je dorme chez elle. Selon Éliane, Stéphanie avait commis un manquement grave à son rôle de grande sœur en ne pavant pas la voie à ce chapitre, puisqu'elle avait eu son premier chum en appartement. Sylvain espérait que cette contrainte nous garderait chastes. Si seulement il savait...

Nos premières expériences, nous les avons vécues entre nos cours du cégep. Je me souviens encore de ce matin de février, quand le désir nous avait poussés à braver une vague de froid et faire quarante minutes de bus pour aller nous blottir dans le lit d'Éliane. Nous avions fait l'amour tendrement, embuant sa fenêtre sur laquelle se collaient de gros flocons. Nous avions étiré le temps et manqué nos cours de l'après-midi, ne ressentant même pas le besoin de manger ou de nous rhabiller. Nous nous étions couchés côte à côte et nous nous regardions.

— À quoi tu penses ? m'avait-elle demandé.
— À rien.
— On pense toujours à quelque chose. À moins que ce soit ton cerveau de gars. Y a plus de sang dedans, c'est ça ? Il y en a trop ailleurs ?

Elle avait relevé les sourcils d'un air moqueur en attendant ma réaction.

— J'ai encore assez de sang pour mes fonctions primaires.
— Ça paraît pas.

Elle avait tiré la langue.

— Si tu tiens à le savoir, je me considérais comme chanceux. Maudit que t'es belle. J'arrive pas à croire qu'on sort ensemble.
— On sort ensemble ?
— Ben... je... Non ?
— Je sais pas trop, là... Tu me prends de court... Pour moi, c'est plus un processus de sélection.

— T'es sérieuse?
— À 100 %. Il faut que je sache si tu me plais à tous les niveaux avant de trop m'attacher. Ta personnalité, c'est bien beau, sauf que je suis un peu plus exigeante que ça.
— Ah, OK... Et puis?
Éliane avait éclaté de rire et je m'étais rendu compte qu'elle se payait ma tête.
— Je suis pas encore certaine, on va devoir réessayer.
Nous avions recommencé à faire l'amour, enfin, jusqu'à ce que Sylvain fasse irruption dans la maison en frappant ses bottes d'hiver sur le tapis d'entrée. Sa journée avait été raccourcie par un bris d'équipement à l'usine. Nous avions enfilé nos vêtements juste à temps pour éviter d'être surpris. Quand il avait voulu savoir pourquoi nous étions là, Éliane avait prétexté qu'il lui manquait un livre et que nous étions venus le récupérer. Éliane était passée à la salle de bain en me laissant seul avec mon semi-croquant devant mon beau-père. Je n'avais jamais été aussi mal à l'aise. Tout ce à quoi je pensais, c'était à ce que j'avais fait avec sa fille – et que j'avais envie de refaire, d'ailleurs.

En nous voyant quitter la maison à la hâte cinq minutes plus tard, les mains vides, Sylvain avait demandé à Éliane si elle n'oubliait pas quelque chose. Elle était repartie avec le premier livre qui lui était tombé sous la main : le *Guide de l'auto*.

— Veux-tu bien me dire ce que tu vas faire avec ça?
— C'est pour mon cours de littérature, tu peux pas comprendre.
— Après ça, y diront que le cégep, c'est pas une perte de temps...

Il y a aussi eu les films que nous regardions au sous-sol, emmitouflés sous une couverture épaisse. Nous faisions l'amour presque en silence, dans la lueur bleutée du téléviseur, en retenant nos respirations, l'oreille tournée vers l'escalier qui menait au rez-de-chaussée à l'affût du moindre bruit, mais seulement quand Bianca était chez une amie parce que, sinon, elle avait l'habitude de nous épier ou de nous tourner autour. Elle était un chaperon beaucoup plus efficace que Sylvain.

Ces moments d'intimité étaient à la fois doux, lents et excitants. Nous bougions à peine. Tout ce que nous voulions, c'était sentir nos corps enlacés, la chaleur de ma peau contre celle d'Éliane, son cœur qui battait au rythme du mien, ses expirations dans le creux de mon cou, ses mains qui se cramponnaient à mes épaules, les miennes qui caressaient sa chair délicate.

— Je t'aime tellement fort, m'avait-elle susurré un soir à l'oreille, entre deux souffles.

— Moi aussi, je t'aime comme je savais même pas que c'était possible. Je suis le gars le plus chanceux de l'univers.

— Et moi, la fille la plus chanceuse... après peut-être Emma Watson. Elle est belle, elle a plein d'argent, une grosse maison, elle est populaire...

— Ben là!

— Quoique je te préfère à ses millions. Quand on va avoir fini, par exemple, je vais peut-être changer d'idée.

Claire n'était pas aussi dupe que son mari; elle avait deviné que nous n'étions pas soudain devenus cinéphiles, surtout quand Éliane venait me reconduire en fin de soirée à la porte avec ses pommettes rougies, son regard étincelant et mes cheveux plus dépeignés qu'ils ne l'étaient à mon arrivée. Elle nous l'avait fait comprendre quand elle nous avait dit qu'elle pouvait sortir Sylvain et Bianca au restaurant de temps à autre...

Mon beau-père a fini par accepter, au bout d'un an, que je dorme dans *sa* maison. Pas avec sa fille! Dans la chambre d'amis du sous-sol, celle avec le vieux matelas, la couverture brune et l'odeur d'humidité. Il était loin de se douter que ça ne changerait rien. Éliane multipliait les visites nocturnes, prenant un malin plaisir à me rejoindre. Nous avions presque tout gâché un dimanche matin. Éliane s'était endormie dans mes bras. C'est le bruit de ses parents, à l'étage supérieur, qui nous avait réveillés.

— Merde, il est déjà sept heures! avait chuchoté Éliane. Mon père va te tuer.

— Est-ce qu'il a des fusils?

— Pas à ce que je sache.

— Une machette?

— Non.

— Dans ce cas, j'ai encore une chance. Je vais fuir par la fenêtre pour jamais revenir. Toi pis moi, ça aura été le fun pour le temps que ç'a duré.

Je l'avais embrassée avant de me lever, flambant nu, pour faire semblant d'ouvrir la fenêtre de la chambre.

— T'es con!

— Je tiens plutôt à ma vie.

— À moins trente, t'iras pas loin comme ça.

— Je vais te voler un hoodie dans la salle de lavage...

— Arrête ça, ils vont t'entendre.

— Tu capotes pour rien. Et puis, est-ce que ça serait si pire que ça?

— Oui! La fin de notre relation, mon père qui refuse que j'invite des gars à la maison, une ceinture de chasteté...

— Un moment donné, ton père va devoir comprendre que t'es plus une petite fille. Si c'est ce matin que ça se passe, on vivra avec les conséquences.

— Pour lui, j'ai pas dix-neuf ans, j'en ai encore neuf. J'ai beau être majeure, vaccinée et ultra consentante, ce sera pas suffisant. Il va te tenir responsable de m'avoir dévergondée.

Éliane avait fouillé le sol pour retrouver son pyjama et l'avait remis en vitesse. Elle avait sorti ses talents de ninja pour retourner dans sa chambre. J'avais suivi la scène en déduisant ce qui se passait avec les bruits étouffés des voix à l'étage supérieur et les craquements du plancher. Mes beaux-parents dans la salle à manger, Éliane qui longe le couloir qui divise la maison en deux. Au bout d'une minute, j'avais entendu une porte s'ouvrir et Éliane avait bâillé exagérément.

— J'ai tellement bien dormi! avait-elle déclaré. Bon, je vais aller réveiller mon fainéant de chum.

Ce matin-là, Claire m'avait accueilli à la table avec un sourire en coin. Elle avait déjà tout compris. Elle n'avait pas de sixième sens. Laver les draps du lit de la chambre d'amis lui avait permis de savoir ce qui s'y passait.

Il est maintenant révolu ce temps où mes journées étaient un long décompte avant d'enfin pouvoir prendre Éliane dans mes bras, où nous faisions l'amour le plus souvent possible et où la simple présence de l'autre suffisait à nous rendre heureux. Avec nos responsabilités, nous ne pourrons jamais renouer avec cette frivolité, ce sentiment que le monde et ce qui s'y passe n'ont aucune importance, que nous vivons hors de portée de la machine capitaliste qui cherche à nous broyer pour nous rentrer dans son moule. Même si je me répète que c'est normal, que c'est ce qui attend tous les couples en vieillissant, la solitude me ronge et mon cœur s'évertue à me rappeler qu'il a envie de rebattre. Y a-t-il encore de l'espoir que ce soit pour Éliane?

La grippe s'est invitée à la maison après les fêtes; un renouvellement de notre garde-robe d'anticorps signé rassemblements familiaux et neveux et nièces qui morvent. Deux semaines pénibles à vider des boîtes de papiers-mouchoirs, à suffoquer dans mon sommeil, à me lever plus fatigué que la veille, avec la tête qui veut m'exploser et des courbatures qui m'empêchent de me décourber, à me sentir dans un monde parallèle et à craindre que ça ne passera jamais. J'étais aussi en forme qu'une grand-mère du 12e siècle. Étant donné que la fin de la production de mon jeu vidéo approche à grands pas, je n'ai pas pu me permettre une seule journée de congé.

— L'être humain est mal fait, dis-je à Éliane, un soir, dans le lit. Aujourd'hui, mes poils de nez recommençaient à voir la lumière au bout de leurs tunnels et là, aussitôt que je m'allonge, plus un atome d'oxygène passe.

Éliane réagit à peine. La lueur orangée de l'écran de sa liseuse dessine sa silhouette déformée par les draps. Pour ma part, je scrute le plafond, incapable de fermer les yeux. Je me suis rarement senti aussi loin d'elle, aussi détaché, même si elle est juste là. Depuis plusieurs semaines, je n'ose plus lui demander si elle va bien, si elle a passé une belle journée au travail. Je connais déjà ses réponses laconiques de fille désabusée qui préfère changer de sujet. Alors nous ne nous parlons presque plus et continuons à nous éloigner.

Éliane lit durant une demi-heure et quand elle ferme l'écran, je l'entends soupirer. Elle bouge sous les draps à plusieurs reprises, incapable de trouver une position confortable. La nuit s'annonce tout sauf reposante.

— Qu'est-ce qui se passe entre nous deux ? dis-je au terme d'un long silence.
— À propos de quoi ?
— Notre couple.
— Rien en particulier.
— C'est justement, j'ai l'impression qu'on est au neutre. Je me sens seul, Éli.
— Seul ? Tu fais quoi des enfants ?
— C'est pas pareil. Je suis là pour eux, ils sont pas là pour moi. J'ai besoin de toi... de nous...
— Je m'excuse. Je sais que je suis poche, c'est de ma faute.
— Prends pas tout le blâme. Je suis tout le temps absent depuis l'été.
— Ça fait partie de la vie.
— Je veux pas abandonner pour autant. Je veux faire des efforts pour qu'on se rapproche.

En prononçant cette phrase, je ressens une impression de déjà-vu. Ce n'est pas la première fois que je le promets à Éliane. Ça fonctionne généralement quelques semaines puis nous retombons dans nos vieilles habitudes.

— On pourrait sortir, juste toi et moi, dis-je. Le week-end prochain, on a rien.
— Tu proposes quoi ?
— Cinéma, resto. Comme on faisait avant d'avoir les enfants.
— Je sais pas trop... Ça va nous coûter un bras pour voir un film qui risque d'être plate pis manger de la bouffe qu'on peut se faire ici à une fraction du prix.
— C'est surtout un prétexte pour changer d'air. Ça peut juste nous faire du bien.
— Bon, OK. C'est toi qui t'occupes de planifier, par contre. Le choix du resto, du film et quelqu'un pour garder les enfants.

— Marché conclu.

Toute la semaine, j'ai eu hâte à notre sortie. Je revivais la fébrilité qui précédait nos premières rencontres, ce qui m'a aidé à survivre à mes trop longues heures au bureau. Par contre, une fois assis en tête à tête au restaurant, nous avons dû relever le défi de combler le vide qui nous séparait. Nous ne savions pas de quoi parler, comment agir.

— Tu te souviens de notre première sortie au resto ? dis-je avant que l'un de nous succombe à la tentation du cellulaire.

— Avec ma mémoire de poisson rouge, tu m'en demandes pas mal !

— C'était à la Saint-Valentin.

— Ouiiiii ! J'avais mangé un spaghetti.

— Et moi, une poutine avec un verre d'eau.

— Le souper parfait pour une *date*. On était cute, quand même !

— Tu veux dire qu'on était cassés !

— C'est vrai qu'on avait pas beaucoup d'argent, mais c'était pas important. On vivait notre petit conte de fées à notre manière.

— Il manquait juste le château et une carriole tirée par des chevaux pour remplacer mon bazou avec un trou dans le plancher...

— Ta vieille berline grise ! Tu l'avais réparée avec un panneau de mélamine.

— Ça empêchait la gadoue de rentrer.

— T'avais perdu le silencieux en roulant, non ?

— Sur l'autoroute. Je l'avais vu se faire écraser par une van dans mon rétroviseur.

— Elle était tellement bruyante après ! Et si je me souviens bien, le chauffage fonctionnait plus.

— Mouais... Finalement, mon garagiste avait raison. Elle était juste bonne pour la ferraille.

— Sauf que s'il y avait eu de la chaleur dans l'habitacle, j'aurais pas eu d'excuse pour te coller un certain soir de février. Ton auto, c'était une épave, je te l'accorde, mais nous, on était deux pieuvres qui s'y cachaient pour s'aimer.

— Des pieuvres ? J'aurais préféré des poissons tropicaux.

— Je te parle de belles pieuvres, en version dessin animé. Avec leurs tentacules, elles peuvent s'enlacer inextricablement, prendre la forme d'un cœur. Le refuge des pieuvres ! C'est tellement romantique, on se croirait dans un roman de Marie-Christine Chartier.

— J'avoue qu'on en a passé du temps dans ce char-là. Tout devenait possible quand on s'y retrouvait.

— Tant qu'on restait sur les routes fréquentées, pour éviter de tomber en panne dans un endroit reculé.

Éliane et moi passons le souper à partager de vieux souvenirs du cégep, de ce temps où notre amour naissant nous paraissait plus fort de jour en jour. Nos soirées d'études à la bibliothèque en fin de session, quand nous ressortions et que nous nous faisions surprendre par une neige féerique qui nous donnait envie de nous éterniser dans les rues, ne serait-ce que pour laisser nos traces de pas sur la surface immaculée. Ces dîners à la cafétéria, parfois la seule période de la journée où on pouvait se voir, autour d'un sandwich préparé en vitesse le matin ou du repas du jour, souvent une assiette de pâtes. Les spectacles de musique de groupes obscurs dont nous n'entendrions plus jamais parler et que nous n'écoutions pas vraiment de toute façon. Le sous-sol de la maison de Jade avec ses sofas mous, la table de ping-pong et la PlayStation de son frère.

C'est au dessert que j'aborde le sujet que j'évitais depuis le début de la soirée.

— Ça fait du bien de te voir sourire. Depuis quelques mois, ça t'arrive presque plus.

Éliane baisse les yeux, comme si elle cherchait, sans les trouver, les mots pour me répondre.

— Je m'inquiète pour toi. T'as toujours l'air fatiguée et préoccupée.

— Je suis désolée que tu subisses ça.

— T'as pas à t'en vouloir. J'aimerais t'aider, mais j'ignore comment m'y prendre. Je te rappelle que j'ai étudié en jeux vidéo, pas en relations humaines. Je suis meilleur avec les ordinateurs qu'avec les émotions.

— Si je connaissais le moyen de m'en sortir, je serais la première à te le dire. Au fond de moi, je sais que ma vie va bien. Pourtant, je me sens toujours dépassée par les événements. C'est comme si quelqu'un m'avait inscrite en cachette à un marathon et que j'étais pas capable de le terminer parce que je suis pas tant en forme.

— Éli, tu dois arrêter de porter le poids du monde sur tes épaules. Un jour, tes jambes vont flancher.

— J'ai pas un interrupteur dans le cerveau pour éteindre mon empathie. Et la fatigue vient embrouiller mes pensées déjà confuses.

— Tes somnifères t'aident ?

— Pas vraiment.

— Est-ce que t'as besoin de quelque chose ? N'importe quoi...

— Du temps, j'imagine.

La soirée qui s'était déroulée sous le signe de la nostalgie se termine en silence devant une pointe de gâteau au fromage et au chocolat arrosé d'une sauce au caramel. Un déluge de calories pour mettre un baume sur nos cœurs meurtris. Nous le partageons en nous assurant de respecter la frontière invisible qui le divise en parties égales, comme nous l'avons toujours fait.

Notre film, je n'y ai pas porté attention. Je réfléchissais à la soirée que je venais de passer avec Éliane. Je me demandais si j'étais amoureux d'un souvenir, d'une fille qui n'existe plus. Je n'ai rien à lui reprocher; c'est le vide qui s'est glissé entre nous qui me torture. Nous avons consacré treize ans de nos vies à bâtir notre relation et notre famille pour en arriver à une impasse. Est-ce que je peux vraiment tout jeter par la fenêtre du jour au lendemain? Quand atteint-on la limite? Parfois, j'ai l'impression que ce serait plus facile de recommencer à zéro, chacun de notre côté. Est-ce de la lâcheté? Est-ce parce que l'effort me paraît trop grand? Est-ce que je finirais par me lancer dans une autre relation qui se terminerait de la même façon?

Mes questionnements m'ont suivi jusqu'au travail. Le lundi midi, je reparle pour la première fois à Aurélie depuis le party de Noël. Je l'avais croisée dans le corridor à quelques reprises, mais je m'étais toujours trouvé de bonnes excuses pour écourter les conversations. Cette fois-ci, elle me coince à mon bureau, ne me laissant aucune issue.

— Tu vas tellement m'en vouloir, commence-t-elle, tout sourire.

— Ah oui? Pourquoi?

— C'est toi qui as été retenu parmi les animateurs 3D pour le stream de la soirée de lancement.

— Moi? J'ai même pas soumis mon nom!

— Justement, c'est pour ça que tu vas m'en vouloir...

— Tu m'as inscrit!

— Et choisi.

— Pour que ce soit clair, j'ai jamais participé à une diffusion en direct, encore moins quand des milliers de joueurs regardent.

— T'es pourtant parfait pour la job. Tu travailles sur le jeu depuis le début, t'as beaucoup d'expérience dans le studio et tu passerais bien à l'écran.

— Je peux refuser ?

— Seulement si tu veux me faire de la peine.

Elle fait la baboune et retient son envie de rire en sachant trop bien qu'elle aura ce qu'elle voudra.

— Je finis toujours par me faire embarquer dans des patentes...

— Donc, t'acceptes ?

— Mouais...

— J'étais persuadée que je réussirais à te convaincre !

Elle lève les bras vers le ciel d'un air victorieux.

— Attends, je te suis pas. J'étais déjà inscrit ou pas ?

— Non, mais maintenant oui, et comme tu viens d'accepter, tu peux plus revenir sur ta décision.

— Je me suis doublement fait avoir !

— Ah ! Ah ! Je te l'avais dit que tu m'en voudrais !

— Pourquoi est-ce que tu tiens autant à ce que ce soit moi ?

— Parce que je vais animer ! On va passer une nuit blanche ensemble, c'est cool, han ?

Elle m'adresse un sourire exagéré et tourne les talons pour repartir aussi rapidement qu'elle était arrivée. Elle s'arrête brusquement et me regarde à nouveau.

— Ah oui ! Je m'excuse de t'avoir forcé à me suivre jusqu'à la piste de danse au party de Noël. Je voulais pas te faire fuir.

— T'en fais pas, j'étais fatigué, tout simplement.

En réalité, j'avais eu peur de m'approcher d'elle et de commettre une erreur. Aurélie m'attire et elle le sait bien.

C'est justement pourquoi je l'évite au travail. J'aimerais développer de nouvelles relations significatives pour vaincre ma solitude et, en même temps, j'ai trop de respect envers Éliane pour lui jouer dans le dos, même si, d'une certaine façon, c'est déjà ce que j'ai l'impression de faire. Pourquoi les doutes me tenaillent-ils autant ? Est-ce mal de vouloir revivre ? Est-ce parce que je m'y prends d'une mauvaise façon ? Est-ce que je m'enlise dans un piège que je suis moi-même en train de me tendre ?

Éliane

Après que j'aie abandonné l'université pour travailler à temps plein, Vincent et moi nous étions mis à la recherche d'une maison. Il était d'avis que notre loyer représentait une perte d'argent et il avait accumulé une somme suffisante pour une modeste mise de fonds. Nous avions rapidement connu les déceptions de la surenchère et l'évanouissement de notre rêve; acquérir la spacieuse demeure que les couples de la classe moyenne peuvent inexplicablement se payer dans les films ne serait pas à notre portée. La «maison idéale» était localisée aux confins de l'un de ces nouveaux quartiers qui repoussent les limites de l'étalement urbain. La mieux située requérait des rénovations aussi coûteuses que le prix affiché... Il a donc fallu faire un compromis et opter pour une maison vieille, mais pas trop; laide, mais qui aurait pu être pire; petite, mais fonctionnelle; qui demande des réparations, mais pas urgentes. Nous avions emménagé début mai et malgré mon incertitude le jour de la signature de l'offre d'achat, j'avais appris à aimer ma maison, même si elle était loin d'un rêve devenu réalité. Elle avait autant de défauts que de qualités. L'escalier du sous-sol grinçait, mais il y avait un sous-sol. La douche était trop étroite pour y faire l'amour; l'eau était chaude. La pelouse de tous les voisins était plus verte, sauf que nous avions une piscine. Les fenêtres, quoique mal isolées, s'ouvraient. La céramique de la salle de bain ressemblait à un affreux plateau d'échecs inégal et froid sur lequel il était si désagréable de marcher qu'il serait satisfaisant de la fracasser à grands coups de marteau quand nous la changerions. Un projet d'ailleurs repoussé à maintes reprises.

Ce fut aussi l'été de nos premières vacances. Nous avions réussi à nous négocier trois semaines au début septembre et avions planifié un road trip sur la côte Est, jusqu'en Floride. Stéphanie avait tenté de m'en décourager, en prétextant que j'entamais ma vie d'adulte et que d'arpenter des autoroutes était un inutile gaspillage d'argent. Je n'ai jamais eu l'habitude d'écouter ma grande sœur, autant parce que je n'aime pas ses propos moralisateurs que parce qu'elle a souvent raison. Cette fois-là, elle avait toutefois réussi à semer un doute dans mon esprit. D'autant plus que Vincent avait fait les calculs et qu'il m'avait assuré que notre budget nous le permettait... tant que nous n'avions aucun imprévu en route. J'avais ignoré mes inquiétudes en me répétant que c'était peut-être notre dernière occasion de vivre sans penser aux conséquences.

Nous avions donc emprunté le Westfalia bleu pâle de mon oncle Guy. L'intérieur était une capsule temporelle, une fenêtre sur les années quatre-vingt : le tissu rayé du banc qui se transformait en lit, les rideaux jaunis, la mélamine de la minuscule cuisine... En y entrant, j'avais eu l'impression d'entendre du vieux rock, un de ces vers d'oreille comme *Hold the Line*, et de sentir l'effluve d'un joint.

— Si vous avez de la difficulté à le faire démarrer, avait expliqué Guy, il faut pomper la pédale de gaz en tournant la clé. Si ça marche toujours pas, vous lui laissez quinze minutes de repos et vous recommencez. Offrez-lui deux ou trois mots doux au passage, d'habitude ça aide. Et vous ferez attention, il y a un petit lousse dans le volant quand on vire à gauche.

Nous étions partis de Montréal en milieu d'après-midi avec seulement deux sacs à dos. Nous avions prévu d'acheter notre nourriture sur la route, au fil du voyage.

— T'estimes à combien les chances d'arriver à destination sans tomber en panne? m'avait demandé Vincent, quand le moteur s'est mis à gronder et l'habitacle à vibrer en montant une côte.

— Je préfère pas y penser.

— Guy t'avait pas dit que son Westfalia était en parfait état?

— Mon oncle raconte aussi avoir vu une soucoupe volante et a déjà construit un prototype de fusée dans son sous-sol. Il est gentil, mais c'est pas le gars le plus fiable.

Après un passage aux douanes américaines où deux airs bêtes en uniforme avaient fouillé de fond en comble notre véhicule en nous reprochant quasiment de leur avoir fait perdre une heure parce que nous n'aspirions pas à concurrencer les cartels de drogue, nous avions entamé notre périple au travers des paysages forestiers et montagneux des Adirondacks. Nous nous faisions dépasser par des automobilistes pressés, alors que nous profitions de la lenteur de notre caravane pour admirer la vue. Près des grands centres, ce sont des autoroutes de plus en plus larges, au débit digne d'une rivière printanière et que nous embourbions malgré nous. Ce n'était pas important, nous avions tout notre temps et aucune réelle destination. Pourquoi se dépêcher quand on ne va nulle part?

Nous avions roulé toute la journée et, à la tombée de la nuit, Vincent s'était entêté à continuer jusqu'à New York. J'avais appuyé ma tête contre la vitre pour essayer de dormir. J'en étais incapable. Je repensais aux paroles de ma sœur quand je lui avais appris que je venais de signer une hypothèque. Elle m'avait pratiquement félicitée parce que j'entrais enfin dans le monde des grands. Pourtant, même si j'avais toujours voulu une maison, une bonne job et des enfants, je me demandais si j'avais la capacité de surmonter les défis que cela impliquait. J'avais jeté un coup d'œil à Vincent en songeant qu'avec lui, je pouvais affronter n'importe quoi. La lumière des lampadaires balayait son visage et je le trouvais beau comme un dieu alors qu'il se concentrait sur la route. Je l'avais observé furtivement durant des kilomètres. Il ne portait pas attention à moi, croyant sans doute que je m'étais assoupie. Peu importe où j'étais, je me sentais à ma place quand il était à mes côtés.

Nous avions atteint notre destination vers vingt-trois heures. Quelques gratte-ciel de New York se dressaient au bout de l'autoroute. N'ayant pas suffisamment d'argent pour dormir dans un hôtel, nous nous étions installés dans le stationnement d'un centre commercial avec d'autres routards dans une ville de la banlieue tentaculaire du New Jersey — Union City ou Hoboken, selon la personne à qui on le demandait.

— On a le droit de passer la nuit ici ? avais-je remis en question.

— Si les autres le font, je vois pas qui nous en empêcherait.

— Des policiers.

— On aura qu'à fuir... à très basse vitesse.

Cette nuit-là, nous avions découvert que le matelas de notre véhicule était mince et que le lit craquait à chacun de nos mouvements. Avec l'isolation déficiente, nous entendions parfaitement les bruits de l'autoroute et les voix de nos voisins. L'habitacle s'était rapidement refroidi et, en dépit de nos couvertures épaisses, nous avions dû dormir collés pour conserver notre chaleur. Rien de tout ça ne me dérangeait : pour une fois dans ma vie, je me sentais libre. Je vivais pour l'instant présent.

Le lendemain matin, nous avions déjeuné en mangeant des céréales dans des bols cartonnés. Un de nos voisins était venu nous offrir du café que nous avions bu en sa compagnie. C'était un vétéran des forces armées d'une quarantaine d'années qui vivait dans son auto, allant de ville en ville en espérant trouver du travail. Avant de partir, il nous avait conseillé d'aller admirer la vue sur le bord du fleuve Hudson. Vincent avait d'autres plans : il envisageait d'entrer dans New York en Westfalia.

— T'es complètement fou ! m'étais-je opposée. C'est l'une des plus grandes villes au monde !

— Et puis ? Qu'est-ce que ça change ?

— Il y a plus de trafic qu'à Montréal.

— Ça veut aussi dire que plus de personnes y conduisent. Si tous ces gens-là sont capables, je devrais l'être moi aussi.

Si, pour Vincent, conduire dans une ville signifiait tourner en rond pour dénicher un stationnement en nous faisant klaxonner à répétition, eh bien, il excellait en la matière. À force de chercher, nous avions trouvé un sous-terrain qui chargeait une somme exorbitante que nous nous étions résignés à payer.

Afin de rentabiliser notre investissement, nous avions l'intention de faire le tour de la ville. Nous étions donc entrés dans le métro le plus près pour nous rendre jusqu'à la pointe de Manhattan afin d'observer la statue de la Liberté.

Nous avions ensuite remonté les rues de l'île pour aligner les classiques : le mémorial du 11 septembre, SoHo et ses boutiques de vêtements, Times Square avec ses publicités géantes et ses commerces attrape-touristes, Central Park, l'endroit au monde où il y a la plus grande concentration de joggeurs, et, finalement, le Musée d'histoire naturelle, pour les dinosaures. Nous avions survécu en mangeant de la pure cochonnerie : des hot-dogs de coin de rue et des pointes de pizza à un dollar. Notre seule dépense excessive avait été des biscuits qui ressemblaient à de minigâteaux, achetés dans l'une des pâtisseries les plus populaires en ville.

En fin de soirée, nous étions allés au Rockefeller Center pour contempler la tombée de la nuit, et l'illumination des immeubles de New York, du haut de sa plateforme d'observation. Malgré la beauté de Central Park qui se déployait d'un côté et l'Empire State Building qui se dressait de l'autre, les yeux marrons de Vincent avaient capté mon attention. Ils se plongeaient dans les miens et m'avaient fait oublier les touristes qui nous poussaient pour se prendre en photo et, à bien y réfléchir, le reste du monde et de l'univers. Je n'existais que pour être blottie dans ses bras costauds, réconfortants.

— Je vais toujours t'aimer, m'avait assurée Vincent.

Sa phrase si spontanée et sincère nous avait remplies de bonheur, mes insécurités et moi. J'avais toujours peur de le perdre, parce que je l'aimais plus que tout au monde, que je voulais passer ma vie avec lui, et que je nous voyais encore amoureux dans nos vieux jours.

— Moi aussi, je t'aime, avais-je murmuré en le serrant fortement dans mes bras tout en m'agrippant à ses vêtements.

Nous avions quitté le gratte-ciel vers vingt-deux heures. Alors que nous marchions en direction d'une station de métro, nous croisions des passants en tenue de soirée qui sortaient de restaurants chics ou qui revenaient d'assister à des comédies musicales sur Broadway. Je n'aurais échangé ma place avec aucun d'entre eux, même s'ils avaient beaucoup d'argent et une vie qui paraissait palpitante. Tenir la main de Vincent me rendait plus riche qu'eux.

Vincent avait prévu de dormir dans un camping près de l'eau, au sud de New York. Avec l'obscurité et le manque d'indications routières, nous ne l'avions jamais trouvé. Nous nous étions installés le long d'une plage isolée, loin des maisons.

— Bon, c'est pas le meilleur spot, avait soupiré Vincent, mais ça devrait aller pour cette nuit. Je suis brûlé, j'arriverais pas à conduire un kilomètre de plus.

— Dormir ici me dérange pas, mais j'aurais pris une salle de bain.

— L'océan est à côté.

— Pour me laver, peut-être. Sauf que je me sentirais mal de faire pipi dedans.

— Es-tu en train de dire qu'on aurait dû emprunter la toilette portative de ton oncle ?

— Ouache ! J'aurais jamais trimbalé une vieille toilette sale. Je préfère encore l'océan !

J'étais sortie du véhicule et, m'orientant avec le bruit des vagues, je m'étais rendue jusqu'à l'Atlantique. J'avais enlevé mes souliers, mes bas et mon pantalon pour ensuite m'accroupir dans l'eau froide. Je me faisais porter par les flots onduleux tandis que je tentais de garder mon équilibre en faisant mes besoins, un pied sur une roche qui me faisait mal à la plante et l'autre qui s'enfonçait dans le sable.

— Pire expérience à vie ! avais-je lancé à Vincent en revenant avec mes vêtements dans les mains parce que j'avais oublié d'apporter une serviette pour m'essuyer.

— La prochaine fois, tu feras ça derrière un buisson.
— Pourquoi j'y ai pas pensé avant ?

Vincent, pour exprimer son empathie, avait éclaté de rire.

Nous avions dormi au son de la rumeur lointaine de l'océan. Je m'étais réveillée tôt le lendemain matin. Le soleil inondait l'habitacle de notre abri en perçant nos minces rideaux. Vincent ronflait encore et j'avais ressenti une soudaine envie de le tirer du sommeil. J'avais passé une jambe par-dessus lui pour commencer à l'embrasser. Il avait à peine ouvert les yeux que je nous débarrassais de nos vêtements. Nous combattions la fraîcheur de l'habitacle en unissant nos corps jusqu'à ce qu'une décharge de plaisir me traverse en entier et que je me couche sur Vincent pour me remettre de mes émotions.

— Je sais que j'ai souvent répété que je déteste les réveille-matin, avait dit Vincent quand je me suis retirée. Mais toi, t'es l'exception qui confirme la règle.

— Contente d'avoir pu t'être utile.

J'ai relevé un rideau pour jeter un coup d'œil par la fenêtre et, bien que je ne voyais personne, j'avais enfilé mon bikini pour aller me laver dans l'océan.

Dehors, il faisait déjà chaud. Mes pieds s'enfonçaient dans le sable ardent qui glissait entre mes orteils. J'avais franchi une dune surmontée de touffes d'oyat tranchantes et, de l'autre côté, j'avais découvert une longue plage bondée... de nudistes ! J'étais parmi les rares personnes à porter un maillot. Étant donné que tout le monde m'ignorait, je m'étais rendue jusqu'à l'eau, m'y étais baignée une quinzaine de minutes, pour ensuite revenir au Westfalia. Avant d'ouvrir la portière, j'avais retiré mon maillot pour surprendre Vincent.

— Qu'est-ce que tu fais à poil ? m'avait-il lancé.

— J'avais chaud. J'en ai enlevé une couche.

Il m'avait tirée par le bras pour me faire entrer et avait refermé la portière derrière moi.

— Qu'est-ce qui te prend? Éli, tu pourrais te faire arrêter pour indécence publique! Si tu te ramasses en prison aux States, tu peux dire adieu à ta carrière dans un bureau d'avocats.

— Tu capotes pour rien.

— Depuis quand t'es exhibitionniste? Remarque, je me plains pas, là...

— J'avais cru le remarquer dans ton regard. Bon, c'est à ton tour?

Vincent était revenu dix minutes plus tard, hébété.

— T'aurais pu m'avertir!

J'avais éclaté de rire.

— Je te pensais pas aussi pudique!

— J'ai été surpris, c'est tout.

— Tu veux rester un peu?

— Non, ça sera pas nécessaire. Mettons que j'aime mieux ce que j'ai vu à l'intérieur ce matin que ce que je viens de voir à l'extérieur.

Les jours suivants, nous avions continué de sillonner les routes en longeant la côte atlantique, choisissant plus attentivement les plages où nous nous arrêtions, préférant dormir dans des stationnements ou des campings plutôt que le long du littoral. Nous avions aperçu nos premiers palmiers en Caroline du Nord. Ils se multipliaient au fil des kilomètres jusqu'à devenir omniprésents en Floride.

Notre passage à Miami, cette ville de gratte-ciel et d'hôtels aux accents latins et art déco, a changé ma vie. Pas à cause d'une visite dans le parc des Everglades qui la borde, plutôt à cause d'un arrêt dans une grande surface. Pendant que Vincent s'occupait de la nourriture, j'étais passée au coin pharmacie pour ensuite me diriger à la salle de bain. Je n'avais jamais été aussi stressée, j'avais l'impression de trembler, que ma démarche était irrégulière, que je transpirais et que tout le monde me fixait. C'est dans un cabinet malpropre que j'ai eu la confirmation de ce dont je me doutais depuis quelques jours : j'étais enceinte. Je n'étais pas surprise. J'avais cessé de prendre la pilule à cause de ses effets secondaires. Je devais changer de sorte et, en attendant, Vincent et moi avions convenu qu'il utiliserait des condoms. Il n'avait pas été le plus assidu et je ne lui avais pas rappelé sa promesse ; nous nous fréquentions depuis longtemps et les préservatifs n'étaient plus dans nos habitudes. Je n'avais toutefois pas pensé que je pouvais devenir enceinte aussi facilement. Une de mes amies avait tenté d'y arriver pendant plus d'un an avant que ça fonctionne et moi, ça s'était produit en deux mois à peine. Je me demandais ce que nous ferions. Je rêvais de fonder une famille avec Vincent, mais pas maintenant. Je me trouvais encore trop jeune et j'avais peur de ne pas être à la hauteur.

— Un ou deux concombres ? avait voulu savoir Vincent quand je l'avais rejoint.

— Euh... quoi ? avais-je marmonné, absente.

— Ça va ? Tu es pâle, tout à coup.

— C'est que... c'est rien...

Comment pouvais-je expliquer le bouleversement existentiel que je vivais entre des étalages de légumes et une pile de boîtes de télés à écran plat ? Avant d'annoncer la nouvelle à Vincent, je devais d'abord me donner le temps de la digérer.

— Je vais en prendre deux, avait conclu Vincent. Et j'ai vu des bouteilles de vodka près des caisses. On s'improvisera des drinks. Avec du jus de framboise et canneberge, ça va être délicieux!

— J'ai pas tellement envie de boire. J'ai mal au ventre depuis quelques jours. Je préférerais m'en tenir à l'eau.

Nous avions quitté Miami le lendemain pour continuer notre périple jusqu'à la pointe des États-Unis, à Key West, là où un court trajet de bateau sépare l'empire capitaliste de l'oncle Sam de l'île de Cuba. J'avais eu mal au cœur tout au long du trajet. J'ignorais si c'était du stress ou mon début de grossesse. Je cherchais comment annoncer à Vincent que j'étais enceinte. J'espérais trouver le bon moment et je me doutais qu'il n'y en aurait pas. J'avais passé la pire des nuits en craignant sa réaction et je m'étais promis de le lui avouer avant la prochaine.

Vincent avait court-circuité mes plans en fin de journée en posant un genou au sol devant moi alors que nous marchions sur la plage.

— Ah non, Vincent, tu devrais pas faire ça, avais-je protesté.

— Quoi? Attacher mon lacet?

— Vincent, s'il te plaît.

— J'ai juste une question pour toi. Ce sera pas douloureux, promis!

— Je sais déjà ce que tu veux... je peux pas...

— Commence par m'écouter. Tu répondras après.

— Vincent...

Mon chum s'était relevé, l'air déçu.

— Je croyais que... avait-il bredouillé. Je pensais que toi et moi...

— Je cherchais le moyen de te le dire et je m'excuse d'avance de la façon dont ça va sortir... Je suis enceinte.

Il n'avait pas réagi. Son cerveau, victime d'un crash, avait eu besoin de longues secondes pour redémarrer.

Il avait soudain esquissé un sourire avant de se précipiter vers moi pour me prendre dans ses bras.

— T'es content ?

— Pourquoi je le serais pas ? La fille que j'aime le plus au monde porte mon enfant. Éli, tu t'en rends compte ? On va fonder notre famille. C'est extraordinaire ! Bon, là, j'ai plus le choix.

Il avait posé un genou au sol et, émue aux larmes par sa réaction, je l'ai regardé... nouer son lacet.

— T'es pas drôle !

— Quoi ? Je t'avais dit de pas me couper ! J'avais vraiment un problème avec mon soulier.

Il s'était relevé pour s'étirer en bâillant.

— On devrait rentrer, il commence à être tard.

Il m'avait tourné le dos et s'était éloigné. J'avais couru pour le rattraper et, en arrivant près de lui, il m'avait présenté une petite boîte dans laquelle il y avait une bague en or.

— Alors, ça te tente ? m'avait-il demandé.

— Bien sûr que oui !

J'étais loin de me douter à ce moment que nous ne nous marierions pas. Nous avons reporté l'événement à plusieurs reprises et j'avais cessé de porter ma bague de fiançailles au début de ma deuxième grossesse, pour éviter qu'elle reste coincée autour de mon doigt si je faisais de la rétention d'eau. C'est un sujet que l'on aborde plus, emporté par le raz-de-marée du quotidien. De toute façon, je n'en ai plus envie. Pourquoi dépenser des milliers de dollars pour me montrer en robe quelques heures devant ma famille quand nous bouclons parfois notre budget de justesse ?

Vincent

L'ambiance au bureau a pris des airs de fête à l'approche du lancement de notre jeu prévu pour le 7 février. Je venais tout juste de terminer mon travail sur la première mise à jour qui devait être en ligne en même temps que le jeu et j'avais appris qu'on me réaffectait à l'équipe qui élaborait le concept de notre prochain projet, une histoire d'exploration spatiale. Je me chargerais d'animer des créatures extraterrestres et j'avais déjà hâte.

Dans les derniers jours, Aurélie a passé beaucoup de temps à mon bureau pour préparer des vidéos promotionnelles qui seraient présentées durant la soirée de lancement. Elle voulait que je partage des secrets sur les coulisses de mon métier. Elle m'a donc filmé pendant que j'expliquais comment fonctionne la nouvelle technologie d'intelligence artificielle qui adapte les animations des personnages à leur environnement, par exemple : comment ils plient les jambes s'ils montent un escalier ou leur réaction s'ils doivent franchir un obstacle.

— Est-ce que t'as déjà assisté à une séance de capture de mouvement ? lui dis-je alors que nous bouclons notre tournage.

— Non, jamais.

— Je vais te montrer, j'ai des tonnes d'heures de vidéos.

Je fais défiler une séquence dans laquelle deux acteurs discutent, assis à une table, faisant semblant de boire dans des verres. Ils portent des combinaisons constellées de marqueurs – de petites billes blanches – et un casque muni d'une caméra qui filme leur visage en gros plan.

— Ça doit être désagréable de jouer avec ça! suppose Aurélie. J'aurais de la difficulté à me concentrer sur mon texte.

En se penchant pour s'approcher de l'écran, elle appuie une main sur mon bureau et l'autre sur le dossier de ma chaise. Elle est si près que l'odeur de son parfum m'enveloppe. Je me surprends à baisser les yeux, quand je remarque que l'encolure de son chandail s'est détendue. J'aperçois sa poitrine délicate une fraction de seconde avant qu'Aurélie m'indique un détail à l'écran. Elle ne porte pas de soutien-gorge et cette vision furtive attise l'attirance que je ressens déjà pour elle.

— Est-ce que ce sont des caméras sur la structure de métal? s'intéresse-t-elle en tournant la tête vers moi.

Je relève les yeux et me perds momentanément dans ceux d'Aurélie. A-t-elle surpris mon regard indiscret? Elle esquisse un sourire qui me laisse croire que oui et qu'elle n'y voit aucun problème.

— Il y a vingt-quatre caméras fixes pour détecter le moindre mouvement des acteurs. Nous avons aussi des caméras mobiles si nécessaire.

— Impressionnant!

— T'as rien vu. On a un entrepôt d'accessoires et parfois, on utilise des animaux.

— Pour vrai?

— Je vais te montrer une cinématique réalisée avec des chats.

Je démarre une vidéo dans laquelle une dizaine de chats se promènent librement dans le studio pour animer une scène qui se déroule dans la boutique de Joanna de Mena, extravagante marchande de tapis et, surtout, contrebandière d'armes.

— Il faut absolument la diffuser durant la soirée de lancement! s'enthousiasme Aurélie.

Ses visites se multiplient au cours de la semaine. Elle vient me poser des questions, me montrer des séquences vidéo, me consulter à propos du texte que j'aurai à lire lors du lancement ou simplement discuter. Nos conversations sont toujours agréables, faciles, et quand elle est à mon bureau, je ne vois plus le temps passer.

Ses présences répétées m'attirent les commentaires de Ludivine :

— Tu te souviens des films d'Harry Potter?

— Vaguement.

— Tu sais, quand Hermione développe un plan pour infiltrer la salle commune des Serpentard et qu'elle met par erreur un poil de chat dans sa potion de polynectar? Elle reste ensuite coincée dans sa forme semi-humaine, cachée dans les toilettes...

— Je vois pas où tu veux en venir, mais ça me rappelle quelque chose.

— Le poil était sur la robe de Millicent Bulstrode, sans doute parce qu'elle passe le plus clair de son temps avec son animal, et Hermione l'avait pris pour l'un de ses cheveux.

— Tu vas me raconter l'histoire au complet?

— Non, j'arrive au bout intéressant.

— Et c'est?

— Si je préparais une potion avec l'un de tes cheveux, j'aurais une chance sur deux de me transformer en Aurélie.

— Pourquoi je t'écoute encore quand tu me sors des affaires comme ça ?
— Parce qu'on est voisins de bureau et que je suis beaucoup trop bizarre pour que tu m'ignores complètement. T'es une petite bête curieuse, Vince, et t'as un cheveu long sur l'épaule.

Je consacre tellement de temps à mon travail que tout me paraît à l'envers, maintenant, comme s'il s'agissait du centre de mon univers et que ma famille était devenue accessoire. Je suis content de retourner à la maison, de voir Éliane et les enfants, sauf que mes passages y sont courts et ressemblent à un songe. Je sais que ce sera bientôt terminé, que mon quotidien reviendra à sa normalité. Est-ce vraiment ce que je veux ?

La soirée précédant le lancement, après avoir couché Océane et Nathan, je me retrouve au salon avec Éliane. Elle s'est emmitouflée sous une couverture de laine pour lire et seules sa tête et ses mains en dépassent. Féline Dion lui a compliqué la tâche en se plaçant entre elle et son roman. Un bout de queue ou d'oreille cache toujours quelques mots. Quand je prends le temps de regarder Éliane, je la trouve aussi magnifique qu'au premier jour, même si elle a vieilli. Elle ne m'avait pas cru quand je lui avais dit qu'elle devenait de plus en plus belle avec l'âge. Pourtant, ses pattes-d'oie, qu'elle voulait atténuer avec des crèmes, sont l'un de ses traits les plus sexy. Tout comme ses taches de rousseur de plus en plus présentes sur ses joues. Par contre, je m'ennuie de ses grands yeux émerveillés, ceux qui cherchaient sans cesse à croiser les miens autrefois, comme si j'étais la plus belle chose sur laquelle ils s'étaient posés, ainsi que de ses mimiques qui me sont devenues familières au cours des ans et que je suis le seul à connaître. La façon qu'elle a de se mordiller la lèvre inférieure alors qu'elle est concentrée, la mèche de cheveux qu'elle replace systématiquement derrière son oreille, et les expressions de son visage : ses sourires furtifs quand une scène de son livre est drôle ou son air préoccupé si un personnage d'un film est en danger.

— Quoi ? m'interpelle-t-elle quand elle remarque que je la fixe, en refermant son livre.
— Rien.
— Tu souris.
— C'est parce que, toi aussi, tu souriais.
— Ah oui ?
— Qu'est-ce qui t'amuse ?
— Tu pourrais pas comprendre sans savoir ce qui se passe avant.
— Essaie toujours.
— En gros, ça s'appelle le *Musée du crépuscule*. C'est l'histoire de Gabrielle qui se retrouve dans le coma à la suite d'un accident et qui explore le musée de sa vie. Elle découvre des objets qui en représentent les événements les plus marquants. Là, je commence un chapitre où elle visite l'exposition des possibilités.
— Les possibilités ?
— Les vies qu'elle a pas vécues, les choix qui auraient pu altérer le cours de son existence.
— Ç'a l'air dramatique comme roman.
— Non, pas du tout, c'est très lumineux et drôle. J'adore la plume de cette autrice, elle arrive à nous faire rire et réfléchir à chaque paragraphe. Par exemple, le conservateur tente de décourager Gabrielle d'explorer le musée en lui assurant que la vie qu'elle a vécue est la meilleure

d'entre toutes. Comme tu t'en doutes, elle l'ignore et ce qu'elle découvre la remet en question. Elle se demande si elle a toujours fait les bons choix.

— Et la réponse ?

— Aucune idée pour le moment. Tout ce que je sais, c'est qu'elle vient de réaliser qu'elle avait un talent exceptionnel en chant et qu'elle aurait pu faire des tournées mondiales. Le conservateur lui dit : "Il y a plein de désavantages à donner des spectacles ! Te coucher tard, être debout longtemps, les foules assourdissantes. T'aurais pu te faire une tendinite à force de tenir ton micro, c'est pas rien !" Bref, ça me fait beaucoup rire.

— Et toi, qu'est-ce qu'il y aurait dans ton musée du crépuscule ?

— Probablement une aile complète sur l'eczéma et la peau sèche. Celle sur l'insomnie s'annonce aussi pour être grande.

— À ce compte-là, j'en aurais une à propos de mes mésaventures de rénovation.

— Ça te prendrait un entrepôt au complet ! Dès que t'as un marteau dans les mains, ça vire mal !

Éliane éclate de rire en repensant à mes habiletés manuelles qui lui font dire « t'as plein d'autres belles qualités » chaque fois que je les ressors. Elle baisse ensuite les yeux, soudain plus sérieuse.

— Reste que dans mon musée, reprend-elle, il y aurait une trop grande place pour mon travail et la routine. J'ai parfois l'impression que ma vie se résume à ça.

— C'est le cas pour tous ceux qui vivent dans le monde des gens ordinaires.

— Ça te dérange pas que ton existence soit exactement la même pour les trente prochaines années en attendant ta retraite ?

— C'est sûr que oui, sauf qu'en même temps, sans être défaitiste, qu'est-ce que tu pourrais y changer ?

— Tout et rien. J'ai toujours voulu avoir notre maison et les enfants, sauf que maintenant, j'ai le sentiment d'être une spectatrice, de vouloir le mieux pour les autres et de ne plus savoir ce qui l'est pour moi. J'ai plus de projets qui m'appartiennent, qui me font avoir hâte à demain. J'ai de la difficulté à savoir qui je suis devenue, je sais même plus ce qui me fait vibrer.

Éliane détourne le regard et fixe le vide. Un brouillard paraît obscurcir ses pensées. J'aimerais l'aider, mais je ne peux rien pour elle si elle ignore ce qu'elle cherche.

— Et ton envie de te trouver une autre job ? Ça pourrait être un début.

— Je continue d'y penser, sauf que j'ai peur de tomber sur pire.

— Ça, tu pourras jamais le savoir avant. Si ça arrive, t'auras qu'à rechanger.

— Facile, en théorie, mais la pratique est plus compliquée.

— Et les études, tu y repenses, des fois ?

— Souvent.

— Dans ton exposition, tu crois qu'il y a une Éliane qui a terminé son bac en droit ?

— J'en suis convaincue.

— Est-ce qu'elle est plus heureuse que toi ?

— Je sais pas... peut-être... Ça m'étonnerait qu'elle soit plus triste en tout cas.

— Tu es triste ?

— C'était juste une façon de parler...

— T'en es certaine ?

Éliane dépose son roman sur ses cuisses pour l'échanger contre Féline. Elle la serre et plonge son visage dans son poil. Ses yeux sont embués de larmes et ça me brise le cœur de la voir ainsi, parce que je me sens en grande partie responsable de ce qui lui arrive. Je ne sais pas comment la rassurer. Je comble le vide en changeant de sujet, peut-être le pire des réflexes dans la situation.

— Sinon, les autres Éliane, elles font quoi ?

— J'ose espérer qu'il y en a une qui a eu le guts de partir faire du bénévolat en Afrique avec son amie Alicia. Une autre, sûrement, qui a exploré mon intérêt pour la musique. Elle travaille pour une compagnie de disques ou en joue, je sais pas. Celle qui me ressemble le plus est polyglotte, parce qu'elle a trouvé le moyen d'être moins brûlée que moi le soir et qu'elle procrastine pas sur notre sofa. Et certainement une actrice ratée, dans le tas. Elle, je prendrais pas sa vie. Toi, les Vincent, ils travaillent tous dans le domaine des jeux vidéo ?

— Je crois que oui... Je sais pas ce que j'aurais fait d'autre comme métier...

C'est pour mon couple que je me demande quelles sont les possibilités. Est-ce qu'il est inévitable que ma vie s'éloigne de celle d'Éliane ? Combien de versions de moi restent avec elle, combien la quittent ? Et Aurélie, quel est son rôle dans mon histoire ?

— T'aimerais qu'il se termine comment, ton roman ?

— Dans mon monde de licornes, Gabrielle va réaliser que sa vie est la meilleure même si elle est pas parfaite, parce que c'est celle qu'elle a choisie, et qu'elle a le pouvoir de changer ce qui accroche.

— C'est ce que t'espères pour ta vie ?

— Oui...

— Il te reste à trouver le moyen de changer ce qui va pas...

— J'aimerais juste savoir c'est quoi. Il me semble que ce serait un bon début.

— Si t'as besoin d'aide, je suis toujours là.

Éliane ne répond pas. Elle sait aussi bien que moi que ce n'est pas le cas. Je suis plus absent que jamais. Je voudrais être présent pour elle, que nous revenions à la simplicité de nos premières années en appartement, en dépit de la complexité de nos vies actuelles, seulement je ne suis pas certain que ce soit réaliste. Est-ce que trop de choses ont changé ? Et comme chaque fois que cette pensée refait surface, je me demande ce qui est si compliqué pour nous garder à l'écart. Nous avons des vies linéaires, sans embûches insurmontables, et pourtant, nous trouvons le moyen d'être insatisfaits...

Éliane

Jade n'a jamais été la meilleure avec les chiffres, mais elle a le sens des affaires. Son concept de studio de yoga décontracté, qu'elle a nommé Le loft, est un franc succès. Même si je pensais que ses projets de rénovations étaient trop ambitieux, elle m'a démontré que j'avais tort en dirigeant des entrepreneurs qui n'avaient sans doute jamais eu à composer avec une fille aussi déterminée à respecter son échéancier et son budget.

Le plan d'affaires de Jade, reposant majoritairement sur la perspective d'une vague d'inscriptions au début janvier, a fonctionné à merveille, preuve que la culpabilité post-réveillon existe bel et bien. Ses cours de yoga sont tous pleins, elle a dû engager une prof, et plusieurs des produits qu'elle vend sont en rupture de stock.

— Je serai peut-être pas obligée de déclarer faillite, finalement! se réjouit-elle quand je viens l'aider à démêler sa paperasse. Ça marche bien, mes affaires.

— Vraiment, je suis contente pour toi! Va falloir que t'apprennes à te classer un peu, par exemple! Ouf, méchant bordel!

— Ouin, plus tard...

— Tiens, un autre reçu pour la déchiqueteuse.

— C'est notre sortie du temps des fêtes au bar à vin!

— C'est justement, tu pourras pas en déduire le montant. C'est pas une dépense d'entreprise.

— C'est là où j'ai eu mes meilleures idées pour mon studio! Ça compte forcément pour quelque chose.

— T'essaieras d'expliquer ça à un fonctionnaire de l'Agence du revenu.

Elle m'arrache le reçu des mains.

— Ouch, ça nous avait coûté cher pour le peu de souvenirs qu'il me reste de cette soirée-là! J'ai mal à la tête juste d'y repenser. Bon, OK, déchiqueteuse!

Jade s'en donne à cœur joie avec une paire de ciseaux et réduit le reçu en morceaux au-dessus d'un sac déjà bien rempli.

Pour accompagner Jade dans son aventure, j'ai accepté de suivre deux cours par semaine avec elle. Les mardis sont les soirées body positive, un safe space pour celles qui n'osent habituellement pas s'inscrire à des activités de mise en forme de groupe. Ces séances ne sont pas réservées aux personnes qui ont un surpoids, comme je l'avais imaginé au départ, mais bien à celles qui n'aiment pas ce qu'elles voient dans le miroir ou qui ont des limitations physiques – un thème étonnamment rassembleur, à ce que j'ai pu constater. Aucun jugement, exit les codes vestimentaires traditionnels et pas de pression pour arriver à réaliser toutes les postures. Sauf celle du cadavre, un must. Se coucher sur le dos, au sol, cinq minutes à la fin d'une séance, c'est le bonheur!

Quand j'avais fait du spinning après la naissance d'Océane, je m'étais souvent demandé si je m'enfermais avec des filles plus jeunes, plus belles et plus fermes que moi pour me remettre de ma grossesse ou pour entretenir mes complexes. Maintenant, je veux me réapproprier mon corps de trentenaire et avoir moins honte de me ressembler. Une voix intérieure, renforcée par des années d'images à la télé, me répète que j'aimerais avoir la silhouette d'une actrice payée des millions pour s'entraîner à longueur de semaine. Elle est accompagnée d'une nouvelle voix que je m'efforce d'écouter : être bien dans sa peau, c'est un bon début, surtout quand je vois que je ne suis presque plus essoufflée en montant des escaliers.

Le vendredi soir, ce sont mes cours préférées : le yoga chaud. Jade augmente la température dans son local, fait fonctionner son humidificateur et nous exécutons des postures dans un climat tropical, les dizaines de plantes nous aidant à nous imaginer quelque part en Amérique du Sud. Nous suons au son de vagues et d'une musique calme. C'est l'un des seuls moments de la semaine où j'arrive à vider mon esprit. Pas longtemps. Quelques minutes tout au plus. Je travaille mon équilibre physique en même temps que mon équilibre mental. Dans les deux cas, il est fragile. Les pensées qui tournent en boucle dans ma tête sont difficiles à ignorer. Elles sont un paragraphe interminable, formé d'idées confuses qui se répètent aux dix lignes dans des mots à peine différents. Parfois, je me demande si j'ai besoin d'un psychologue ou d'un prof de français pour m'aider à me structurer. Les tirades de mon cerveau ne passeraient pas l'étape de la révision linguistique. Même s'il est dans ma tête, il n'en fait qu'à la sienne.

Pour gagner un peu de paix intérieure, je me concentre sur ma respiration et mes mouvements. Si je parviens à m'occuper à deux choses en même temps, j'oublie le reste. Je m'ancre dans le présent. Je ressens la sueur qui perle sur ma peau, la tension qui se relâche au bas de mon dos, la détente de mes muscles, la vapeur de l'humidificateur qui me donne des frissons parce que j'en suis trop près.

Et puis, mes pensées indésirables reviennent comme un tsunami déferlant sur mes neurones. Vincent est tellement distant ces temps-ci... À moins que ce soit moi qui le tienne à l'écart? Je dois admettre que je ne suis pas souvent là pour lui. M'aime-t-il encore? Et moi, est-ce que je l'aime encore? Sûrement, pourquoi je ne l'aimerais plus? Peut-être parce que moi, je ne m'aime plus – plus toujours, en tout cas. Me trouve-t-il encore belle après toutes ces années? J'ai tellement changé que je ne suis plus la fille qu'il a connue autrefois. Il est amoureux d'une fille qui existait il y a treize ans. Je reste moi, sans l'être tout à fait. Je suis devenue une autre. Il est amoureux d'une autre. Et si c'était ça? A-t-il pu rencontrer quelqu'un au bureau? Peut-être, il travaille si tard. Non, il ne me ferait jamais ça. Quoique je ne pourrais pas lui en vouloir. Il mérite mieux qu'une insomniaque stressée qui l'empêche de dormir. Ce soir, ça va mieux aller. Le yoga, c'est censé détendre. Demain, c'est samedi et je vais être en forme. On va passer la journée en famille. C'est ce que font les familles heureuses, non?

Je m'aperçois que je me suis laissé emporter. Je me recentre sur ma respiration et mes mouvements. Pour combien de temps?

Après le yoga, j'aide Jade à fermer son local. On baisse la température et on profite de la chaleur avant qu'elle se dissipe. Nous restons dans le loft qui surplombe la rue et regardons les passants dans leur hiver du haut de notre été éphémère. J'ai la chair de poule en pensant que je serai celle qui, dans une demi-heure, marchera avec empressement sur le trottoir, le bas du visage enfoui dans mon foulard et les mains dans les poches de mon manteau, malgré mes mitaines.

— Certains studios règlent la température à quarante degrés pour leur yoga chaud, m'apprend Jade.

— C'est fou! C'est soixante de plus que dehors!

— C'est pour rappeler la chaleur de l'Inde, parce que c'est une pratique basée sur une forme de yoga traditionnelle qui vient de là. Moi, je suis pas puriste, je me contente de trente-cinq.

— Avoue que c'est pour éviter de te ruiner avec tes factures d'Hydro.

— Aussi!

Avant de partir, nous prenons chacune une douche et nous nous rhabillons. Mes vêtements collent à ma peau encore humide et mon manteau me paraît trop chaud, du moins, jusqu'à ce que nous affrontions février pour nous rendre au café La Ruche, l'arrêt obligatoire de nos fins de soirée du vendredi. Ambiance feutrée, étudiants et aspirants écrivains en tête à tête avec leur portable, lattés trop chers que j'enfile en me sentant coupable de ne pas mettre cet argent sur quelque chose de plus utile, et sandwich au thon, quand j'ai un creux.

— Finalement, ça marche tes somnifères? s'informe Jade, se doutant de ma réponse.

— Pas fort... Ce qui me fait le plus de bien par les temps qui courent, c'est le yoga.

— J'avais raison d'insister pour que tu te joignes à nous!

— Pour une fois, j'étais contente que tu sois aussi gossante.

— Je suis pas gossante!

— Depuis quand?

— Très drôle.

Elle tire la langue avec le visage souriant.

— Tant mieux si le yoga t'aide, reprend Jade. Attends juste pas d'atteindre le fond du baril avant d'aller plus loin dans tes démarches, sinon, ça va être dur de remonter la pente. Crois-moi, je parle d'expérience. Quand James m'a laissée, j'étais convaincue que j'avais pas besoin de consulter pour passer par-dessus ma rupture. Trois mois plus tard, j'avais encore juste envie de brailler en mangeant mes céréales le matin. C'est ce qui m'a fait réaliser que j'avais un maudit gros problème.

— Si ça peut te rassurer, j'ai téléphoné à mon programme d'aide aux employés. J'ai rendez-vous avec quelqu'un mardi prochain. D'ailleurs, je vais manquer ton cours.

— Ben là !

— Ouin, je sais, je devrais revoir mes priorités.

— En bonne amie, je vais tout de même te dire que je suis fière de toi. C'est fucking dur de faire les premiers pas.

— Mets-en, surtout quand je me compare à certaines de mes collègues au bureau. Prends Jessica. Elle a quatre enfants, dont des jumeaux en bas âge, et elle vient de se séparer. À l'entendre parler, même si sa vie est beaucoup plus difficile que celle des autres, elle s'en sort à merveille. Pourquoi moi, j'y arrive pas quand ma situation est moins pire que la sienne ?

— C'est pas une compétition.

— Reste que j'ai l'impression de chialer pour rien avec mes petits problèmes, surtout quand je sais qu'au fond, ça pourrait être pire. Je suis pas réfugiée de guerre, j'en arrache dans le confort que je me suis bâti. Avoue que c'est pathétique.

— Pas du tout ! C'est pas parce que tu coches les cases de l'American Dream que ça va nécessairement aller comme sur des roulettes. T'as juste besoin de sortir de ta routine, de te changer les idées. Et en plus, avec ce qui arrive à ta mère ! Éliane, t'es loin d'être anormale ou pathétique, t'as pas…

Deux gars passent près de notre table et Jade s'arrête de parler. Si je la connais aussi bien que je le crois, elle reluque le grand brun avec le manteau de laine, les cheveux mi-longs et la barbe de trois jours. J'ai un air de déjà-vu – je parierais sur un conseiller financier qui va lui payer des boucles d'oreilles hors de prix pour sa fête et demander qu'elle les lui rende quand elle va le laisser parce qu'il l'a trompée avec son ex.

— Il y a du beau monde ici, ce soir, commente-t-elle.
Voyant que je ne réponds pas, elle plisse les yeux.
— De quoi on parlait déjà ?
— Il t'en faut pas beaucoup pour te déconcentrer !
— Ah oui ! Tes complexes d'infériorité quand t'es pourtant la femme la plus forte que je connaisse !
— Pas obligée de revenir là-dessus, on a fait le tour.
— T'aurais envie d'aller leur parler ?
— Aux gars ?
— Ouais.
— Au cas où tu t'en souviendrais pas, je suis en couple.
— Je te propose pas d'en frencher un. Ben, pour toi. Pour moi, toutes les possibilités sont sur la table. À moins que tu sois game de t'essayer. Pour le fun, pour voir si tu pognes encore.
— C'est pas une question d'être game, c'est du respect. Je pourrais pas embrasser un gars et revenir à la maison comme si de rien n'était.
— C'est pas comme si tu couchais avec.
— Non, mais c'est déjà trop. J'ai deux enfants, une relation stable... Je gâcherai pas tout pour du sexe. J'ai mes fantasmes, de là à agir...
— Mettons, dans un univers parallèle, si t'étais certaine qu'il y avait aucune conséquence, t'aurais envie d'aller voir ailleurs, juste pour essayer ?

— C'est dur à dire, avec ma libido aux soins palliatifs.
— Éli, fais un petit effort !
— Ça m'est déjà arrivé de m'imaginer avec des gars du bureau ou des acteurs.
— Et si tu enlèves ton contexte familial, ton travail, tes obligations... Si tu redevenais célibataire, est-ce que tu choisirais encore Vincent ?

Sa question me prend de court. Je n'ai aucune idée du choix que je ferais et ça me terrifie. Si je me réveillais sans mémoire de ma vie, un bon matin, est-ce celle que je continuerais de vivre ou est-ce que je la changerais ?

— Au fond, ce que je te demande, c'est si tu l'aimes encore.
— Je sais pas... Je sais plus...
— Ton cœur, il te dit quoi, là ?
— Il est... indifférent... Ça serait plus facile si je détestais Vincent. Fondamentalement, c'est pas lui le problème, c'est notre couple. J'aime pas ce qu'on est devenus. On se montre plus notre affection, on se parle pas vraiment sauf au sujet des enfants, on passe plus de temps de qualité ensemble. J'ai parfois l'impression qu'il est pas là, qu'il est perdu dans sa tête, comme si ses journées sont une longue attente avant qu'il puisse se sauver au sous-sol pour jouer à ses jeux vidéo.
— Autrement dit, vous êtes une famille fonctionnelle et ça s'arrête là.
— C'est à peu près ça.
— Vous avez pas fait l'amour depuis combien de temps ?
— Deux ou trois mois...
— Éliane.
— Peut-être six.
— C'est quasiment de l'abstinence, ton affaire ! Rendue là, rentre chez les sœurs !

— Pas besoin de me le rappeler, ma vie sexuelle est à peine plus active que celle de mon chat d'intérieur qui a fait vœu de chasteté lors d'une visite chez le vétérinaire. C'est étrange, parce qu'autrefois, j'aimais coucher avec lui, sentir son poids sur moi, sa force quand il me serrait dans ses bras. Maintenant, je suis désintéressée, j'ai juste hâte qu'il finisse.

— Ça t'arrive pas de te dire que Vincent et toi vous vous êtes rencontrés trop jeunes ?

— J'avais dix-neuf ans, c'est pas si jeune.

— C'est le seul véritable chum que t'as eu. Tu t'es pas laissé le temps d'explorer, de voir si c'est avec lui que tu voulais passer le restant de tes jours.

— J'ai tout de suite su que c'était le bon gars.

— Avez-vous encore des projets communs ? Acheter un Winnebago, une terre à bois, faire un voyage, le mariage que vous repoussez depuis dix ans...

— Ouf, le mariage ! C'est mort et enterré.

— Ah oui ?

— Peut-être pas enterré, mais en état de putréfaction avancé dans un fossé le long d'une route de campagne.

— Je me souviens que vous l'aviez annulé à cause de la pandémie. Je m'attendais à ce que ça revienne sur la table un jour.

— On a fini par arrêter d'en parler. Je rêvais de la cérémonie romantique, celle des films ; la fille qui resplendit dans sa robe, la bouquetière, la décoration, la première danse. Mais au mariage de ma cousine, j'ai réalisé que si on se mariait nous aussi, ce serait plutôt mon oncle Yvan qui cogne des clous dans la deuxième rangée, l'odeur d'encens des funérailles de la veille qui flotte dans l'air, le curé qui se trompe de noms aux trois phrases et une réception dans une salle communautaire peinte il y a trente ans, et ça me tentait beaucoup moins. Je préfère continuer de vivre dans le péché que gaspiller plein d'argent pour ça.

— Si tu veux, on sera colocs en enfer.

— Avec toi, pour l'éternité ? J'aurai pas besoin d'autres châtiments !

— T'es tellement gentille.

— C'est pour ça que tu m'aimes.

— Mais c'est vrai qu'il nous manque des projets, ces temps-ci...

— Mettez-vous là-dessus et ça presse !

Jade détourne le regard et affiche une mine déçue. Je jette un coup d'œil par-dessus mon épaule pour voir que les deux gars sont maintenant accompagnés. Le beau brun enlace une fille mince et plus grande que lui, format mannequin ou échalote, selon le point de vue.

— Bon, ç'a l'air que je vais passer la nuit toute seule.

— Si tu veux, je peux aller coucher chez toi. Ça fait un bail que c'est pas arrivé. Vincent peut bien s'occuper des enfants.

— Prends le pas personnel, sauf que c'est surtout ce qui vient *avant* de dormir qui m'intéressait.

— Tu t'ennuies d'avoir une relation stable ?

— Ce qui me manque, ce sont surtout les petits moments du quotidien : déjeuner avec quelqu'un, partager mes états d'âme quand je regarde une série télé, avoir un public pour m'écouter chialer après la société au grand complet.

— Tu vois, moi, au contraire, j'ai trop de quotidien pour le peu de temps libre qu'il me reste.

— Coudonc, on est-tu condamnées à être éternellement insatisfaites ?

— Je pense plutôt qu'on est normales.

— Ouin, ben c'est poche, la normalité.

— Si ça te fait du bien, pour ce soir, je peux t'écouter chialer après la société : les mégacorporations, le capitalisme sauvage, l'attitude paternaliste du gouvernement...

— Très bon résumé ! À la place, on pourrait binge watcher quelques épisodes de la nouvelle saison de *Mary in London*.

— Pourquoi pas ? Anyway, avec tout le café que j'ai bu, je peux pas tant me coucher bientôt.

Jade et moi quittons le café et marchons jusqu'à son appartement. Le vent me fait pleurer, le froid me fait morver, le trottoir est glissant. Au lieu de chialer après la température, je m'estime chanceuse d'avoir une amie avec qui partager les caprices de février.

Vincent

Pour célébrer la journée du lancement, le studio a offert un dîner à tous les employés. Je me suis installé dans une salle de repos avec quelques collègues, dont Philippe et Ludivine. Assis sur des poufs poires, près d'une fenêtre, nous regardons la faible neige qui virevolte dans le ciel gris de Montréal. Les rires fusent, l'atmosphère est détendue, je retrouve l'ambiance qui m'a fait tomber en amour avec mon travail.

— Maintenant que le développement est terminé, vous allez faire quoi de votre temps ? demande Philippe.

— Doooormir... soupire Ludivine. J'ai six mois de sommeil à rattraper. Je le cache bien, que j'ai plus les idées claires, han !

— Au contraire, ça paraît, dis-je. Mais on t'aime comme ça !

— Une maudite chance ! Je me gère plus quand je suis fatiguée et même moi, je me trouve gossante.

— Repose-toi quand même pas trop, ça serait dommage que ce côté-là de ta personnalité s'éteigne, intervient Philippe.

— Bon, OK, si c'est pour vous divertir, je veux bien continuer à passer des nuits blanches.

— Et toi, Vincent ? Tu vas en profiter pour faire quoi ?

— Revoir tes enfants ? suggère Ludivine. Tu te souviens à quoi ils ressemblent ?

La remarque de Ludivine, qui se voulait inoffensive, me vire à l'envers. Je me suis souvent senti coupable de ne pas passer plus de temps de qualité en famille. Je me promets d'y remédier, maintenant que je n'ai plus l'excuse du travail. Est-ce que j'y arriverai ? Est-ce que ce sera véritablement différent ?

Le moment le plus attendu – et le plus redouté – arrive à treize heures : la levée de l'embargo médiatique. Les médias en ligne, qui avaient eu accès au jeu en primeur, commencent à publier leur avis. Même si la majorité est bonne, ce sont les critiques négatives qui attirent le plus mon attention. Surtout celle de l'un des plus gros sites web américains qui débute par : « Je serai cru et direct, c'est un fiasco ! » Selon l'auteur, l'histoire ne va nulle part, les personnages sont stéréotypés et la jouabilité est archaïque.

— J'aurais dû apporter mon parapluie, maugrée Ludivine.

— Pourquoi ?

— Une tempête de chnoute se profile à l'horizon. Les actionnaires vont demander des comptes et essayer de limiter les projets risqués, les boss vont désigner des coupables, les finances vont vouloir couper les budgets de recherche et développement pour maximiser les profits, le marketing va accumuler les heures supplémentaires pour mettre au point une stratégie d'amnésie générale qui va faire oublier cet article, et nous, on aura pas de bonus si les ventes sont ordinaires.

Cet article, avec sa cote d'une étoile sur cinq, devient rapidement viral sur les réseaux sociaux et monopolise les conversations dans tout le studio. Même Aurélie m'en

glisse un mot quand je la rejoins à son bureau en fin d'après-midi :
— Pas toi aussi ! soupire-t-elle.
— Quoi ?
— T'as une face d'enterrement. C'est à cause de la critique du gars qui aime pas le plaisir ?
— C'est pas n'importe quel gars : il écrit pour un site consulté par cinquante millions d'internautes chaque mois.
— Tu lui accordes trop d'importance. Quand on regarde la moyenne des notes des médias les plus lus, notre jeu obtient 82 %. C'est bien !
— Honnêtement, je suis déçu. On a travaillé trois ans pour que certaines personnes démolissent le projet après avoir joué juste quelques heures. Si au moins leurs critiques tenaient debout ! Par exemple, on accuse Maria Halévi d'être stéréotypée alors qu'elle est inspirée par l'histoire vraie d'une femme assassin qui a dû se prostituer. Et c'est quoi cette histoire que des gars devraient pas avoir le droit de concevoir des personnages féminins ? Notre équipe est l'une des plus diversifiées de l'industrie !
— Il y aura toujours des insatisfaits.
— Mais de là à donner une étoile sur cinq ? Objectivement, on aurait dû avoir mieux. Une note aussi basse, c'est pour un simulateur de chien qui se traîne le derrière sur un tapis.
— Ceux qui donnent une étoile à un produit ont souvent des raisons niaiseuses. Il y a littéralement un podcast sur le sujet et c'est hyper drôle. Vois le positif : on va passer une super soirée ensemble et tu vas avoir la chance de rencontrer des joueurs passionnés en ligne. Ça vaut plus que n'importe quelle mauvaise critique.

Elle pose sa main sur mon épaule et la glisse lentement le long de mon biceps alors que nous nous fixons dans les yeux. Sa bonne humeur devant la situation réussit à calmer mes frustrations.

— Bon, tu viens ? reprend-elle. On va rejoindre les autres pour le souper avant le début de la soirée.

Je mange un poke bowl dans une salle de réunion glauque avec des personnes qui se croient aussi importantes que leur titre : des directeurs, des producteurs et une vice-présidente. Ce sont ceux qui ont des stationnements réservés dans le sous-terrain et qui n'ont jamais songé à covoiturer, malgré leur auto trop grosse. Ils parlent de mise en marché, de segmentation stratégique, de public cible, de microtransactions post-achat, du vingt-cinq trente-cinq mâle, cette bête mythique à qui on doit soutirer son argent. Ils n'abordent ni la force créatrice de notre studio ni la passion des joueurs. Ils se permettent même une surenchère à propos du luxe qu'ils prévoient s'offrir avec leur bonus, parce que peu importe la performance du jeu, ils le toucheront. Louis Vuitton, Cartier, voyage en première classe, restaurants étoilés ; ils sont un cliché de publicité. Cette réalité est si loin de la mienne que je me sens déconnecté de leur conversation, mais quand même un peu jaloux. J'aimerais que mes préoccupations soient aussi superficielles... Au lieu de ça, je pense à mon couple qui bat de l'aile à la vitesse albatros-dans-une-marée-noire. Éliane et moi sommes au neutre. Existe-t-il une façon de nous rapprocher ? J'aimerais en discuter avec elle, mais avec le diagnostic de cancer de Claire, je me tiens loin des sujets difficiles.

La dernière fois que nous en avons parlé, c'était à l'automne, quelque part en novembre. J'étais rentré du travail vers vingt-trois heures. La nuit sentait les feuilles mortes, elles craquaient sous mes pas tandis que je marchais le long de la rue, accompagné par mon ombre diffuse au sol. Je n'étais pas pressé. Je savais que personne ne m'attendait et je profitais du temps doux pour remplir mes poumons d'air plus pur que celui que je respire au bureau soixante-dix heures par semaine.

Je suis rentré dans la maison sur la pointe des pieds en espérant passer inaperçu, comme je le faisais autrefois chez mes parents après un party. Cette fois-ci, j'avais plus de subtilité qu'un gars saoul convaincu que personne ne l'entend quand il rebondit d'un mur à l'autre dans le corridor parce qu'il marche croche. Je me suis tout de même fait surprendre par Éliane qui était étendue sur le sofa du salon. L'écran de sa liseuse éclairait son visage et elle avait des écouteurs sur les oreilles. Féline Dion dormait à ses pieds, couchée en boule. Éliane a sursauté en me voyant me détacher de l'obscurité.

— Vincent? s'est-elle étonnée. T'arrives donc ben tard!
— On vient d'avoir une autre démission dans l'équipe.
— Encore!
— C'est complètement fou. J'ai aucune idée comment on va réussir à respecter les deadlines. Heureusement que j'aime mon travail, sinon, je serais le prochain à partir. Et toi? Pas capable de dormir?
— Ouin...

Je me suis assis sur un fauteuil, près d'Éliane. Elle a replongé ses yeux dans sa lecture en poussant un faible soupir.

— Tu pensais te coucher bientôt?
— Aucune idée. J'ai beau être fatiguée, je sens que si je vais dans le lit, je vais juste virailler.

J'ai ouvert la télé et navigué sur quelques applications à la recherche d'une émission à regarder. Superhéros, sitcom pas drôle avec rires en canne pour marquer les punchs, drames familiaux qui me rappellent les miens et série médicale qui réussit mystérieusement à faire naître de la sympathie pour des acteurs qui meurent en inclinant la tête à gauche après avoir dévoilé leur plus grand secret... Rien ne m'intéressait. J'ai perdu un peu de temps sur le web et je me suis résolu à aller me coucher.

Étendu sur le dos, en boxers par-dessus mes draps, je fixais un triangle de lumière au plafond formé par l'angle de la porte et la veilleuse du corridor. J'étais incapable de fermer les yeux en sachant qu'Éliane cherchait désespérément le sommeil dans le salon. Deux solitudes dans une même maison. Nous étions si habitués à avoir des horaires différents ou à dormir séparément que je ne m'étais même pas donné la peine de l'embrasser, de l'enlacer ou de lui souhaiter une bonne nuit.

Je me suis relevé et je suis retourné au salon. Je me suis assis sur le bras du sofa sur lequel Éliane était étendue. Elle m'a regardé en attendant ce que j'avais à lui dire.

— Ça s'améliore pas, notre affaire, han? ai-je lâché.
— Mouin...
— J'ai l'impression qu'on tourne en rond, qu'on revient sans cesse aux mêmes discussions, aux mêmes conclusions.
— Tu proposes quoi, pour que ça change?
— Aucune idée. Sauf qu'il va falloir qu'il se passe quelque chose, parce que je me suis rarement senti aussi seul, même si on vit ensemble. Ça peut plus continuer... Je me souviens d'un temps où on s'aimait si fort qu'on avait promis de se marier. Depuis, on a abandonné le projet et notre couple en arrache pour survivre.

Éliane a essuyé du revers de la main une larme qui coulait sur sa joue. Sa lèvre inférieure tremblait, elle contenait tant bien que mal sa peine. Je m'en voulais de l'avoir blessée. C'était pourtant le prix à payer pour l'honnêteté. Je ne pouvais plus faire semblant que tout allait bien.

— Si t'as plus envie d'être avec moi, j'aimerais le savoir tout de suite et non dans six mois, a-t-elle imploré. Reste pas par pitié, ça me ferait encore plus mal.

— Pourquoi je ferais ça ? Je veux qu'on se retrouve, pas qu'on s'éloigne. Sinon, je serais déjà plus là.

Était-ce vrai, ou juste rassurant de le penser ?

— On peut-tu se coller et parler de tout ça une autre fois ? a proposé Éliane.

Même si la discussion avait fini par des larmes, elle nous avait menés dans le lit où nous nous étions endormis en cuillère, une première en plusieurs années. Éliane et moi avions réussi à nous rapprocher dans les semaines suivantes, en consacrant quinze minutes à notre couple chaque jour, sans distraction. Pas de télé, d'enfants ou de cellulaires. Elle et moi, dans le salon, en tête à tête avec nos mots. Sauf que rapidement, notre horaire chargé a fait dérailler nos bonnes intentions. Nous avons manqué ce rendez-vous une fois, puis deux... puis dix... Jusqu'à ce que nous l'abandonnions sans en reparler, quand le diagnostic de cancer de Claire est tombé. Je croyais que c'était un bout plus dur à passer et que nous nous retrouverions tôt ou tard. Était-ce vraiment le cas ? La vie n'est-elle pas un enchaînement de bouts plus durs à passer ?

— Vincent...

Aurélie me regarde avec les sourcils froncés et l'air préoccupé.

— Mon Dieu que t'étais perdu dans ta tête ! constate-t-elle. Ça va ? T'es de retour parmi nous ?

Je m'aperçois que les membres de la classe dominante ont déserté la salle, probablement pour s'adonner à l'un de leurs passe-temps favoris : jouer au polo, se gargariser avec du champagne après s'être brossé les dents, porter un pull sur leurs épaules.

— Je suis là. Je pensais à autre chose.

— Je vois ça ! T'es sûr que tu vas bien ?

— Je te jure. C'est rien d'important.

— Prêt pour notre streaming ? On est en direct dans une demi-heure !

En dépit de ma nervosité au moment de m'asseoir devant la caméra, mon direct s'est bien déroulé. Je suis passé au travers de mes cinq minutes sans hésitation, sans buter sur des mots et sans transpirer exagérément de la face. Aurélie avait pensé à tout : elle avait baissé le chauffage dans la salle où nous étions, un truc apparemment utilisé dans les studios de télévision. Elle avait même prévu des serviettes hygiéniques pour ceux qui ont des problèmes de tsours de bras humides.

— C'était excellent ! me complimente Aurélie un peu avant minuit, à quelques minutes du lancement officiel.

— J'étais stressé, je me souviens plus de ce que j'ai dit.

— T'avais une petite gêne, mais en même temps, t'étais en contrôle. T'étais cute à mort, comme d'habitude, d'ailleurs.

Aurélie pose une main sur mon épaule et j'ai le réflexe de baisser les yeux. Elle pouffe de rire.

— C'est exactement de ça que je parlais : ta petite gêne !

Est-ce que je suis du genre à rougir ? Si oui, c'est chose faite.

— Tu vas te joindre à nous pour quelques parties en ligne ? dis-je pour changer de sujet.

— Je suis trop pourrie, je vais crever à répétition et ralentir tout le monde. J'ai pas envie d'être la gossante qui sait pas ce qu'elle fait.

— Tu t'en tireras pas aussi facilement. J'ai accepté d'être ici pour toi, ce soir. Tu peux bien faire ça pour moi.

— Bon, OK. Sauf que si je me fais insulter parce que je suis mauvaise, ce sera de *ta* faute.

— Je suis prêt à vivre avec ce compromis.

Aurélie et moi nous assoyons à des ordinateurs contigus pour nous plonger dans l'univers virtuel de l'Espagne d'il y a cinq siècles. Nous nous retrouvons au port de Séville, le long du Guadalquivir. Des dizaines de bateaux naviguent sur le fleuve. Nous avons pour mission d'intercepter un groupe d'espions qui met en péril la stabilité du royaume. Nous faisons équipe avec deux joueurs rencontrés au hasard. Aurélie s'en tire plutôt bien, si je fais abstraction de l'assassinat d'un passant quand elle testait chacun des boutons de sa manette.

— Je l'ai poignardé! s'écrie-t-elle avec horreur. Y a un moyen de le ressusciter?

— Appelle l'ambulance.

Elle examine sa manette à la recherche du bouton magique et comprend que je me moque d'elle.

— Sois sérieux! Il se tord de douleur par terre. Ah non! Il a peut-être une famille!

— Tu sais qu'il est pas vrai.

— C'est pas grave, je me sens mal. Vite, il y a du sang partout!

— On aurait dû implanter une moppe pour nettoyer.

— Je peux vraiment rien pour lui?

— L'achever, ça compte-tu?

Aurélie fait pivoter la caméra pour que le personnage sorte de son champ de vision. Elle remarque deux hommes suspects dans la foule et s'élance à leur poursuite. Nos coéquipiers et moi la suivons jusqu'à ce que nous arrivions dans un entrepôt d'armes. Les espions nous ont tendu un piège. Nous sommes rapidement entourés d'une vingtaine d'ennemis que nous devons vaincre.

— Tiens, prends ça ! s'emporte Aurélie en donnant un coup d'épée à l'un d'eux. Comme ça, je serai pas juste une meurtrière.

Dans les heures qui suivent, Aurélie et moi déjouons un attentat qui menaçait l'alcazar, accompagnons à cheval un convoi d'or jusqu'à Cordoue, aidons dans sa fuite un homme accusé à tort d'hérésie, démantelons une forge illégale et achetons une demeure avec l'argent gagné.

J'ai réalisé à quel point le temps avait passé rapidement quand j'ai aperçu par une fenêtre les premières lueurs de l'aube dans le ciel de Montréal.

— Déjà six heures du matin ! Je vais devoir partir.

— Je te suis, répond Aurélie. Je suis vidée. Mon lit m'appelle.

Nous prenons l'ascenseur pour nous rendre au stationnement souterrain. Nous sommes accompagnés par un préposé à l'entretien ménager de l'immeuble, qui se retient de rouler des yeux après nous avoir observés tour à tour. J'aimerais lui signifier qu'il se trompe à notre sujet, que nous ne vivons pas une romance de bureau et que nous revenons juste du lancement d'un jeu, toutefois, je n'ai pas l'énergie ni l'envie de m'expliquer. Aurélie, quant à elle, me jette un regard amusé. Nous ne parlons pas au cours du trajet. Je m'adosse au mur, les yeux fermés, fatigué par ma nuit blanche. Je les ouvre en sentant mon corps s'alourdir alors que l'ascenseur ralentit. Les portes coulissent, Aurélie et moi sortons.

— C'était une belle soirée, commence-t-elle en traînassant le long d'une allée qui sépare les voitures. T'as aimé ça ?

— Oui, je suis content. C'était la première fois que je participais à une activité promo.

— Ce sera pas la dernière. Tu passais bien à la caméra. Je vais te réutiliser !

— Pourtant, je me sentais pas du tout à l'aise.

— Tu vas le devenir avec le temps.

Aurélie s'arrête, moi aussi.

— Bon, l'auto de ma sœur est là, annonce-t-elle.

— La mienne est un peu plus loin.

— J'imagine qu'on se dit à la semaine prochaine. Tu travailles en présence quelles journées ?

— Je sais pas.

— Moi, je suis là lundi, mercredi et vendredi. J'espère qu'on va se croiser.

Nous nous fixons dans les yeux, comme si nous attendions quelque chose. Nous sommes interrompus par la clochette de notification de mon téléphone – un texto d'Éliane qui s'inquiète que je ne sois pas encore rentré. Je lui réponds que je suis sur le point de partir du bureau. Aurélie s'intéresse à mon écran, même si elle fait semblant du contraire.

— À bientôt, conclut-elle en me tournant le dos.

— À bientôt...

Je la regarde entrer dans son auto et lorsqu'elle la démarre, je me dirige vers la mienne. Je retourne à la maison avec l'impression de m'éveiller en même temps que la ville, comme si j'avais rêvé la nuit que je viens de passer en compagnie d'Aurélie. J'ai de la difficulté à comprendre ce sentiment, à *me* comprendre. Je m'ennuie déjà d'elle. Mais pourquoi ? Si au moins je pouvais comparer les sentiments que j'ai pour Éliane et ceux que je développe pour Aurélie... En réalité, ils ne se ressemblent pas. Éliane, c'est la fille avec qui je me vois vieillir, ma complice, celle que je protégerais contre tout ce qui pourrait lui arriver de mal. Aurélie, c'est une attirance irrésistible, à l'état brut, à la fois physique et psychologique. Quand je suis avec elle, mon cerveau ne fonctionne plus correctement. Mon cœur affamé, lui, profite de ma confusion pour grappiller toutes les miettes d'amour qu'il peut trouver.

Éliane

Le givre s'accumule sur le pare-brise. Les essuie-glaces fonctionnent à plein régime et, bien que j'abuse de lave-vitre, j'ai de la difficulté à voir le boulevard engorgé. Je m'oriente avec les feux arrière des voitures que je suis, je freine en même temps qu'elles quand des nuages de gouttelettes rouges s'illuminent dans mon pare-brise. La pluie verglaçante a transformé Montréal en une version postmoderne du royaume d'Arendelle de *La reine des neiges*. J'ai la maudite chanson du film dans la tête depuis qu'Océane l'a entonnée ce matin. Je me sens un peu comme Elsa qui fait ses premiers pas vers une nouvelle vie. Je suis tout de même moins radicale ; au lieu de m'isoler dans un palais de glace, j'ai prétexté que Nathan était malade pour prendre un congé et aller passer une entrevue.

Depuis quelques mois, je songe à changer d'emploi. J'ai longtemps survolé les offres sur le web sans mettre mon CV à jour ; je n'avais pas envie de partir d'un endroit pour me retrouver dans une situation similaire ailleurs. Jusqu'à ce que je tombe sur un poste de conseillère en développement des talents pour une firme d'avocats concurrente qui offre de bien meilleures conditions que la mienne. Même si je n'ai pas terminé mon baccalauréat – un atout, selon l'affichage –, je suis convaincue d'avoir les compétences nécessaires. J'essaie de ne pas me créer trop d'attentes pour m'éviter une déception quoique, au plus profond de moi, j'espère ardemment être retenue.

En stationnant l'auto dans le parking de l'immeuble, je perds le peu de confiance en moi que j'avais réussi à me construire. Était-ce une bonne idée de venir ici? À moins d'être la seule candidate rencontrée, je n'ai pratiquement pas de chance d'être choisie. Je n'ai pas les études requises ni d'expérience pertinente, j'occupe le même emploi depuis que j'ai lâché l'université et, contrairement à plusieurs de mes collègues, je n'accumule pas les promotions. Je me justifie en me disant que mes valeurs familiales sont prioritaires et que mes enfants méritent mieux qu'une mère workaholic. Et si c'était vu comme un manque d'ambition? Est-ce mal de ne pas vouloir consacrer sa vie à son travail? Pour moi, non, mais du point de vue d'un employeur, la réponse est sans doute différente.

C'est une envie de pipi qui me donne finalement le courage de sortir de l'auto. Dehors, la pluie crépite sur le sol et me fouette au gré des bourrasques. Je marche lentement dans le stationnement de peur de glisser sur la couche de glace qui le recouvre. Je ne suis pas la seule à imiter le manchot; les Montréalais ressemblent à des oiseaux sur une banquise dans un reportage narré par Charles Tisseyre.

Avant de me présenter à la réception du bureau d'avocats, je m'arrête aux toilettes du hall d'entrée. Ce que je vois dans le miroir en me lavant les mains ne me plaît pas. Mon rouge à lèvres donne l'impression que j'ai le teint pâle, mes yeux sont fatigués, le chauffage dans l'auto a rougi mes pommettes et mes cheveux mouillés semblent gras. Je me passe la tête sous le séchoir à mains en désespoir de cause; je ne parviens qu'à faire ressortir des frisottis. Est-ce mieux ou moins pire? J'arrive à peine et je suis déjà en train de perdre le contrôle. J'ai envie de partir et d'oublier cet avant-midi. C'était vraiment une mauvaise idée.

Je suis au bord des larmes. J'appuie mes mains sur le comptoir. Ma respiration s'accélère, j'ai l'impression de m'asphyxier. Mon cœur s'emballe. Je tremble. Une larme coule sur ma joue. Je retiens les autres de toutes mes forces.

Mon téléphone vibre. Un texto.

Vincent: Oublie pas d'acheter du pain à l'épicerie en revenant.

Il doit penser que son « t'es belle, t'es bonne, t'es capable » de ce matin suffisait pour m'encourager... Une pointe de frustration me pousse à quitter les toilettes. J'ai besoin de me prouver que je ne sers pas juste à faire des commissions.

J'arrive une quinzaine de minutes à l'avance dans les bureaux du cabinet d'avocats. Une réceptionniste me mène à une salle de réunion et m'invite à prendre place devant un verre d'eau. J'observe la décoration pendant que je patiente: un écran géant pour les téléconférences, une bibliothèque remplie d'ouvrages épais, le portrait d'un moustachu sérieux... Un ancien associé? Le fondateur? Un hipster qui s'est trompé de siècle?

La question demeurera sans réponse puisqu'une femme en tailleur, une certaine Alexandra, la responsable des ressources humaines avec qui j'ai discuté au téléphone, entre dans la salle. Elle est suivie de deux avocats, Charles et Pierre, au complet tout aussi interchangeable que leur personnalité frigorifique. Je me lève afin d'échanger salutations et poignées de main, quelques secondes trop tard malheureusement ; ils s'assoient avant de remarquer que je suis debout. Ils me fixent. Je m'étire. Plissements d'yeux désapprobateurs de Charles. Je me rassois. Une gorgée d'eau pour faire passer le malaise. Tiède. Ça part mal.

Malgré un départ cahoteux, l'entrevue se déroule plutôt bien. Les sourires complices d'Alexandra me détendent pendant que je réponds aux questions d'usage : pourquoi vouloir changer d'emploi, mes points forts, ceux à améliorer, ma capacité à gérer plusieurs dossiers de front... J'hésite pour une première fois quand on me demande de me définir en cinq mots. Le résultat : débrouillarde, aidante, lectrice passionnée, attentionnée, pieuvre.

— Pieuvre ? répète Alexandra.

— Avec tout ce que je fais dans la maison, j'ai parfois l'impression d'avoir huit bras.

Je réussis à la faire rire. Elle comprend ma réalité. Charles, lui, ne bronche pas. D'ailleurs, à la fin de notre entretien, il m'informe à mots couverts que je n'aurai pas le poste :

— C'est écrit sur votre CV que vous n'avez jamais terminé votre bac. C'est bien ça ?

Comme je l'avais mentionné en début d'entrevue, je déduis qu'il ne m'écoutait pas.

— J'ai accumulé soixante crédits avant d'abandonner puisque j'avais reçu une offre d'emploi intéressante. Par contre, comme je l'expliquais, je suis responsable des plans de formation dans mon entreprise et je siège sur le comité de...

— Vous avez un beau profil, me coupe Charles, mais, je dois être honnête, des personnes plus qualifiées que vous ont aussi postulé.

— On va analyser chaque candidat pour ses qualités, insiste Alexandra, qui paraît vouloir me défendre.
— S'il le faut... grommelle Charles.

L'entrevue se termine par des poignées de main froides et un enthousiasme beaucoup moins grand de la part d'Alexandra. Si elle doit mener un combat auprès de ses collègues pour faire mousser ma candidature, c'est perdu d'avance. Je crois même lire dans son regard qu'elle s'excuse pour la réponse qu'elle aura à me donner par courriel dans trois jours.

Je retourne affronter le verglas le cœur à l'envers et sans aucune motivation à rentrer au travail.

J'avais un rendez-vous virtuel avec une intervenante de mon programme d'aide aux employés le mardi soir. Après le souper, je suis descendue au sous-sol avec mon ordinateur portable et je me suis installée dans la chambre d'amis pour me créer une bulle d'intimité dans laquelle je pourrai extérioriser mes problèmes.

En attendant que l'intervenante se connecte, j'entends les bruits de pas des enfants au salon et leurs voix étouffées. Soudain, quelque chose heurte le plancher. Un cri d'Océane. Vincent se fâche. Qu'est-ce qui se passe ? Comme j'allais me lever, une femme apparaît à l'écran de mon portable. De longs cheveux blonds et lisses encadrent son visage serein. Elle a la fin quarantaine et, avec son tricot serré et son teint bronzé, elle ressemble à une ancienne reine de bal qui se serait découvert une passion pour les huiles essentielles et la méditation.

— Bonjour, Éliane, je suis Flavie, travailleuse sociale pour la firme Solutions bien-être, mandatée par les assurances Harmonie pour s'occuper du volet psychosocial de votre programme d'aide aux employés. Avant de commencer, je dois vous lire un document qui précise les modalités de nos rencontres.

Elle baisse les yeux et entame sa lecture, sans même me laisser le temps d'ajouter quoi que ce soit.

— Est-ce qu'il y a des raisons de craindre pour votre sécurité ou celle d'un de vos proches en ce moment?

La question me prend par surprise et Flavie doit relever le regard vers sa caméra avant que je lui confirme que tout va bien. Elle enchaîne en me décrivant les limites de son intervention. Dans les cinq rencontres d'une heure, nous n'entamerons pas de psychothérapie, elle m'offrira plutôt du counseling: pistes de solutions, outils d'aide, recommandations de professionnels à consulter.

— Ça vous va? me demande-t-elle une fois sa lecture terminée.

— Oui, c'est parfait.

— Avant de commencer, j'ai une dernière question: on peut se tutoyer?

— Bien sûr!

— Explique-moi donc pourquoi on se rencontre aujourd'hui.

J'inspire profondément, oubliant presque d'expirer par la suite. Par où commencer? Est-ce possible de résumer mes préoccupations en quelques mots? J'ai de la difficulté à les comprendre moi-même, comment les expliquer à une autre personne? Était-ce une bonne idée de faire appel à mon programme d'aide aux employés? Et si Flavie ne pouvait pas m'aider? Tout ce dont j'ai envie, c'est de fermer mon ordinateur et de faire comme si ce rendez-vous n'avait jamais eu lieu. Je résiste à la tentation. Si je veux aller mieux, je dois sortir de ma zone de confort.

— J'ai beaucoup de difficulté à dormir depuis pas mal longtemps, je prends mes somnifères et... euh... je... je me sens absente... J'ai l'impression d'être dépassée par tout...

— Est-ce que t'es heureuse ?

La question est si directe qu'elle me déstabilise. C'est la première fois que j'entame une démarche en relation d'aide et je ne m'attendais pas à entrer dans le vif du sujet aussi rapidement. J'imagine qu'il n'y a pas de bonne ou de mauvaise réponse à cette question, mais comment pourrais-je expliquer à Flavie que, dans mes journées chargées, mon bonheur passe en dernier alors que nous venons à peine de nous rencontrer ?

— J'ai envie de te faire passer un petit test, reprend Flavie en constatant mon hésitation. Ça t'intéresse ?

— J'ai rien à perdre.

Elle fouille l'écran de son ordinateur des yeux, agite sa souris et partage avec moi un site web.

— Pour chacune des questions, tu dois penser aux deux dernières semaines.

— Ça va.

— Dans les deux dernières semaines, donc, combien de jours as-tu eu l'impression d'avoir peu de plaisir à faire des choses ?

— Plusieurs jours.

— D'avoir de la difficulté à t'endormir ou à rester endormie ?

— Tous les jours.

— D'avoir l'impression de parler lentement ou d'être agitée ?

— Quelques jours.

— Te sentir fatiguée ou avoir peu d'énergie ?

— Tous les jours.

— D'avoir de la difficulté à te concentrer ?
— Tous les jours.
— D'avoir des problèmes d'estime de soi ?
— Quelques jours.
— De te sentir désespérée, triste ou déprimée ?
— Plusieurs jours.
— D'avoir peu d'appétit ou de trop manger ?
— Plusieurs jours.
— De penser que tu serais mieux morte ?
— Aucun jour.

Flavie clique sur le bouton au bas de l'écran pour soumettre le formulaire. La page web se rafraîchit et montre mon résultat : signes dépressifs modérés.

— Je tiens à préciser que ce n'est pas un diagnostic, m'assure Flavie. C'est une auto-évaluation qui sert à guider mes interventions.
— Je comprends.
— Est-ce que le résultat te surprend ?
— Un peu. C'est vrai que j'ai l'impression d'être à off émotionnellement depuis un petit bout.
— Depuis combien de temps ?
— Je sais pas... depuis l'été...
— Donc, autour de six mois.
— Peut-être plus.
— Est-ce que ça s'explique par un événement majeur ? La perte d'un proche, une séparation ?
— J'ai récemment appris que ma mère a un cancer du sein assez avancé. Elle a commencé ses traitements avant Noël et les premiers résultats sont pas encourageants.
— Quand tu penses à ta mère, qu'est-ce qui te vient en tête en premier ?
— J'ai peur qu'elle s'en sorte pas.
— Comment tu te sens par rapport à ça ?

— Stressée, inquiète... Chaque fois qu'elle m'appelle, j'ai peur que ce soit pour m'annoncer une mauvaise nouvelle. Quand on est ensemble, je me dis que c'est peut-être l'un des derniers moments qu'on partage. Je suis plus capable de la voir sans qu'il y ait le mot "cancer" en grosses lettres dans son front et ça me terrifie. C'est paradoxal, parce que j'aimerais qu'elle m'appelle tous les jours, simplement pour m'assurer qu'elle va bien.

— As-tu déjà entendu parler de l'intolérance à l'incertitude ?

— Pas vraiment.

— En gros, c'est d'avoir de la difficulté à accepter qu'il y aura toujours des mauvaises nouvelles, même si le risque est infime. Éliane, tu peux pas tout contrôler. Si ta mère te téléphonait cinquante fois par jour, ça te garantirait pas qu'elle se portera bien le lendemain. Tout ce que tu fais, c'est de nourrir ton anxiété. Tu dois apprendre à lâcher prise.

— C'est plus facile à dire qu'à faire.

— Quand tu la vois, au lieu d'imaginer des scénarios dramatiques, prend plutôt conscience de la chance que t'as d'être en sa compagnie. Fais confiance à la vie. Donne-toi la possibilité de croire que rien n'arrive pour rien et qu'il existe des forces qui échappent à notre contrôle et à notre compréhension. Recentre-toi sur aujourd'hui et laisse demain entre les mains de l'univers.

Un peu plus et elle me servait le fameux «après la pluie, le beau temps»! Le ramassis de phrases clichées que me sort Flavie me semble tout droit sorti d'un calendrier bon marché.

Nous passons le reste de notre rencontre à parler d'anxiété. Je l'écoute, lui dis que je comprends, alors qu'au fond de moi, je sens qu'elle ne m'aide pas. J'ai l'impression de découvrir une nouvelle facette de ma personnalité, cachée en moi depuis trente ans et qui s'amuse à me faire souffrir sans que je la remarque, tout autant que de perdre mon temps, puisque Flavie ne me propose aucun moyen concret pour m'aider. Je ne suis plus au stade où j'ai besoin d'une tape dans le dos et de quelques mots d'encouragement.

— Pourquoi ça sort maintenant ? J'ai toujours réussi à fonctionner auparavant.

— T'avais trouvé des moyens de compenser, puis les situations anxiogènes se sont accumulées dans ta vie et, à présent, elles forment une montagne.

En fin de rencontre, Flavie me suggère des lectures, dont sa préférée : *Le secret*. Elle me conseille aussi de prendre rendez-vous avec ma médecin de famille.

— Tu sais, Éliane, t'as le droit de vouloir aller bien. C'est pas un signe de faiblesse de demander de l'aide.

— Merci, je vais y réfléchir...

— Pour terminer sur une note positive, j'ai un petit livre de pensées spirituelles. Donne-moi une date ! Ça peut être celle de ton anniversaire, celle d'aujourd'hui ou une autre qui a une signification pour toi.

— Le 13 octobre. Ma première rencontre avec Vincent. Je m'en souviens, parce que c'était un vendredi.

Flavie fouille dans son livre et me lit la pensée qui correspond à cette journée :

— "Accepte ce qui est, laisse aller ce qui était et aie confiance en ce qui sera".

Elle me sourit et ajoute :

— Tu vois, quand je te disais que rien arrive pour rien. Même le hasard est pas aussi aléatoire qu'on veut bien le croire. T'as choisi la meilleure citation pour clore notre rencontre.

Vincent

Depuis que j'ai rencontré Aurélie, chaque soir, je me sens un peu plus rêveur, et un peu plus seul aussi. Éliane et moi nous couchons toujours dos à dos. Un abîme s'est creusé entre nous. Je n'affronte plus la mer de draps qui nous sépare, même si elle n'a jamais été à ce point calme. Je sais qu'elle est prête à dormir quand la lueur bleutée de son cellulaire s'éteint. La mienne reste allumée encore une heure ou deux. Je scrolle sur les réseaux sociaux ou les sites de nouvelles de jeux vidéo jusqu'à ce que j'aie l'impression d'avoir épuisé ce qu'Internet a à m'offrir. Parfois, je me surprends à retourner sur le profil d'Aurélie. Toujours les mêmes photos : elle de dos au sommet d'une montagne, elle dans un resto, elle qui tient un bébé – une filleule ou l'enfant d'une amie. J'ignore si je l'aime ou si c'est parce qu'elle me rappelle l'Éliane de l'époque où notre vie était moins compliquée. Est-ce que je cherche la simplicité d'une nouvelle relation ou suis-je prêt à tourner la page ? La question me trotte dans la tête toute la nuit, sans que je puisse y répondre.

J'éteins toujours mon alarme sur mon cellulaire avant qu'elle sonne, Éliane aussi. Nous paressons ensuite au lit en silence quelques minutes. Je fixe le plafond, les yeux ouverts, en me demandant combien de temps nous tiendrons ainsi, en repoussant l'implosion inévitable de notre couple.

— T'as bien dormi ?

— Pourquoi tu me demandes toujours ça ?

— Parce que... Je voulais savoir... T'avais pris un somnifère, hier ?

— Oui, mais ç'a rien changé.

— Ton prochain rendez-vous avec ta médecin, c'est quand ?

— Dans trois semaines. Il y avait aucune disponibilité avant. Inquiète-toi pas, je vais m'en sortir.

Je mange à la table avec Éliane et les enfants. La mastication remplace les conversations. J'avale une toast en cinq bouchées et la noie avec une lampée de café, tout en regardant à l'extérieur distraitement, au travers de la porte-patio. Dehors, c'est une journée d'hiver qui sent l'espoir, celui d'un redoux printanier : la neige qui scintille sous les rayons du soleil, les arbres qui déploient leurs branches, se libérant des restants de verglas qui les alourdissaient, l'eau qui ruisselle dans les gouttières.

Après avoir laissé Nathan à l'école, je me dirige vers mon arrêt d'autobus en flânant sur le trottoir, pour profiter un peu plus de cet avant-goût du beau temps à venir. Je laisse même passer un premier bus, que j'aurais pu attraper si je m'étais donné la peine de lever les yeux quand le chauffeur a immobilisé son engin pour laisser descendre une passagère. J'ai tellement travaillé au cours des six derniers mois que je refuse d'arriver avant huit heures au bureau... et aussi parce que j'ai rendez-vous avec mon supérieur. Je reste donc adossé à l'abribus un peu plus longtemps.

Bruno Langevin est le directeur de production. Divorcé depuis un an, ses cheveux argentés sont de la couleur de sa Porsche, un achat qu'il s'efforce de placer dans les conversations le plus souvent possible pour expliquer en un mot comment il est revenu à l'adolescence et pourquoi sa femme l'a dompé. Avec ses vêtements ajustés, habituellement une chemise et un pantalon propre, il n'a pas besoin de parler de sa deuxième passion, le vélo, pour que l'on comprenne qu'il est le quinquagénaire le plus en forme du bureau.

— Ah, Vincent! me salue-t-il lorsque je franchis le pas de la porte. Pile à l'heure!

Bruno est debout devant son bureau à hauteur ajustable. Sa prestance m'intimide, son ton avenant me donne l'impression de cacher quelque chose. Je ne me souviens pas d'avoir eu une réunion en tête à tête avec mon boss depuis mon entrée en poste il y a dix ans. Je me demande ce que j'ai à me reprocher pour mériter une place de choix à l'agenda de l'une des personnes les plus occupées du studio... Les sessions de brainstorm autour des tables à ping-pong de la salle de repos ont-elles été trop nombreuses récemment? À moins que ce soit les paris qui venaient avec qui n'ont pas passé...

— Assois-toi, assois-toi! m'invite Bruno, en me montrant une table de réunion près d'une fenêtre.

J'obéis en ayant plutôt envie de ressortir de son bureau.

— Je voulais te parler d'une mauvaise décision qui nous a fait perdre un temps précieux, commence Bruno. Tu te souviens du dossier des animations de foules qui ne correspondaient pas au devis?

— Oui, mais j'avais rien à voir là-dedans.

— Je sais bien. C'était un mauvais choix de technologie, une communication déficiente. Reste que ça a eu un impact sur tout le monde, en particulier dans ton département. On a perdu trois mois de développement qu'il a fallu rattraper. Vincent, un changement de paradigme secoue l'industrie. Les crunchs, ça paraît mal. Les médias sont sur notre dos big time dès que le mot revient. On veut les éliminer dans le futur, et pour y arriver, ça prend du sang neuf.

Voilà! À trente-quatre ans, je suis maintenant trop vieux pour travailler dans les jeux vidéo. Je ne pensais pas qu'on me tasserait aussi facilement.

— Si je t'ai convoqué ce matin, c'est pour te donner une promotion: une job de chef d'équipe.

Mon visage se détend et Bruno sourit.

— Qu'est-ce que t'en dis?

— C'est gentil, mais...

— Attends avant de refuser. Tu serais parfait pour cette job-là. Tu t'es beaucoup fait remarquer ces derniers temps avec ta participation au club social et pendant la soirée de lancement. Sans compter toutes les heures que t'as données au studio. J'ai découvert en toi un leader positif inné.

— Sauf qu'avec mes enfants, je peux pas travailler plus.

— Justement, je t'offre d'en faire moins et d'augmenter ton salaire.

— Je suis pas certain de te suivre.

— La nouvelle génération a pas le goût de vivre au travail. Le monde change, il faut changer avec lui. Ce que je te propose, c'est de devenir plus efficace. Vincent, tu agiras comme mentor auprès de nos jeunes talents. Tu veilleras à les rendre autonomes plus rapidement. Je veux diminuer notre taux de roulement, pour éviter qu'ils partent avec leurs connaissances et leur expérience au bout d'un an. Tu nous conseilleras aussi pour prendre de meilleures décisions technologiques. Il me faut un gars qui comprend les besoins des autres départements et qui va guider son équipe dans la bonne direction, dès le début. Si on excelle dans ce qu'on fait, les heures supplémentaires deviendront inutiles. On va travailler mieux pour travailler moins. Comme ça, on va tous les deux avoir plus de temps libre. Moi avec ma Porsche, toi avec ta famille.

— C'est bien beau tout ça, mais j'ai besoin de temps pour y penser.

— Vincent, je suis pas en train de te bullshiter. Je voudrais pas risquer de te perdre. Mon offre a pas de côté négatif. Promis.

— OK, ben... Dans ce cas, j'imagine que j'accepte. On s'arrange comment pour la suite des choses?

— C'est déjà réglé. J'ai avisé la paie. Ton salaire est changé et, pour te remercier de ta contribution des derniers mois, tu vas avoir une belle surprise quand tu vas regarder dans ton compte de banque. On va se faire une petite rencontre en début de semaine prochaine avec ton équipe.

— Je m'attendais pas à ça aujourd'hui! Merci d'avoir pensé à moi!

— Merci d'avoir accepté.

Au lieu de retourner à mon bureau, je sors pour appeler Éliane et lui annoncer la nouvelle. Elle semble avoir de la difficulté à croire que j'aurai une augmentation salariale de 25% sans être obligé de donner plus d'heures.

— Bruno s'est vraiment mis dans la tête de changer les choses. Je lui ai même demandé une semaine de congé flottante pour me remettre du crunch, et il a accepté.

— Ayoye! Il se sent généreux.

— Écoute, c'est pas réfléchi, et je suis clairement en train de me laisser influencer par l'exode de mes collègues vers le sud, mais t'aurais pas envie qu'on parte nous aussi ? Depuis le temps qu'on chiale qu'on aurait besoin de vacances. On en profiterait en même temps pour prendre un bain de soleil !

— Je dirais pas non à une semaine de détente... Par exemple, je sais pas si c'est un bon moment avec le travail et ce qui arrive à ma mère. J'imagine que t'attends pas une réponse maintenant ?

— Pas du tout ! Je veux juste que tu saches que c'est pas une idée en l'air. J'ai envie de passer du temps de qualité avec toi, en dehors de la maison. Et si ça fonctionne pas, c'est pas grave. On trouvera autre chose. Je veux pas nous mettre de pression, on en a déjà assez.

— Merci, Vincent, d'avoir encore des idées folles à me proposer. Ça faisait longtemps et ça me fait vraiment du bien.

— On s'en reparle ce soir ?

— Oui...

— Qu'est-ce qu'il y a ?

Éliane hésite. Je la connais assez pour savoir qu'elle a une idée derrière la tête.

— Tu penses que mes parents voudraient nous accompagner ?

— C'est une méchante bonne idée ! Je suis même prêt à payer pour eux, si c'est ce que ça prend pour les convaincre.

— Vincent... tu ferais vraiment ça ?

— Autant les faire profiter de mon attitude de nouveau riche avant que je retombe sur terre.

— Il faudrait que je voie si c'est possible pour ma mère, mais ça serait trop beau. Je peux pas m'empêcher de penser que ça pourrait être une occasion qui repassera jamais...

Je la sens émue au bout du fil et une boule d'émotion me prend à la gorge. J'aurais envie de la serrer très fort dans mes bras, de lui dire que tout va bien. Pourquoi est-elle toujours si loin de moi ?

Nous raccrochons en nous souhaitant une bonne journée. Je me sens plus léger en regagnant mon bureau. Même Ludivine m'implore d'arrêter de sourire autant parce que ça lui fait peur. Aucune de ses remarques ne pourrait briser mon instant de bonheur. J'ai cette image en tête, sans doute trop romantique, d'Éliane et moi les pieds dans le sable, un peu comme lors de notre premier voyage à bord d'un Westfalia qui menaçait de tomber en morceaux. Je dois demeurer réaliste : un séjour dans un tout-inclus ne réglera pas magiquement nos problèmes. Ce que je souhaite avant tout, c'est une pause de notre routine, une dose de vitamine D et de nouveaux souvenirs familiaux. Pour le reste, je m'en remets à notre bonne étoile. Je me suis souvent dit que, s'il y avait un moyen de racheter le temps que j'ai perdu au cours de ma vie, je le ferais. Je me rends compte que j'ai la possibilité de ne pas perdre le temps qui vient. Je choisis de mettre Éliane en priorité pour la première fois depuis trop longtemps. Et en même temps, mon absence m'éloignera peut-être d'Aurélie.

Éliane

L'arrivée à Montréal-Trudeau débute par une course dans un stationnement gelé, parsemé de bancs de neige autour des voitures qui y sont depuis la dernière bordée. Les lampadaires nous rappellent qu'il est à peine quatre heures du matin. Nous parcourons les allées en affrontant le froid mordant sans nos manteaux, une idée de Vincent. Il valait mieux, selon lui, les laisser dans l'auto pour éviter d'encombrer nos valises déjà pleines. Il tient Océane à moitié endormie dans ses bras pour la réchauffer tandis que Nathan fait semblant qu'il n'a pas froid. Ses dents claquent et il a le visage crispé d'un petit gars qui tente de se montrer fort – le même que lorsqu'il tombe à vélo et qu'il retient ses larmes.

— La prochaine fois, on va prendre le stationnement étagé !

— Pour cinq minutes de marche de différence, ça vaut pas le prix, rétorque Vincent.

— Ça nous aurait coûté quoi ? Cinquante piasses de plus ? On aurait pu se le permettre.

— C'est une question de principe.

— Si tes principes sont si chers à tes yeux, tu gratteras les vitres à ton retour pendant que nous, on se réchauffera dans l'auto. J'y pense ! Nos manteaux vont être frettes !

— Papa, j'aime mieux quand t'as des bonnes idées, ajoute Océane.

— Je vais me forcer dans l'avenir, lui promet Vincent en lui embrassant le front.

— Ouin, je vais te pardonner, reprend Océane, mais juste tantôt, quand je vais avoir plus chaud, parce que là, je suis pas capable.

— C'est correct, ma pitchounette.

Si Océane en veut à Vincent, elle le cache bien, parce que même en entrant dans le terminal des départs, elle ne veut plus quitter la chaleur de ses bras.

Pendant que ma mère reprend son souffle sur un banc, mon père examine ses valises pour vérifier que toutes les fermetures éclair sont munies de leur cadenas, protégeant ainsi maillots de bain et crème solaire d'employés peu scrupuleux. Je ne l'ai jamais vu aussi stressé. Il serait capable de se tromper de vol malgré les contrôles de sécurité.

— Calme-toi, voyons. Un avion, c'est juste un gros autobus avec des ailes.

C'est du moins ce que j'ai lu sur Internet pour chasser mes propres pensées intrusives, celles qui m'en ont fait beaucoup trop apprendre au sujet des turbulences et des avions en général. J'ai encore peur de monter à bord, mais maintenant, je sais que le pilote pourrait nous amener à destination avec un seul moteur et qu'il est impossible d'ouvrir une porte en plein vol à cause de la différence de pression entre la cabine et l'extérieur. Je ne veux même pas savoir combien d'autres faits inutiles je connais à cause de mon anxiété...

— Où, ça, un autobus avec des ailes? me demande mon père, distrait. Je le vois pas...

— Laisse tomber.

Ma mère, elle, est parfaitement zen – l'effet des médicaments contre le mal des transports que son médecin lui a prescrits. Elle est tellement belle avec son grand chapeau à bord mou et son paréo fleuri qui cache ses épaules. Mon père n'a pas compris qu'elle s'est couvert la tête pour dissimuler son crâne chauve et l'a imitée en mettant son chapeau de pêche. Il est déjà prêt pour le soleil.

Je croyais que mon stress des derniers mois tomberait au décollage, en laissant Montréal et mes problèmes derrière moi. Je ne pouvais pourtant pas m'empêcher de me sentir mal de partir. Il y a trois jours, maître Cantin est venu me voir à mon bureau pour m'annoncer que ma collègue Josiane prenait un congé de maladie. Il aurait pu sous-entendre qu'une annulation de mon voyage l'arrangerait ou m'obliger à prendre mes courriels à distance, mais il ne l'a pas fait. Il a compris depuis longtemps que le mépris silencieux est plus efficace pour me culpabiliser. D'autant plus qu'en ne disant rien, il ne risque pas de se faire appeler par le bureau des ressources humaines.

C'est une dizaine d'heures après notre départ de la maison que nous arrivons à notre hôtel. Le lobby ouvert sur l'extérieur est magistral avec son haut plafond de bois et ses tables et ses chaises en osier regroupées autour de sa fontaine. Le plancher de marbre reflète le soleil qui brille au fond, au-dessus des Caraïbes. La brise m'apporte l'odeur de la mer qui me détend déjà. Le bruissement des feuilles des palmiers est agréable et le vent chaud me fait presque oublier notre marche dans un stationnement enneigé ce matin.

— *Señorita*, s'adresse à moi une serveuse en m'offrant un verre.

Je l'accepte avec une arrière-pensée; je n'ai pas l'habitude de boire le dimanche après-midi.

— Avoue que ça valait la peine de venir ici, finalement! me lance Vincent, le sourire en coin, en recevant à son tour son drink de bienvenue.

— Pour l'instant, ça s'endure.

Nous procédons à notre inscription à la réception, et Vincent et moi nous séparons de mes parents et des enfants, après nous être donné rendez-vous au buffet dans trente minutes. Nous suivons les allées tortueuses, bordées de parterre de plantes magnifiques, en compagnie d'un employé de l'hôtel qui porte nos valises. Notre suite est située au troisième étage d'un bloc d'une douzaine de chambres, à l'écart du lobby. Notre balcon est une fenêtre sur la mer. Je comprends pourquoi il n'y a aucun cadre pour décorer les murs complètement blancs: ils seraient inutiles.

— Je me sens un peu coupable de séjourner dans la section réservée aux dix-huit ans et plus, dis-je quand nous nous retrouvons seuls.

— C'est vrai que ça fait drôle. Par contre, tes parents demandaient pas mieux que de passer la semaine avec les enfants. Si on écoutait ta mère, elle les garderait quasiment à temps plein. En plus, c'est pas comme si on partageait souvent des moments en tête à tête...

Le plan pour la semaine est de manger avec mes parents et les enfants le matin et le midi et de passer nos journées tous ensemble à la plage. Les soirées nous appartiendront, à Vincent et moi. C'est une proposition de ma mère, après que j'ai laissé entendre, en l'invitant en voyage, que Vincent et moi avions besoin de reconnecter. Il y a longtemps que lui et moi n'aurons pas passé autant de temps à deux et je ressens le même stress qu'à l'époque où nous avons commencé à nous fréquenter. Comment meublerons-nous les silences ? Je m'aperçois que je ne sais plus de quoi parler avec Vincent s'il n'est pas question des enfants ou des problèmes du quotidien. Le travail ? Jamais de la vie ! La dernière série télé que nous avons regardée en rafale ? C'était quoi, déjà ? Nos projets communs ? Est-ce que nous en avons encore à part des rénos ?

Vincent fait passer mon malaise en commentant un dépliant qu'il a pris sur une table basse dans le coin salon.

— Tiens, il y a le programme des activités de la semaine.

— C'est intéressant ?

— Ça dépend. Ce soir, c'est un hommage à Michael Jackson. Les photos donnent pas envie. La mise en scène a la qualité de celle du dernier spectacle d'Océane au CPE. Au moins, il y a plein d'autres choses à faire : du Zumba, du yoga le matin, un tournoi de volley-ball de plage mercredi, une dégustation de spécialités locales et la Gran Fiesta Mexicana samedi soir, peu importe ce que c'est...

— On regardera ça plus tard. Pour l'instant, allons manger.

Nous arrivons au buffet après mes parents, qui sont déjà assis avec les enfants devant des assiettes bien remplies. Quel désastre ! Nathan a pris tout ce qui était pané, même du brocoli tempura, lui qui, pourtant, déteste les légumes. Océane, elle, a un seul hot-dog, avec assez de mayonnaise pour trois.

— Tu sais que tu peux prendre n'importe quoi, lui dis-je.

— Oui !

— Et tu choisis un hot-dog.

— Ben, c'est ce que j'avais envie de manger.

— Depuis quand t'aimes ça ?
— Celui-là avait l'air bon.

Non seulement j'apprends que je suis une cuisinière assez piètre pour que ma fille refuse de manger des hot-dogs à la maison, mais je découvre aussi que cette semaine-là sera une occasion de m'entraîner à lâcher prise, comme Flavie me l'avait recommandé – l'un de ses seuls conseils que j'ai pris avec sérieux. Nous passons l'après-midi à parcourir le site, autant pour le découvrir que pour dépenser nos calories. La musique latine rythme les allées et venues autour des piscines et les jeux des enfants dans l'eau. Les flip-flops remplacent les souliers et un kiosque de lunettes fumées réalise des affaires en or. Des serviettes de plage sont étendues partout où l'on peut se faire bronzer, la plupart occupées par des clients qui se détendent. Et surtout, personne n'est pressé. C'est dur de l'être en maillot à trente degrés au soleil. C'est peut-être parce que je n'ai pas mis le mien que je pense au travail. Je ressens une pointe de stress et, pour m'apaiser, je me dirige à la salle de bain pendant que Vincent se commande une bière et de la liqueur pour les enfants.

Assise sur la toilette, cellulaire en main, je me connecte au wi-fi. Je soupire de soulagement en voyant que je n'ai pas de nouveaux courriels professionnels. J'ai peur que le travail s'accumule pendant la semaine qui vient et d'avoir de la difficulté à rattraper mon retard à mon retour. En allant marcher sur le bord de la mer, j'éprouve même de la culpabilité d'être partie alors que l'une de mes collègues est en congé de maladie.

— C'est tellement beau ! s'émerveille ma mère alors que nous traînons derrière mon père, les enfants et Vincent, avec nos souliers dans les mains.

— Euh... quoi ? dis-je, distraite.
— Tout.

Je m'arrête avec ma mère et j'ai l'impression de voir ce qui m'entoure pour la première fois depuis que je suis arrivée. J'entends le ressac des vagues qui mélangent ses mille nuances de turquoise, comme s'il s'agissait d'une peinture constamment en mouvement. Je sens le sable chaud sous la plante de mes pieds. Le vent me chatouille la nuque et fait onduler mes cheveux. Le soleil caresse mes épaules dénudées qui en ont bien besoin. Pour un moment, je suis uniquement dans l'instant présent. Pour un moment, je suis bien. Pour un moment, je comprends les enseignements de ma travailleuse sociale même si je les croyais ésotériques. On découvre que le monde est rempli de merveilleux quand on lui laisse la chance de nous le montrer. Il faut maintenant que j'arrive à le voir dans mon quotidien.

— C'est vrai que c'est beau.
— Ça me rappelle mon voyage à Cuba avec ton père, quand j'ai pris ma retraite. Notre hôtel était pas aussi luxueux, mais la plage était un peu plus large, quand même. Y avait pas d'algues, non plus. On avait fait une excursion à La Havane. La Habana, comme ils disent là-bas.
— Je me souviens des photos avec les vieilles autos et les immeubles colorés du centre-ville.
— Les Cubains étaient tellement gentils, surtout notre guide, la petite Mariposa. T'aurais dû la voir, elle était éblouissante avec son teint basané et sa robe. Il paraît que son nom signifie "papillon". Ça fitait avec sa personnalité.
— Pourquoi vous avez jamais refait de voyages ensuite ?
— Ton père aime pas l'avion. Il s'était juré de pas en reprendre avant au moins dix ans. C'est juste parce que

c'est toi qui l'as demandé qu'il a accepté de venir ici. Ça fait longtemps que j'essaie de le convaincre d'aller en Italie, mais lui, il voit ça trop gros. Il peut pas s'imaginer passer huit heures sur un siège au-dessus du vide.

— Tu pourrais te réessayer quand tes traitements seront finis. Peut-être qu'il aura changé d'idée rendu là.

Ma mère détourne le regard en soupirant. Elle n'aime pas discuter de sa maladie et encore moins du futur. Moi, au contraire, j'aimerais qu'elle m'en parle pour me rassurer, qu'elle me confie ses rêves, ce qu'elle a envie de vivre, la première incartade qu'elle se permettra quand ce cauchemar sera terminé.

— Est-ce que tu regrettes de pas avoir voyagé davantage ?

— J'ai des regrets, comme tout le monde, mais pas pour ça. L'important, pour ton père pis moi, c'était de vous donner ce qu'il y a de mieux, à Stéphanie et toi. Il nous en restait pas assez pour les folies. Et quand on a été plus à l'aise financièrement, Bianca est arrivée par surprise dans notre famille. On était contents de l'accueillir, même s'il fallait recommencer à zéro.

— Ç'a pas dû être évident pour papa et toi : une ado qui fait sa boss des bécosses, une préado qui, elle, était parfaite en tous points, et un bébé...

— J'ai jamais trouvé que c'était dur, parce que c'est vous, les filles, qui m'avez apporté les plus grands bonheurs dans ma vie.

Dans la course effrénée de mes semaines, je me demande si je profite assez de ceux que m'apportent mes enfants. J'ai peur d'être en train de manquer des événements importants en leur compagnie, à force d'être toujours à court de temps. Comment pourrais-je être plus présente ? Est-ce que les autres mères y arrivent ?

Nous avons repris notre marche sans tenter de rejoindre les autres. Des douleurs dans tout le corps incommodaient ma mère depuis des semaines. Elle ne s'en plaignait pas, seules ses expressions trahissaient sa souffrance, jetaient de l'ombre sur son visage qui avait vieilli de quinze ans en l'espace de quelques mois. Et avec elle, est-ce que j'en profite assez ? Aurai-je des regrets si le pire devait lui arriver ?

J'ai été incapable de m'endormir ce soir-là. Je sursautais au moindre bruit. Je me mettais alors à tourner sur moi-même en pensant aux enfants, à mon travail et à ma mère, jusqu'à ce que j'en aie assez et que je me rabatte sur un somnifère qui m'a rapidement plongée dans un sommeil rempli de rêves étranges. Je me souviens d'un en particulier. J'étais de retour sur la plage avec ma mère et je la suivais, sans parvenir à la rattraper. J'avais beau essayer de crier son nom, ma voix se brisait et mes mots restaient coincés dans ma gorge. Mes jambes étaient lourdes et mes muscles crispés m'empêchaient de courir. Puis, sans savoir comment, je l'avais rejointe. Elle s'est retournée. Son visage était flou, changeant. Je n'arrivais pas à la reconnaître.

Mes moments préférés sont les matins tranquilles, quand la plupart des clients dorment encore. Des oiseaux nous accompagnent dans nos marches vers le buffet. Leurs cris résonnent dans les arbres, d'autres nettoient leurs ailes dans une mince couche d'eau, sur les marches qui descendent dans les piscines. Nous sommes habituellement parmi les premiers à manger. Nous allons ensuite à la plage où nous nous étendons sous les rayons timides du soleil. Il n'y a pas de musique, personne ne parle. La mer nous appartient.

— Ça, c'est la belle vie, apprécie Vincent. Pourquoi on peut pas être ici à temps plein ?

— Tout le monde voudrait de cette vie-là. Sauf que ça ferait pas une société fonctionnelle.

— Me semble que nous, on le mérite un peu plus que les autres.

Nous franchissons la porte du buffet avant de nous plonger dans son mélange d'odeurs et de tintements de vaisselle que j'adopterais volontiers comme nouvelle routine du matin. Je suis soulagée de revoir ma mère. Fatiguée, quoique rayonnante de bonheur. Je l'ai surprise en arrivant derrière elle pour la serrer dans mes bras.

— Mon Dieu, qu'est-ce qui te prend à matin ?

— Rien. C'est juste que je t'aime, ma belle maman d'amour.

J'embrasse Nathan sur le front et je n'ai pas le temps de me tourner vers Océane qu'elle descend de sa chaise pour m'enlacer.

— Moi aussi, je t'aime, ma belle maman d'amour !

Mon cœur de mère fond... comme le chocolat qui nappe l'assiette de churros de Nathan.

— Oh oui ! Toi, t'as compris le concept du tout-inclus ! se réjouit Vincent en donnant une tape dans la main de Nathan.

— Au moins, encourage-le pas à se bourrer de cochonneries, dis-je.

— Tu mangeras une banane avec ça, tranche Vincent, comme si un fruit allait compenser l'excès de gras et de sucre. Je vais t'en apporter une. Et euh... les churros, tu les as pris où ?

Je passe une partie de mes journées à jouer dans le sable ou à me baigner avec les enfants, parcourant rapidement le trajet entre la mer et ma chaise longue pour éviter de me sentir observée dans mon maillot et d'égratigner la confiance fragile que je me suis construite au cours des derniers mois. Quand je prends une pause, je lis un des livres que m'a prêté Jade. Vincent et mon père discutent souvent ensemble autour d'une bière ou vont se promener sur la plage. Ma mère, elle, reste à l'ombre des palapas, déplaçant sa chaise longue pour éviter que le soleil la rattrape. Lorsque je vais la voir, elle ne manque pas d'anecdotes à me raconter : les plus récentes l'enflamment et nous plongent dans des discussions interminables dont je savoure chaque instant, maintenant que j'ai tout mon temps. Les plus vieilles la rendent nostalgique et je dois la sortir de ses pensées pour éviter qu'elle se referme comme une fleur la nuit. Après le dîner, elle s'endort. Je la regarde somnoler et c'est à mon tour de me sentir nostalgique en sachant que ce voyage se terminera bientôt et qu'il ne deviendra plus qu'un souvenir lui aussi.

Les notifications de mon téléphone me ramènent trop souvent à la vraie vie, celle que je m'efforce d'oublier. Je suis incapable d'ignorer certains courriels entrants, les plus pressants, même si je me répète que je pourrais très bien les gérer à mon retour et que je suis la seule à me mettre de la pression. Quand nous sommes sur nos chaises, Vincent et moi, je lui tourne le dos pour éviter qu'il me voie y répondre. S'il est debout à discuter avec mon père, j'attends qu'il parte avec lui. Chaque fois que je me replonge dans mon travail, je me promets que c'est la dernière fois. Malheureusement, c'est plus fort que moi, je recommence. Je me convaincs en arguant que quelques secondes de mon temps, c'est un petit sacrifice pour m'acheter la paix d'esprit.

Je profite d'une fin d'après-midi pluvieuse pour travailler dans le lobby de l'hôtel, où les clients se sont réfugiés, cette fois-ci sans me cacher.

— Tu vas vraiment travailler ? m'interpelle Vincent. T'es meilleure que moi !

— Je fais une recherche rapide pour le dossier d'un client. C'est presque rien.

Quand le soleil revient, les couleurs de notre paradis tropical s'éveillent et me semblent plus resplendissantes qu'avant. Je me demande si un jour, ce sera la même chose dans ma vie. Si après les inquiétudes qui l'assombrissent, le bonheur me paraîtra plus pur.

Vincent

C'est le mercredi, au milieu de notre voyage, qu'Éliane et moi partageons une journée en couple. Ses parents doivent partir à sept heures le matin pour une excursion avec les enfants dans un parc écotouristique où ils découvriront la culture maya, verront des animaux exotiques et se baigneront dans une rivière paisible, au milieu de la jungle et des mangroves. Comme ils passeront aussi la soirée là-bas pour assister à un spectacle de danse avec reconstitution d'une partie de pok-ta-pok, un jeu de balle datant de l'époque précolombienne, nous disposons de tout notre temps.

Profitant de notre liberté, Éliane et moi nous posons sur la plage en compagnie d'autres touristes en quête de soleil et d'oiseaux prêts à béqueter les déchets emportés par le vent. L'odeur saline accompagne celle de la crème solaire et des algues en décomposition.

— Tu trouves pas que c'est silencieux, ce matin ?

— Sans les "maman, maman, regarde" aux quinze secondes et quart, ça peut pas faire autrement.

— Ils demandent beaucoup d'énergie, mais maudit qu'on les aime pareil.

— Mets-en !

Vers dix heures, à l'ouverture du bar de la plage, nous enfreignons notre principe de ne pas boire d'alcool en avant-midi à coups de mojitos et de tequila sunrise.

— On pourrait essayer de goûter à tous les cocktails du menu, dis-je.

— T'as de l'ambition! Il y en a une vingtaine!

— T'as mieux à faire?

— Euh... Pas tant...

— En plus, ils mettent presque pas d'alcool dedans. La plupart, c'est rien de plus que des jus de fruits aromatisés. J'ai confiance en nous. À deux, sur une journée complète, on peut y arriver sans même avoir mal à la tête à la fin.

— Si j'ai une gueule de bois demain, ça sera de ta faute et je vais te le reprocher à répétition.

— Je suis prêt à vivre avec ça.

Je finis ma consommation d'un trait et je vais me commander un coco loco, pour la simple et bonne raison que dans l'ordre alphabétique, il est le premier sur la liste que je me promets d'épuiser.

Sur l'heure du dîner, au buffet, je ressens déjà l'effet de l'alcool. Nous nous installons près d'une fenêtre qui surplombe la piscine. Nous avons tellement faim que nos assiettes de dessert sont aussi grosses que celles de notre repas principal. Éliane donne dans la crème glacée et la sauce au chocolat, moi, dans les portions miniatures de gâteaux qui me permettent d'en essayer une dizaine de sortes.

Un employé de l'hôtel nous aborde vers la fin du repas:

— Vous avez envie de participer au tournoi de volley-ball, cet après-midi?

— Tu veux y aller? dis-je à Éliane.

— Moyen.

— Je vais oublier ça, alors.

— Franchement, empêche-toi pas pour moi! C'est juste que je suis pourrie au volley.

— Moi aussi. C'est ce qui est drôle.

— Vous pouvez gagner un massage en duo, tente de nous convaincre l'animateur, en désespoir de cause.

— Bon, OK! consent Éliane. Là, on a plus le choix d'accepter.

Avant de nous rendre au terrain, comme il nous reste une heure à écouler, nous allons nous promener pour digérer. J'ignore si c'est le sable, la plage inégale ou les nombreux verres, mais nous ne marchons plus droit. Si nous voulons un massage, je sens que nous allons devoir le payer nous-mêmes.

Le tournoi de volley-ball se déroule en équipes de quatre. Éliane et moi sommes jumelés à un couple de Québécois plus jeunes que nous – comme tous les autres participants, d'ailleurs.

— Je suis tellement gênée d'être la doyenne, me confie Éliane. En plus, je suis zéro à l'aise dans mon bikini devant tout ce monde-là. J'aurais dû m'écouter et mettre mon une-pièce.

— Ben voyons, t'es belle dans ton maillot.

— Je déborde de partout...

Les matchs sont disputés plus chaudement que je m'y attendais. Ma technique, c'est de sauter dans toutes les directions en frappant le ballon n'importe comment. Pour une raison que je m'explique mal, elle fonctionne : je marque souvent des points et notre équipe progresse dans le classement. La chaleur est agréable, le sable se colle aux corps en sueurs, les filles sont belles et les gars aussi. Finalement, je me découvre presque une passion pour le volley de plage.

La demi-finale est le match le plus serré. Pendant un échange, Éliane me plaque au sol sans faire exprès et s'affale sur moi.

— Pardonnez-moi, s'excuse-t-elle, un sourire dans la voix. Je vous ai blessé, monsieur ?

— Pas du tout, ravissante demoiselle.

— Vous me voyez confuse. C'est que votre visage m'est familier...

— Peut-être l'avez-vous aperçu dans un rêve prémonitoire ?

— Serait-ce le destin qui vous a mis sur ma route ?

— Je ne puis que l'espérer.

Éliane m'embrasse langoureusement et me décoche un clin d'œil en se relevant. Plus la partie progresse, plus ses gestes deviennent entreprenants. Elle me donne des tapes sur les fesses quand je marque des points et elle m'embrasse dès qu'elle en a la chance. C'est la motivation qu'il me fallait pour porter mon équipe jusqu'en finale, contre des top-modèles français : des filles grandes et minces et des gars moustachus fiers de leurs abdos. Mon énergie renouvelée ne sera toutefois pas suffisante pour que nous remportions la victoire. Nous devons nous contenter d'une deuxième place et des bouteilles de tequila aromatisée à la lime, à la cerise et au café qui viennent avec elle.

— Eh bien ! C'est la première fois que je suis sur le podium d'une compétition sportive, se réjouit Éliane.

— On était juste six équipes, les chances étaient bonnes !

— Mine pas notre exploit !

Nous partageons notre prix avec notre équipe et nos adversaires. Les verres à shooters se remplissent et les bouteilles se vident. Nous apprenons que les Québécois, un gars qui travaille en construction et une assistante dentaire, viennent de se marier. Ils ont des projets de maison, de famille. Ils me rappellent Éliane et moi il y a dix ans. J'aurais envie de leur servir plein d'avertissements à propos des aléas de la vie, mais je me retiens. L'identité des Français est plus floue. Tout ce que nous apprenons d'eux, c'est qu'ils viennent de la Côte d'Azur. Éliane est convaincue qu'ils ont des parents riches, peut-être même des liens avec la famille princière de Monaco. Je suis plutôt d'avis qu'ils sont encore aux études et qu'ils financent leurs voyages en posant en maillot pour des marques de luxe. Peu importe, ils s'éclipsent avec leur mystère dès que nous n'avons plus d'alcool à partager.

Éliane et moi quittons la plage vers la fin de l'après-midi et nous traversons le lobby — un raccourci vers le bloc où se situe notre chambre. Tout est plus drôle, sans raison.

— T'as vu le monsieur fâché ? chuchote Éliane en me signalant quelqu'un d'un mouvement de tête furtif.

L'homme, vêtu de blanc avec un chapeau de gangster, a la peau écarlate. Il est assis dans un fauteuil d'osier et ne semble rien faire.

— C'est pas un coup de soleil, ça ?

Éliane éclate de rire en me prenant le bras à deux mains pour se coller contre moi. L'homme nous dévisage, ses sourcils touffus s'abaissent en une grimace grotesque.

Nous ressortons du lobby et suivons un sentier qui serpente au travers de massifs de plantes et de fleurs. Les vagues qu'ils décrivent cachent celles de notre démarche. En passant près d'un petit pavillon, Éliane m'attire dans une salle de bain peu fréquentée et verrouille la porte derrière nous. Elle inspecte la dizaine de cabinets pour s'assurer qu'il n'y a personne d'autre.

— Qu'est-ce que tu fais ?

— Qu'est-ce que j'ai l'air de faire ?

— Si je te pose la question, c'est que j'en ai aucune idée. On est dans la toilette des filles, s'il fallait que...

Éliane me coupe la parole en détachant le lacet qui retient mon maillot pour le faire tomber. Au même moment, quelqu'un tente d'ouvrir la porte. Elle se retient de pouffer de rire en me voyant essayer de remonter mon maillot. Il est encore mouillé, emmêlé dans une masse de tissu. La personne pousse sur la porte à quelques reprises avant d'abdiquer.

— On devrait continuer dans notre chambre, dis-je.
— C'est plus excitant ici, non ?

En me tenant par la main, Éliane m'entraîne vers le comptoir où s'alignent les lavabos. Elle fait tomber la culotte de son bikini par terre en s'y assoyant, me tire vers elle avec ses jambes et j'en oublie rapidement l'endroit où nous sommes. Mon cœur s'emballe ; le flot de sang qui déferle dans mes veines vide ma tête de sa logique et la remplit de désir.

Animés par l'interdit, nous faisons l'amour avec une fougue adolescente, tandis que le miroir nous renvoie le reflet de nos corps de trentenaires très moyens, comme pour nous rappeler la réalité. Malgré les formes familières d'Éliane, j'ai l'impression de les redécouvrir, loin du confort de notre lit et de nos lumières éteintes. Nos gestes sont passionnés, nos cris qui résonnent en écho le sont tout autant. Les planchers et les murs en marbre les amplifient et, si j'ai raison, ils expliquent pourquoi nous ne sommes plus dérangés.

Nous faisons la marche de la honte en ressortant devant une famille qui passait par là. Les parents comprennent, les enfants non. Le regard complice du père semble me dire que je suis chanceux ; je fais tout pour l'ignorer.

Ce soir-là, nous soupons dans un restaurant superficiellement italien : pâtes, pizza, pain, panna cotta. Les yeux d'Éliane pétillent tout au long du repas, les miens sans doute aussi. La lueur de la chandelle qui scintille sur notre table caresse son visage. Elle a, pour une rare fois, détaché ses cheveux. Ses boucles naturelles retombent sur ses épaules bronzées. Elle est magnifique dans sa robe rouge qui la complexe toujours quand elle la porte.

— T'es tellement belle, ce soir, lui dis-je.
— Juste ce soir ?
— Tout le temps, mais encore plus ce soir.
— Merci, c'est gentil.
— C'est pas pour être gentil, je le pense réellement.
— C'est quand même gentil.
— Je devrais te le dire plus souvent, mais c'est comme si je l'oubliais de temps à autre.
— Je peux pas t'en vouloir, la routine nous amène à négliger plein de choses...

C'est la première fois que je ressens des papillons pour Éliane depuis de nombreuses années. Suis-je en train de retomber en amour ? Est-ce qu'elle éprouve les mêmes sentiments pour moi ? Est-ce qu'une journée en tête à tête et un peu d'alcool était tout ce qu'il fallait pour nous rapprocher de nouveau ?

Nous repartons du restaurant rassasiés en marchant main dans la main. Nous flânons pour profiter de la chaleur qui résiste à la nuit, jusqu'à ce que nous nous arrêtions à une piscine pour nous y tremper les pieds.

— T'as vu les étoiles ? me demande Éliane en levant la tête.
— Ce sont les mêmes que chez nous.
— Je les trouve plus belles ici.
— Ce que tu trouves plus beau, c'est les palmiers qui les accompagnent.
— J'avoue que ça aide. Et aussi, toi à mes côtés.

Elle se blottit contre moi et pose sa tête sur mon épaule avant de murmurer :

— J'ai pas envie de rentrer à la chambre.

— Personne nous y oblige.

— Ce que je veux dire, c'est que je suis pas prête à ce que la journée se termine. J'ai vraiment passé un bon moment avec toi. T'as pas idée à quel point j'en avais besoin.

— Moi aussi, ça m'a fait du bien. Je réalise que je m'ennuyais de toi, même si on habite ensemble et qu'on se voit tous les jours.

— Merci d'avoir insisté pour que j'accepte d'embarquer dans ta lubie, dans ce voyage.

— De rien. En passant, j'ai l'intention de recommencer !

Nous restons là, le regard tourné vers les étoiles et les pieds dans l'eau, jusqu'à ce qu'un gardien de sécurité nous chasse sous prétexte que la piscine était fermée.

— Tu veux repasser par la salle de bain avant d'aller à la chambre ? me propose Éliane, l'air espiègle.

— Ah oui ? Pour vrai !

Elle roule des yeux.

— Maudit gars, vous pensez juste avec ce que vous avez dans vos culottes.

— Ben quoi ? Ça aurait pu...

— Notre lit va être plus confortable pour ça.

Éliane et moi n'avions pas fait l'amour depuis plusieurs mois et, soudain, nous le faisons deux fois dans la même journée. J'espère que ce ne sera pas passager et que cette passion retrouvée nous suivra jusqu'au Québec.

Malheureusement, j'en doute.

Éliane

Ma mère et moi passons notre dernière soirée au Mexique sur la plage. Nous sommes assises directement sur le sable, dos au soleil couchant qui allonge nos ombres. Le ciel ne flamboie que pour nous, les autres clients sont déjà partis enlever leur crème solaire sous la douche et se mettre beaux pour le souper; les robes et les chemises remplacent les maillots de bain et le vent est chargé de l'effluve des parfums qui se mélangent.

— J'aurais pris une semaine de plus, dis-je à ma mère. J'ai pas envie de retourner au bureau lundi matin.

— T'aimes plus ton travail?

— L'ambiance est moyenne et depuis qu'une de mes collègues est absente, les dossiers s'accumulent.

— Tu devrais en parler à ton patron.

— C'est surtout lui, le problème.

— T'as pas quelqu'un d'autre à qui tu pourrais te confier? Un vice-quelque-chose... ou bien, les ressources humaines!

— Pas tant.

— T'as pensé à changer de job?

— Je regarde les offres... Tsé, mon travail, c'est quand même pas une torture...

En réalité, ça l'est trop souvent. Ce n'est pas la première fois que je mens à ma mère. J'avais une assez bonne moyenne à l'adolescence. Pourtant, en ce moment, je me sens mal, même si je le fais pour éviter qu'elle se tracasse pour moi, surtout avec ses traitements. Je ne veux pas lui ajouter un poids inutile sur les épaules.

— Tu vas finir par trouver, conclut ma mère. Si t'es pas pressée, ça te donne l'embarras du choix. Tu pourrais avoir un meilleur salaire, plus de vacances... Des conditions, ça se négocie.

Ma mère a sans doute raison. J'imagine. Je l'espère parce qu'au fond, je ne sais plus ce que je veux. Il y a des jours où je serais prête à accepter n'importe quel travail plutôt que le mien. D'autres fois, j'ai peur de changer et de me retrouver avec pire, de regretter mon choix. Est-ce que je devrais continuer à subir mon quotidien jusqu'à ce que je puisse obtenir de meilleures conditions ailleurs ? Et si ça n'arrive jamais ? Est-ce que je suis trop difficile dans ce que je cherche ? Maître Cantin n'est peut-être pas le problème, après tout. Il se peut que ce soit moi.

— Moi aussi, j'aurais pris une semaine de plus, me confie ma mère. Peut-être deux. Ça m'a fait du bien, une pause d'hôpitaux. J'en ai assez vu, des murs bleu poudre, dans ma vie !

— Est-ce que t'aimais ça, être infirmière ?

— Oui ! J'ai eu la chance d'exercer le plus beau métier du monde, à mes yeux. C'est à la fois la chose la plus difficile et la plus gratifiante, à part vous élever, tes sœurs pis toi. J'étais vraiment à ma place en pédiatrie.

— Ça devait être éprouvant de travailler avec des enfants malades.

— Je le faisais pour leurs sourires. Ça valait plus que toutes mes paies. Ce qui me serrait le cœur, c'étaient les larmes des parents. Je compte pas le nombre de fois que j'ai pleuré dans la salle des employés. On devait avoir l'air d'une belle gang d'hyperémotives, moi pis mes collègues du cinquième étage.

Ma mère esquisse un sourire empreint de nostalgie en se souvenant de l'époque pas si lointaine où elle travaillait.

— Raymonde, c'était la pire. Notre doyenne, jusqu'à sa retraite, après quarante ans de service! Elle, elle en pleurait un coup, quand ça allait mal, pis encore plus quand ça allait bien. "Raymonde, que je lui disais, il vient d'obtenir son congé, c'est une bonne nouvelle." Elle répondait toujours que c'était tellement beau qu'elle était incapable de retenir le déluge. On l'avait surnommée la rivière Desrosiers. Elle débordait pas juste au printemps.

— C'est elle qui avait les cheveux bouclés?

— Non, ça, c'était Martine. Elle, c'était les petits gâteaux Vachon à tous les repas, des fois comme collation. Elle avait un méchant caractère. Elle était tombée sur un père violent, une fois. Il avait fallu appeler la sécurité – pas pour elle, pour protéger l'écœurant. Si on l'avait laissé faire, elle l'aurait sorti par la fenêtre. Elle était pas rapide, la Martine, mais quand elle avait pris son élan, tassez-vous de là! C'est dommage qu'elle ait été obligée de finir sa carrière dans un bureau à cause de ses douleurs aux genoux.

J'écoute ma mère parler avec passion de son travail et de ses collègues, et je prends conscience que je suis très loin de cette réalité. J'ai bien quelques collègues agréables, mais c'est tout. Je n'éprouve aucun attachement particulier envers ma job.

— C'est quand même bizarre que ce soit déjà un souvenir, se désole ma mère. J'ai l'impression qu'hier, j'étais une ado qui rêvait de sa vie. Maintenant, je suis vieille et je la regarde par en arrière.

— T'es encore jeune!

— C'est pas comme ça que je me sens quand je me lève le matin. Et c'est pire avec mes traitements.

— Tu vas voir, tu vas rajeunir quand ils seront terminés.

Ma mère baisse les yeux et reprend :

— Il y a quelque chose que je t'ai pas dit.

— C'est quoi ?

— À mon dernier rendez-vous, mon médecin m'a annoncé des mauvaises nouvelles. Mon cancer s'est propagé à mes os.

— Qu'est-ce que ça implique ?

— Ça... regarde pas bien.

— Maman, tu m'inquiètes.

— Il m'a expliqué que les patients peuvent habituellement vivre quelques années avec les métastases osseuses. Dans mon cas, mon cancer s'est développé rapidement et mon médecin a refusé de se prononcer.

— T'es pas en train de me dire que... que...

— Oui...

Claire a les yeux mouillés de larmes. Moi aussi.

— Pleure pas, ma belle, me réconforte ma mère en replaçant une mèche de cheveux derrière mon oreille.

Sa phrase a plutôt l'effet contraire. J'éclate en sanglots.

— Ah non, ma pauvre chouette. Je voulais pas te faire de la peine.

Elle me prend dans ses bras, je la sens trembler. Ma mère vient de m'annoncer à mots couverts qu'elle va mourir et elle cherche quand même à me consoler, à me protéger.

— Ma fille, je t'aime tellement, me chuchote-t-elle à l'oreille.

— Moi aussi, maman, je t'aime fort.

Je ne veux plus quitter ses bras. Pendant un bref instant, j'arrive à me faire croire que tant que notre étreinte dure, plus rien de mal ne peut survenir. Si seulement le temps pouvait se figer dans un petit moment d'éternité et qu'il ne cède jamais le présent au passé.

— À part ton père pis toi, personne le sait, reprend-elle en me relâchant.

— T'as l'intention d'en parler avec Steph et Bianca bientôt ?

— Au retour, quand je vais réussir à les attraper seule à seule.

— Et papa ? Il prend ça comment ?

— C'est comme s'il y croyait pas. Il arrête pas de me répéter d'aller chercher un deuxième avis, qu'il doit y avoir des spécialistes qui pourraient m'aider. Il m'a même sorti qu'on devrait aller en Europe pour des traitements expérimentaux, comme Solange l'avait proposé à Noël. Moi, je sais que c'est n'importe quoi, mais ton père, c'est ton père et il a besoin de croire que tout finit toujours par s'arranger, même quand c'est impossible.

— Je peux le comprendre, moi aussi, je préférerais que ce soit pas vrai...

— Ben là, fais pas c'te face d'enterrement là, je suis encore vivante ! Garde-la pour mes funérailles.

— Maman, franchement !

— Tsé, Éliane, j'ai pas envie de vivre comme une mourante, avec la pitié dans le regard de tous ceux qui m'entourent.

— Sauf que les choses pourront pas être pareilles, pas totalement...

— Pourquoi pas ? J'ai toujours su que j'allais partir un jour. Et maintenant qu'il m'en reste plus pour longtemps, chaque instant va simplement devenir plus précieux.

— J'imagine que t'as raison...

— Tu me connais. J'ai jamais été du genre à m'apitoyer sur mon sort, et c'est pas aujourd'hui que je vais commencer. Moi, j'ai décidé de vivre avec le sourire pis je laisserai pas une maladie me changer. De toute façon, avec mon style de vie, je m'attendais pas à devenir centenaire. Tsé, je mange des chips avec de la mayo. Ça doit pas être terrible pour le cholestérol...

J'ai toujours admiré la détermination et la force de ma mère, jamais autant que maintenant. Elle a été un modèle pour moi et je m'aperçois que je ne lui arrive pas à la cheville.

— Est-ce que je peux faire quelque chose pour toi? N'importe quoi...

— Reste avec moi encore un peu, sur la plage.

Ma mère et moi restons assises sur le sable chaud. Le vent est tombé et le clapotis des vagues est agréable. Tant que le soleil colore le ciel, la soirée n'est pas terminée.

Vincent

Je pensais que notre voyage au Mexique nous rapprocherait, Éliane et moi, alors que c'est le contraire qui s'est produit. Nous avions passé une magnifique semaine ensemble, or la veille de notre départ, en pliant bagage, Éliane avait rarement paru aussi préoccupée.

— Ça te stresse de retourner au travail lundi?
— Euh... Quoi? Je m'excuse, j'avais la tête ailleurs.
— Est-ce que c'est ta job qui te met dans cet état?
— Non, c'est que... Un peu...
— Tsé, il faut bien revenir à la vraie vie à un moment ou un autre.
— Je sais...

Éliane n'avait presque pas parlé durant notre vol vers Montréal. Elle avait à peine répondu à Océane qui s'émerveillait, au décollage de Cancún, quand nous survolions la zone hôtelière et admirions les couleurs changeantes des Caraïbes.

À notre retour, c'est encore pire. Nous passons notre dimanche à la maison. Dehors, c'est l'une des dernières journées glaciales de l'hiver. Il fait presque moins vingt-cinq avec le refroidissement éolien. Le matin, Éliane reste assise sur le sofa et regarde un film avec Océane. Enfin, je dis qu'elle le regarde, mais si je lui avais posé la question à la fin, je doute qu'elle aurait pu me résumer l'histoire.

En après-midi, je lui propose de sortir prendre l'air. Elle préfère rester à l'intérieur en prétextant qu'elle doit préparer des repas pour la semaine, même si le congélateur en regorge. Je vais donc à la patinoire avec les enfants. Nathan fait des tours de piste le plus rapidement possible, engagé dans une course interminable avec un petit voisin que je peine à reconnaître sous son casque et son foulard. Océane, quant à elle, tient à peine debout, se retenant à une chaise pour garder son équilibre.

— Tu t'en viens bonne, ma pitchounette !

— Je pourrais m'inscrire au patinage artistique l'année prochaine ?

— Euh... On verra...

— Mon amie Olivia en fait et elle a une belle robe.

— C'est la robe ou le patin qui t'intéresse ?

— Les deuuuuuuuux.

Elle éclate de rire. C'est très clairement la robe.

À notre retour, nous sommes accueillis par un mélange d'odeurs – rôti de porc, desserts, sauce à spaghetti, produits nettoyants – et un fouillis de vaisselle sale sur l'îlot et le comptoir de la cuisine. Éliane nous salue à peine. Elle a le regard perdu, absent.

— Sur quelle planète t'es rendue ?

— Tu peux me donner le rouleau à pâte ?

— Éli...

— On en parlera plus tard. J'en ai trop entrepris et je dois finir avant le souper.

Elle donne l'impression d'avoir perdu le contrôle, et pas seulement de la cuisine. Je ne l'ai jamais vue aussi désemparée. J'aimerais pouvoir partager une partie du poids qui l'afflige ou me glisser dans sa tête pour savoir ce qui s'y passe. Quoique ses pensées emmêlées inextricablement me laisseraient peut-être encore plus confus...

Je comprends enfin ce qui se passe le soir venu quand les enfants sont couchés et que nous nous retrouvons seuls au salon.

— J'avais pas trouvé le bon moment pour t'en parler avant, ma mère m'a annoncé une mauvaise nouvelle durant notre voyage.

— Éli, tu m'inquiètes...

— Elle va mourir.

— Quoi?

— Il lui reste quelques mois, peut-être plus si elle est chanceuse.

Éliane éclate en sanglots et se jette sur moi pour me serrer comme un ours en peluche. Elle pleure à chaudes larmes, deux minutes, peut-être trois. Elle me relâche et se ressaisit quand Océane arrive au salon. Elle s'est sans doute relevée en entendant des bruits qu'elle n'arrivait pas à reconnaître. Au lieu de poser l'une des nombreuses questions qui lui trottent toujours dans la tête, elle vient s'asseoir à côté d'Éliane et se colle contre elle en se fermant les yeux. J'aurais aimé que notre discussion ne se termine pas aussi brusquement, quoique tout a déjà été dit et j'ignore ce que j'aurais pu ajouter pour rassurer Éliane. Rien de ce que je dirais ou ferais ne la consolerait.

La semaine recommence et nous reprenons nos vies, chacun de son côté, en tentant maladroitement de communiquer quand nous avons un moment en tête à tête. J'ai beau me montrer ouvert, attentif, je me rends compte que ce n'est plus naturel, que ce n'est pas fluide, que j'ai brisé quelque chose avec mes absences des derniers mois. Trop occupé par mon travail, j'ai abandonné Éliane. Ma solitude me tiraillait pendant qu'elle sombrait silencieusement dans ses tourments. Je me remets en question tous les jours. Je ne peux pas la blâmer pour les failles béantes qui sont apparues dans notre couple; un grand canyon dans notre croûte terrestre. Qui est le véritable coupable? Notre manque de communication? Nos jobs? Le quotidien? Un mélange de tout ça? Et là, avec ce qui arrive à sa mère, je me rends compte qu'il est trop tard pour tenter de travailler sur notre couple; Éliane n'est plus disponible mentalement, et avec raison.

Puis j'arrive au bureau et j'ai honte d'être soulagé à l'idée de passer quelques heures loin de l'orage qui menace dans ma maison. Si au moins il éclatait; de la pluie, des éclairs et qu'on en finisse! C'est plutôt le statu quo, gris et sombre. Presque noir, maintenant.

— T'as pas l'air en forme, commente Ludivine.

Si ma voisine a remarqué, c'est que la situation est critique.

— Si tu veux mieux te sentir, reprend-elle, il y a une zone d'énergie positive près de la photocopieuse, juste en dessous du fluorescent. Oriente-toi sud-sud-ouest. Si tu vois la porte de la salle de bain, t'es dans la bonne direction.

— Ça explique pourquoi tu vas boire ton thé là-bas! Moi qui pensais que c'est parce que tu savais pas comment elle fonctionne.

— Je le sais pas, non plus! Me battre avec des photocopieuses, c'est l'histoire de ma vie. C'est peut-être parce qu'elles savent que je suis une ardente défenderesse du sans papier au bureau.

Le soir, à mon retour, Éliane m'apparaît de plus en plus absente, l'ombre d'elle-même. Ses gestes sont précipités, distraits. Elle range le lait dans le garde-manger. Elle oublie d'ouvrir le rond de la cuisinière pour faire bouillir de l'eau. Elle tremble en mesurant les épices et doit relire la recette trois fois puisqu'elle saute des étapes. Je sais trop bien que ce n'est plus juste une question de fatigue

et de stress au travail. Ce que je vois, c'est une fille en détresse qui n'a pas encore mesuré son état.
— Comment ç'a été au bureau ?
— Bien.
— Vraiment ?
— Non, mais j'ai pas la tête à en discuter ce soir.
— Éli, s'il te plaît, parle-moi. Crie-moi après si ça peut te faire du bien. Fâche-toi après quelque chose. T'as envie qu'on sorte avec une pile d'assiettes pour les briser avec un bâton de baseball ?

Aucune réaction. J'espérais au moins lui arracher un sourire. Au lieu de cela, ses yeux fouillent mon visage. La tristesse de son regard me brise le cœur.
— Il va falloir que tu fasses quelque chose. Tu peux pas rester comme ça et, visiblement, je suis pas capable de t'aider.
— J'ai un rendez-vous de suivi avec ma médecin la semaine prochaine. Je vais lui en parler.

Les jours commencent à se mêler dans ma tête tellement ils se ressemblent. C'est à mon tour de mal dormir, de m'inquiéter pour Éliane. Je me sens comme un zombie au travail, sans énergie et avec le cerveau en compote.
— Là, il faut crever l'abcès, m'apostrophe Ludivine de son bureau.

Je m'attends à ce qu'elle me demande ce qui ne va pas avec moi. A-t-elle remarqué le boulet que je traîne à ma cheville ?
— Est-ce que je peux encore dessiner des doodles sur les murs, maintenant que t'es chef d'équipe ou est-ce que tu vas me dénoncer ?

— Attends, c'est toi qui fais ça?
— Ben oui.
— Ça fait des années que tout le monde du studio se pose la question et s'accuse mutuellement et c'est là que tu l'avoues!
— Personne me l'a demandé avant.
— T'es littéralement la première personne que j'ai accusée!
— Il faut croire que tes techniques d'interrogatoire laissent à désirer.
— T'aurais voulu que je fasse quoi?
— Que tu me menaces avec un bottin de téléphone, par exemple.
— Ça existe encore?
— Je sais pas, c'est ce qu'ils font dans les vieux films.
— Écoute, je suis pas *ton* chef d'équipe. J'imagine que c'est correct si tu continues.
— Parfait, boss!
— Je suis pas un vrai boss. Je suis plus comme un mentor.
— C'est l'argument que Langevin a utilisé pour te convaincre?
— Oui, et il était sincère. Il veut que la culture du studio change.
— Remarque, je me plaindrai pas. Tu veux un feutre pour venir faire des doodles avec moi dans le coin des RH? Il y a personne, ils sont en réunion.
— Charrie pas, quand même.

Mon nouveau poste est conforme aux promesses de Bruno. Je consacre un peu moins de temps à l'animation 3D, dans ma bulle créée grâce à mes écouteurs, mais j'aime bien coacher les plus jeunes. Je sens que j'aurai la chance d'avoir un impact positif dans leur développement, et dans celui du studio aussi. Mes tâches rompent la solitude que je m'étais construite et que je justifiais par ma surcharge de travail. J'arrive même à finir à cinq heures, ce qui ne s'était pas produit depuis très longtemps.

D'ailleurs, un soir, à ma sortie du bureau, je croise Aurélie pour la première fois depuis mon retour de voyage. Je pensais que notre éloignement calmerait les sentiments que j'ai développés pour elle, mais ils me semblent encore plus intenses. J'ai honte de mes jambes trop molles et de mon visage qui s'illumine.

— Tiens, Vincent, on s'est pas parlé depuis une éternité! Et puis? Vous avez eu du beau temps au Mexique?

— Il a fait vraiment chaud! À part une averse, on a eu juste du soleil.

— Ç'a dû te faire du bien.

— Mouais...

— Pas plus que ça?

— Le retour à la réalité est assez difficile. Bon, tu m'excuseras, je suis pressé...

J'essaie de m'esquiver en tournant le dos à Aurélie, parce que c'est ce que je peux faire de mieux dans la situation, pour moi, pour elle, pour tout le monde. Elle me retient alors que je m'éloigne:

— Vincent... T'aurais envie qu'on prenne le temps de discuter de ton voyage et de ce qui se passe avec toi, quand tu seras pas pressé? C'est pas obligé d'être compliqué. On pourrait sortir dîner un midi ou prendre un verre en finissant.

Mon cœur se met à battre. Fort. Les pensées qui se bousculent dans ma tête m'étourdissent, elles sont presque aussi mouvementées qu'une manif pacifique contre la brutalité policière. Tout mon corps me somme d'accepter et c'est justement ce qui me fait comprendre que c'est la pire des idées. Au bureau, nous pouvons résister à notre attirance réciproque; en tête à tête, ce sera impossible. Je crains ce qui pourrait survenir autant que j'aurais envie de le découvrir.

— Écoute, Aurélie, c'est vraiment pas contre toi, t'es une fille extraordinaire et je t'apprécie beaucoup...

— Pourquoi je sens qu'un "mais" s'en vient?

— ... mais je dois refuser. Ma vie personnelle est compliquée ces temps-ci et si j'accepte, je sens qu'elle va le devenir encore plus.

— Je comprends. Je devais te poser la question pour en avoir le cœur net.

— J'espère que tu m'en voudras pas.

— Tu sais bien que non!

Elle force un sourire. Je lis la déception dans son regard, possiblement la même qui trahit mon hésitation. Je retourne à la maison en autobus et, tout au long du trajet, je me demande si j'ai pris la bonne décision.

Éliane

Depuis que j'ai appris que ma mère n'a plus de chance de rémission, j'ai l'impression d'être prisonnière d'une nappe de brouillard – lourd à l'intérieur de moi, léger à l'extérieur –, un poids qui attriste mon cœur et qui teinte le monde de gris. Ma respiration est saccadée, l'air trop dense peine à pénétrer mes poumons. Les nuits et les jours se succèdent et je les vois à peine passer. Je m'accroche à l'espoir que mon rendez-vous avec ma médecin sera ma porte de sortie, que je trouverai enfin des solutions pour mieux me sentir. Cette rencontre me semble si loin et si proche à la fois. J'ignore comment je surmonte les heures qui m'en séparent, mais la première chose que je sais, c'est que je suis assise devant elle sur une chaise. Je n'ai pas ouvert la bouche qu'elle déborde d'empathie, se doutant bien que je fréquente le fond du baril ces temps-ci.

— Qu'est-ce que je peux faire pour toi aujourd'hui ? me demande Alexia, l'air inquiet.

Par où commencer ? J'ignore ce que j'attends d'elle, alors, comment le verbaliser ?

— J'ai encore de la difficulté à dormir.
— Les somnifères t'ont pas aidée ?
— Pas tant.
— T'as essayé la pleine conscience pour te détendre ?

— Oui, mais ralentir mon cerveau représente un défi de taille. J'ai l'impression de perdre le contrôle sur tout.
— Est-ce que t'as vu un psychologue ?
— J'ai discuté avec une travailleuse sociale par l'entremise de mon programme d'aide aux employés.
— Et puis ?
— À notre première rencontre, elle m'a parlé d'anxiété, de symptômes dépressifs... Par contre, elle m'a perdue dans la suivante avec ses histoires de transmutation intérieure et en me disant que les différentes parties de l'univers sont liées entres elles et que je fais partie d'un tout.
— Hum... Ça peut être difficile à démêler, tout ça. Tu sais, Éliane, parfois, ça se peut que tu tombes sur une personne avec qui ça ne clique pas. Il y a pas de honte à changer, si c'est ce qu'il te faut.
— C'est peut-être ce que je devrais faire.
— Ça me fait penser, j'ai discuté de ton cas avec des collègues.
— Ah oui ?
— Pour l'anxiété, on est tous d'accord. Ma collègue et moi suspectons aussi de la dysthymie.
— De la quoi ?
— C'est un état dépressif avec des symptômes modérés et qui s'étire dans le temps.
— Je croyais que la dépression, c'était incapacitant.
— Pas nécessairement. Tu me parlais l'autre jour que tu te sentais à off, côté émotionnel, depuis des mois, peut-être des années. Eh bien, c'est un des symptômes de la dysthymie.
— Et ça vient d'où, ça ?
— Il peut y avoir plusieurs causes. Par exemple, si t'es du genre à toujours faire passer les besoins des autres

avant les tiens, dans ton rôle de mère, et que t'oublies d'écouter ce que tu ressens.

— C'est vrai que ça me ressemble...

— À long terme, tu te crées une carapace et c'est de plus en plus dur de ressentir quoi que ce soit. Ça expliquerait aussi tes autres symptômes comme tes troubles de sommeil, ta difficulté à te concentrer, ta fatigue...

— Il existe un traitement ?

— Je pourrais te prescrire un antidépresseur. Il t'aiderait aussi à gérer ton anxiété, le temps que tu t'outilles et que tu reprennes le contrôle de ta vie. Qu'est-ce que t'en penses ?

— Tu crois que ça me donnerait un coup de pouce ?

— J'en ai aucune certitude. Pour ce genre de médicaments, l'effet diffère d'une personne à l'autre. Il faut trouver le bon dosage et la bonne molécule.

— J'imagine que je perds rien à essayer.

— Je tiens à t'avertir : ils peuvent prendre quatre à six semaines avant d'agir. On va commencer avec une petite dose pendant deux semaines en augmentant progressivement par la suite. Si t'éprouves des effets secondaires, tu m'appelles ou t'en parles avec ton pharmacien. Ça te va ?

— Oui...

— Tous les détails vont être dans ta prescription.

Après un passage à la pharmacie, je rentre à la maison avec un pot de pilules rouges. Je le regarde en me jugeant pathétique d'en être rendue là dans ma vie. Je me répète les mots de ma médecin, qui m'a assurée, en quittant son bureau, qu'elle suit beaucoup de patients dans la même situation que moi et de ne pas m'inquiéter. Pourtant, j'ai l'impression d'être un échec. Je chasse cette pensée en me disant que j'ai fait un pas dans la bonne direction en allant chercher de l'aider et que, s'il y a une chance pour que je me sente mieux, je dois la saisir.

Les premières semaines avec mon antidépresseur ne se sont pas avérées concluantes. Même si je savais bien que les résultats ne seraient pas immédiats, je commençais à douter qu'ils viennent. Je me demandais si, un bon matin, je me lèverais resplendissante de bonheur. Pour l'instant, c'était le contraire. Je continuais à m'enliser dans le néant qu'était devenu mon quotidien. Je plaçais tous mes espoirs dans ces comprimés remplis de petites billes qui me donnaient l'impression d'avaler des hochets miniatures chaque matin. S'ils ne m'aidaient pas, je voyais difficilement comment je remonterais la pente.

Pour la première fois, je rate une journée de travail, quelques jours après une hausse de dose. Ce matin, je ne parviens pas à penser clairement. Je me sens agitée, je marche de long en large dans la maison. J'ai envie de m'extraire de mon corps pour quelques instants, de crier. J'ai tout essayé pour me calmer : regarder la télévision, cuisiner, écouter de la musique, faire des exercices de relaxation. Rien ne fonctionne. En dernier recours, je sors de la maison et je prends la camionnette, avec l'intention de passer chez Jade. J'ai besoin de quelqu'un qui m'écoutera sans jugement.

En cours de route, il y a un peu de circulation – l'heure de pointe du matin qui s'étire. J'espérais que m'éloigner de ma demeure m'aiderait à chasser mes pensées, mais maintenant que je fais du surplace, elles me rattrapent. Je me demande comment je suis censée affronter la banalité du quotidien alors que ma vie s'écroule. J'aimerais appuyer sur pause, le temps de reprendre le contrôle. C'est impossible, surtout avec le travail, les enfants. Si je m'arrête, le monde continuera de tourner sans moi et je me perdrai davantage. Et si, ensuite, je ne parvenais plus à me retrouver ?

Ma respiration s'accélère. L'air de la voiture me semble soudain plus rare. Je baisse la vitre côté conducteur, la brise printanière ne suffit pas. Je dois sortir. Je traverse deux voies en me faisant klaxonner et me gare devant une station-service. Je descends de mon auto sans éteindre le moteur, sans refermer la portière. La tête me tourne. J'ai peur d'être malade. Je m'agenouille dans la névasse, le restant bruni d'une bordée tombée la veille.

— Est-ce que vous allez bien, madame ?

Un adolescent vêtu d'un manteau aux couleurs du commerce, sorti aider un client qui éprouvait de la difficulté avec sa pompe. Sa mince moustache se perd dans un visage pubère et attire l'attention sur sa bouche entrouverte. Il n'est pas payé assez cher pour s'occuper d'une trentenaire en pleine crise.

— Je pensais qu'un de mes pneus était mou.

— Niaisez pas avec ça, madame. C'est dangereux la mollesse du *tire*. Mon père a déjà fait un face-à-face à cause d'un flat. Vous auriez dû voir son auto. Perte totale ! Voulez-vous que je regarde ?

— Non, c'est correct. Je me suis trompée.

— Je vais être en dedans si vous avez besoin. Ah oui ! Si vous voulez, il me reste des coupons rabais pour le lave-auto. Ça vous ferait du bien !

Il me sourit avec le sentiment du devoir accompli. Sans le savoir, il est parvenu à m'apaiser. Il n'a peut-être pas les ailes d'un ange gardien, mais il était là au bon moment et me montre que, peu importe ce qui advient, il y aura toujours quelqu'un pour me tendre la main dans l'obscurité. Il se trompe toutefois sur un point : j'aurais besoin de plus qu'une auto propre pour me sentir bien. Il faudrait que je décrasse ma vie entière avec un nettoyeur à haute pression.

Enfin arrivée chez Jade, je recommence à respirer normalement. Mon amie répond à sa porte, prête à éconduire le colporteur qui la dérange beaucoup trop tôt le matin. Elle affiche un air surpris en me voyant.

— Éliane, qu'est-ce qui t'arrive ?
— Je peux entrer ?
— Bien sûr que oui !

Nous nous assoyons sur le sofa du salon. Jade me fixe d'un regard scrutateur en attendant que je lui révèle le but de ma visite.

— Je vais *vraiment* pas bien, lui dis-je au bout d'un trop long silence.
— J'avais remarqué pendant les cours de yoga, quand t'es la seule qui fait pas la bonne position, mais ce matin, ça l'air pire. Qu'est-ce qui se passe ?
— Je sais pas si c'est le changement de dose dans ma médication, mais je me suis jamais sentie aussi mal. Je suis anxieuse, j'ai toujours le goût de pleurer, j'ai de la misère à rester en place pis en plus, je suis étourdie.
— Tu devrais en parler avec ta médecin.
— Je vais attendre une couple de jours, pour voir si ça se place.
— T'es certaine ? Éli, tu m'inquiètes…
— Qu'est-ce que ma médecin fera de plus ? J'ai pas envie qu'elle m'annonce s'être trompée de médicament et que je doive recommencer à zéro avec une autre molécule.

— Si c'est ce que ça te prend...
— Je veux pas me sentir comme ça pendant des mois. Je veux que ça s'arrête. Les antidépresseurs sont loin d'être les pilules miracles qu'on voit à la télé, celles qui rendent heureux du jour au lendemain sans aucun effet secondaire.
— Tu prends les moyens pour t'en sortir, t'es sur la bonne voie.
— Je me le répète sans arrêt, sauf qu'au jour le jour, c'est dur en maudit d'y croire. Je demande pourtant pas grand-chose. Je veux juste que ça arrête de tourner dans ma tête. J'ai besoin d'une pause de moi.
— Est-ce que t'as des idées noires ?
— Je...

Jade fronce les sourcils devant mon hésitation. Elle se doute de la réponse, que j'exprime tout de même.
— Oui.
— Genre des idées suicidaires.
— Genre.
— Comme quoi.
— L'autre soir... je... Je suis allée dans la salle de bain pour prendre un somnifère. J'ai songé à avaler le pot au complet. C'était une pulsion contre laquelle j'ai dû me battre. C'était vraiment fort. J'ai remis les médicaments dans la pharmacie et, en ressortant de la salle de bain, j'avais envie de me retourner pour les récupérer. Ma voix intérieure me répétait de le faire, que ce serait pas long, que ça ferait pas mal. Tu sais ce qui est le pire ?
— Non.
— Je sais toujours pas ce qui m'en a empêchée.
— Écoute, la prochaine fois que t'as des pensées comme ça, tu m'appelles, même si c'est en plein milieu de la nuit. Tu m'entends, t'es ma priorité en ce moment.

— Avec le recul, je sais que c'est ce que j'aurais dû faire. Sauf que j'arrivais plus à réfléchir correctement. C'est comme si j'étais devenue une autre personne, prisonnière de pensées que j'ai jamais voulues. C'était pas rationnel.

Jade me prend dans ses bras et son étreinte est si confortable que je me mets à pleurer. J'ignore si ce sont des larmes de soulagement, de fatigue ou de tristesse que je laisse couler.

— Éliane, t'es ma meilleure amie, me chuchote Jade à l'oreille. Je t'aime comme une sœur. Je veux vraiment que t'ailles mieux. Je suis prête à tout pour t'aider. Tu comprends ?

— Merci, je sais pas ce que je ferais sans toi.

— Là, tout de suite, il y aurait un moyen de te changer les idées ?

— Je sais pas. Ma médecin m'a conseillé de m'adonner à des activités qui me font du bien d'habitude, mais j'arrive pas à rester concentrée. Quand j'essaie de lire, je pense juste à autre chose. Hier, j'ai regardé des vieilles émissions de *Kaamelott* parce que ça me fait rire à coup sûr. Après une demi-heure, j'ai réalisé que j'avais pas porté attention.

— J'ai deux mots pour toi : danser et manger de la préparation à gâteau pas cuite.

— Ça fait pas mal plus que deux mots !

— C'est décidé. On file à l'épicerie et, ensuite, tout droit à mon studio. On va mettre la musique dans le tapis et on va danser comme des folles jusqu'à tant qu'on soit plus capables, soit parce qu'on a trop chaud ou parce qu'on a le ventre plein. T'es plus du genre gâteau au chocolat ou à la vanille ?

— Chocolat all the way !

— Yes! On va aussi acheter du glaçage. Éli, je te promets que ça va être une belle journée!

Je ne sais pas encore si je passerai une belle journée, mais je me sens déjà mieux. C'est un début.

Vincent

À la maison, c'est plus compliqué que jamais. J'ai l'impression que la nouvelle médication d'Éliane a accéléré sa lente descente aux enfers, au point où je m'inquiète pour son bien-être. Elle n'a jamais paru si absente. Elle est complètement perdue, quelque part au fond de sa tête, enterrée sous une montagne de préoccupations et, malgré le poids qui l'accable, elle est agitée, ne tient pas en place, comme si elle cherchait en vain l'issue qui la tirera de ses pensées irrationnelles. J'hésite à la laisser seule quand elle est incapable d'aller travailler et qu'elle prend congé. J'aimerais affirmer qu'elle ne commettra pas de geste irréparable, mais je n'en suis plus certain. Chaque fois que je pars, je me sens égoïste, parce que, pour moi, c'est devenu un soulagement. J'ai besoin de m'en éloigner pour reprendre mon souffle, afin de rester fort pour nous deux, pour nous quatre. Le problème, c'est que je ne le suis pas, fort, et que je n'ai jamais prétendu l'être.

Même si ce n'est pas nécessaire, j'ai recommencé à étirer les heures au bureau. Constamment préoccupé, je me surprends parfois à passer plusieurs minutes à fixer mes écrans sans faire quoi que ce soit.

— J'ai entendu dire qu'il y a une soirée du club social ce jeudi, se réjouit Philippe en arrêtant me voir et en me faisant sursauter au passage.

— Ouais, à la nouvelle microbrasserie Les Houblonneurs, près d'ici.

— Tu y vas ?

— Pas le choix, j'organise.

La vérité, c'est que j'ai attendu au dernier instant pour confirmer ma présence. J'ai accepté seulement parce que Claire doit passer à la maison et que j'espère qu'un peu de temps avec elle fera du bien à Éliane.

— J'aurais cru que tu laisserais tomber le club social après le party de Noël.

— Maintenant que je suis chef d'équipe, je me sens mal de me désister.

— Je te comprends... En tout cas, si tu y vas, je vais aller faire un tour.

Le jeudi, j'ai travaillé à distance et, le soir venu, je suis parti en croisant ma belle-mère dans l'entrée. En dépit de ses traits tirés, son visage s'est illuminé en voyant Éliane et les enfants. J'avais déjà la conscience un peu plus tranquille en sachant qu'ils passeraient une belle soirée ensemble.

Avant de me rendre aux Houblonneurs, j'ai fait un détour par le condo d'Aurélie. Je lui ai promis un lift puisqu'elle n'a pas de voiture.

Arrivé devant chez elle, je lui envoie un texto pour l'informer qu'elle peut descendre. J'attends quelques minutes et, ne recevant pas de réponse de sa part, je monte frapper à sa porte. Elle m'ouvre vêtue d'une robe bleue qui épouse ses formes délicates et qui laisse voir ses épaules athlétiques. Elle est en train de mettre une boucle d'oreille et me regarde avec la tête inclinée.

— T'as eu mon texto ?

— Euh... non... marmonne-t-elle. Je me séchais les cheveux, j'ai dû manquer la notification sur mon téléphone. Reste pas là, entre !

C'est la première fois que j'entre dans son condo. J'ai l'impression d'y être déjà venu, un sentiment qui n'est pas complètement faux puisque je l'ai aperçu en photo sur Instagram. L'ambiance est détendue, avec la lumière tamisée, les gros coussins sur le sofa, les photos suspendues par des fils à l'un des murs, les chandelles éteintes dans une étagère et le jeté sur un fauteuil qui donne envie de lire un livre. L'air humide est chargé d'une délicieuse odeur, possiblement un mélange de son shampoing et de son parfum.

— T'as le temps pour un verre de vin ? me questionne Aurélie en allant dans sa cuisine.

— On risque d'être serrés, non ?

— Ils peuvent bien se passer de nous ! On a tout organisé, on va pas leur montrer à avoir du fun en plus !

— Bon, OK, juste un verre.

Aurélie débouche une bouteille et sort deux coupes d'une armoire avant de les remplir. Elle m'en remet un et me regarde droit dans les yeux tout en buvant dans la sienne.

— C'est ma sorte préférée, partage-t-elle. Un chianti classico. À trente dollars la bouteille, ce serait un crime de s'en passer.

— J'y ai jamais goûté.

— Ah non ?

Je fais tourner le vin dans mon verre et le hume.

— Alors, qu'est-ce qu'il sent ?

— Le vin...

— J'ai affaire à un connaisseur !

Aurélie esquisse un sourire et je bois une gorgée.

— Pas mal, han ? me relance-t-elle en observant ma réaction.

— Exquis !

— T'as faim ?

— Un peu, mais...

— Vincent, relaxe, les autres nous chicaneront pas pour un retard de quelques minutes.
— Tu proposes quoi ?
— J'ai fait des bruschettas cette semaine et il me reste de la garniture, ça t'intéresse ?
— Pourquoi pas ?

Aurélie empoigne une baguette sur le comptoir et me la remet.

— Il y a des couteaux dans le premier tiroir, m'indique-t-elle.

Pendant que je tranche le pain, Aurélie râpe du fromage. J'ai soudain un flash-back des premières années de ma relation avec Éliane, quand nous venions d'emménager en appartement et que nous prenions le temps de cuisiner une nouvelle recette chaque samedi soir. L'habitude s'est perdue graduellement au fur et à mesure que notre vie s'accélérait et que nous avons dû laisser une partie de nous de côté. Je me sens mal de penser à Éliane pendant que je suis dans le condo d'une autre fille. D'autant plus que je n'avais même pas prévu d'y entrer...

— Alors ?
— Désolé, j'étais distrait...
— T'aimes les olives ou pas ?
— Les olives, c'est comme la gastro : je m'en tiens loin !
— Quoi ? Les olives, c'est la vie ! J'en mangerais tout le temps.
— Visiblement, on pourra jamais s'entendre.
— D'après moi, on peut se trouver d'autres points communs.

Nous mettons la touche finale aux bruschettas en goûtant au passage à tous les ingrédients à plusieurs reprises – de la gourmandise déguisée en contrôle de la qualité – et finissons nos verres en attendant qu'ils cuisent.

— Ça sent vraiment bon ! dis-je lorsqu'Aurélie les sort du four.

— La bouteille de vin est encore sur le comptoir, si tu veux remplir nos coupes pendant que je m'occupe des assiettes.

Je prends la bouteille et j'hésite. J'avais accepté d'accompagner Aurélie pour un verre, mais le plan a changé. J'ai tout de même envie de me détendre et de suivre le courant, de voir jusqu'où il nous portera. C'est la première fois depuis plusieurs semaines, peut-être des mois, que je me sens aussi bien. Avec Aurélie, tout est toujours facile. Je ne me questionne pas sur tout ce que je fais, je suis moi, tout simplement.

Nous passons au salon pour manger et boire notre deuxième coupe. Le vin se mélange à la sauce tomate, au pain croustillant. C'est tellement bon qu'Aurélie et moi parlons à peine.

— Ta recette est délicieuse !

— Il faudrait que je t'invite plus souvent. J'en ai plein d'autres du genre.

— Tu cuisines beaucoup ?

— Mon plus gros défaut, c'est la gourmandise.

— Ça paraît pas...

— Qu'est-ce que tu veux dire ?

Aurélie me sourit en relevant un sourcil.

— Que t'es pas...

— Je te fais marcher. C'est parce que je suis sportive que je garde la ligne. Dépenser beaucoup d'énergie me permet de manger plus.

— C'est ça, le secret ! Je devrais me remettre à l'entraînement.

— T'es super beau comme ça !

— Je pourrais perdre un peu de bedaine, non ?

— T'en as presque pas. Et crois-moi, avec tes t-shirts, surtout les noirs, et tes jeans serrés, t'es hyper sexy.

— Ils étaient pas serrés au départ...

— Je suis contente qu'ils le soient maintenant.

Je réalise à quel point Aurélie s'est rapprochée quand sa main qui frôle la mienne me donne le goût d'étirer les doigts pour la prendre. Ma tête me supplie de me ressaisir, le reste de mon corps n'en a pas envie. Aurélie me fixe droit dans les yeux et je l'ai rarement trouvée aussi belle. Tout à coup, mon téléphone cellulaire vibre. Un texto de Philippe, qui me demande où je suis.

— On est officiellement en retard d'une demi-heure à notre propre cinq à sept.

— Ça te dérange ?

— J'appréhende les questions au bureau, demain matin, surtout. Beaucoup de personnes savent que je devais passer te chercher.

— On aura qu'à mentir. Prétexter un contretemps avec ton auto.

— On va quand même alimenter les rumeurs et mettons qu'actuellement, je m'en passerais. J'ai déjà la tête assez pleine avec ce que je vis à la maison.

— Éliane va toujours pas mieux ?

— C'est pire que jamais. Je... je devrais pas te parler de ça. Je veux pas te déranger avec mes problèmes de couple.

— Tu me déranges jamais.

Aurélie pose une main sur ma cuisse et me fixe d'un air emphatique. Sa présence rassurante me donne envie de m'ouvrir à elle.

— Je suis mêlé ben raide, Aurélie. Quelque part au fond de moi, j'aime encore Éliane. Sauf que depuis un bout, je suis juste bien quand je suis avec toi.

— Pis je t'aide pas pantoute, han ? Parce que je suis toujours là, à te tourner autour.

— Tu m'aides à me sentir mieux et c'est justement ça le problème. Si on passe autant de temps ensemble au bureau, c'est parce que j'ai jamais essayé de te repousser. C'est même le contraire, j'en voudrais encore plus. Je sais plus ce qu'il me faut. J'ai du mal à me comprendre. Ça faisait longtemps que je m'étais pas senti aussi heureux et, en même temps, aussi coupable.

— Pourquoi tu te sens coupable ?

— Parce qu'avec toi, j'ai l'impression que tout redevient possible, que ma vie retrouve un sens.

Aurélie force un sourire. Elle avait déjà deviné mes sentiments et mes révélations semblent la préoccuper plus que la réjouir. Elle s'approche pour me serrer dans ses bras et, sans comprendre pourquoi, j'éclate en sanglots.

— Pauvre chaton, me souffle-t-elle à l'oreille. Qu'est-ce qui se passe ?

— Tu sais pas à quel point je me sentais seul avant de te rencontrer, et depuis que t'es là, j'ai enfin recommencé à voir un peu de lumière dans mes journées.

— Ça te faisait mal, tout ça. Pas vrai ?

Je suis incapable de lui répondre. Je pleure de plus belle ; un an de larmes retenues coulent sur mes joues pour s'écraser sur l'épaule d'Aurélie. Ma solitude si douloureuse se brise en ressentant la proximité de cette fille apparue soudainement dans ma vie.

— Le pire, c'est de savoir que ce qu'on a est pas correct, dis-je. Sauf que j'ai peur de te perdre.

— Tu me perdras pas. J'ai pas l'intention de partir.

— Même si je suis pathétique et que je te braille dessus ?

— Surtout parce que tu me brailles dessus. Des gars avec des sentiments, c'est next level.

Je serre Aurélie fortement ; son corps délicat me paraît si petit, si fragile.

— Je m'excuse, j'aurais pas dû insister autant pour qu'on se voie, surtout en sachant que t'es pas libre, regrette Aurélie en me relâchant. Je me sens mal, j'ai l'impression d'essayer de profiter de toi à un moment où t'es vulnérable. Pis ce soir, en plus... C'est assez dur de te faire croire que j'avais aucune arrière-pensée avec cette robe-là.

— C'est pas seulement de ta faute, je savais très bien ce que je faisais. Et là, je me demande ce qu'on doit faire.

— Rien du tout.

— Je retourne chez moi ?

— Exact. Tu vas voir ta blonde et vous essayez de vous comprendre.

— Sauf que c'est ici que j'ai envie d'être.

— T'es certain ? J'ai plutôt l'impression que t'es en train de tomber amoureux de l'image que t'as de moi. T'idéalises ce que pourrait être notre vie ensemble ou peut-être que tu reconnais Éliane en moi, ou la fille qu'elle a déjà été. Je suis pas aussi parfaite que j'en ai l'air, tu sais...

— Est-ce que c'était une tentative d'humour ?

— Une tentative... visiblement ratée.

— T'auras essayé de sauver la soirée. C'est un début.

— Ce que j'essaie de te faire comprendre, c'est que je veux pas être cette fille-là. Je gâcherai pas ta vie. S'il faut prendre nos distances pour que tu commences à voir plus clair, c'est ce qu'on va faire. T'as des choses à régler et je te nuis plus que je t'aide.

— Ça aurait été quoi, notre relation, dans un autre contexte ?

— Ça aurait eu beaucoup de potentiel. Là, ça ira pas plus loin.

— Je suis d'accord avec toi. On doit prendre une pause. J'espère juste que ça deviendra pas trop awkward entre nous.

— Si ça peut aider, pendant que j'en ai l'occasion, je tiens à mentionner que t'es beau, pis drôle, pis que j'ai souvent eu envie de te frencher. Pis tes fesses, Vincent, tes fesses ! Wow !

— Ça, c'est censé m'aider ?

— Tu voulais que ce soit awkward, non ?

— Le contraire !

— Ah OK ! J'avais mal compris !

Elle m'adresse l'une de ses grimaces craquantes en tirant sa langue pour la mordiller avec ses dents.

— Écoute, si c'est clair, maintenant, qu'on est juste des amis, on va agir comme des amis, reprend Aurélie. C'est possible, de nos jours, qu'un gars et qu'une fille soient amis, non ?

— Je vois pas le problème.

— Moi non plus. De toute façon, la tension sexuelle entre nous va s'atténuer avec le temps, tu vas voir.

— Aurélie, t'aides pas pantoute !

— Ah oui, c'est vrai. *Moins* awkward !

— C'est ça !

— Alors, on se dit à bientôt ?

— À bientôt, Aurélie.

Je quitte l'appartement habité par des sentiments conflictuels. Je regrette à la fois de partir et d'être allé si loin avec elle. J'imagine la relation que nous aurions pu développer, je me demande où elle nous aurait menés.

Je pense aussi à celle que j'aurais détruite avec Éliane, celle qui l'est peut-être déjà, à cette vie commune que nous avons laissée se faner jusqu'à la rendre méconnaissable.

J'entre dans ma maison en me sentant comme un imposteur, surtout quand je vois les enfants au salon avec Éliane et Claire.

— T'es déjà de retour ? m'accueille Éliane. Ça s'est terminé tôt !

La culpabilité me ronge, j'ai de la difficulté à la regarder dans les yeux.

— J'avais pas la tête à être là, finalement.

Je m'installe sur le sofa pour m'évader dans mes pensées. La soirée passe rapidement et, en me couchant, un vertige m'étourdit. Je me sens mal, mais surtout, je suis effrayé. J'ai peur qu'Éliane apprenne que j'ai passé les derniers mois à entretenir un jeu de séduction dans son dos et que, cette fois-ci, ce soit terminé pour de bon entre nous. Parce que je crains de la perdre, je me rends compte à quel point je l'aime.

Éliane

Une vague de chaleur a fait fondre les derniers bancs de neige brunâtre de notre quartier à la fin avril. L'eau ruisselant le long des rues n'a pas empêché les enfants d'y rouler à toute vitesse à vélo et leurs parents de les suivre, une bonne trentaine de mètres derrière. Pour moi, le printemps était plus que le retour du beau temps : il m'apportait aussi l'espoir que ma vie revienne à la normale. Je m'y accrochais autant que j'en doutais. Mes antidépresseurs n'avaient toujours aucun effet, à part les secondaires, et ma dernière rencontre avec l'intervenante de mon programme d'aide aux employés avait été l'occasion de confirmer que nous étions incompatibles.

Lors de notre rendez-vous virtuel, Flavie m'avait écoutée lui confier mes tracas. Elle m'avait ensuite parlé de thérapie cognitivo-comportementale, de livres de développement personnel et de spiritualité. *Surtout* de spiritualité. Pour elle, je suis en quête de sens et pour y voir plus clair, je dois me concentrer sur mon intériorité et cesser de m'en faire avec des problèmes hors de mon contrôle. Elle m'avait rapidement perdue dans ses explications et j'ignorais par où commencer. Après notre rencontre, j'ai tout de même suivi l'un de ses conseils : m'inscrire sur des listes d'attente de psychologues. Ce que je pensais être une formalité s'est avéré plus difficile que prévu. Je n'ai reçu aucune réponse à ma dizaine de courriels ni à autant d'appels. Je commençais à craindre de ne pas obtenir d'aide. Et si je sombrais davantage dans mon abîme intérieur ? Quelles seraient mes ressources ? Devrais-je me résoudre à aller à l'urgence ? Que feraient-ils à part me renvoyer à la maison avec des pilules supplémentaires ?

L'invitation de ma mère pour l'accompagner à son chalet pour un week-end est tombée à point. J'avais besoin de m'éloigner de Montréal et comme nous avions plus d'une centaine de kilomètres à parcourir, c'était l'endroit idéal. Je suis partie tôt le matin avec les enfants, et je suis allée chercher Claire chez elle. Vincent, quant à lui, est resté à la maison, sous prétexte qu'il avait des travaux à faire à l'extérieur et qu'il souhaitait que je passe du temps avec ma mère. J'ai l'impression qu'il m'évite depuis quelques semaines. J'aimerais aborder le sujet avec lui, mais tellement de tiroirs sont ouverts dans ma tête que je n'en ai pas la force. De toute façon, je le comprends ; moi aussi, je m'éviterais si je le pouvais.

Nous sommes arrivés en fin d'avant-midi après un trajet ponctué d'arrêts-pipi. Le chalet de ma mère est l'un des derniers qui ressemblent encore à un chalet et non à une luxueuse maison de ville. Isolé sur un terrain boisé, on ne l'aperçoit pas de la route. Ici, pas besoin de clôtures pour se créer de l'intimité, les arbres s'en occupent. Malgré les offres parfois démesurées, ma mère n'a jamais voulu le vendre. Elle prétend que sa vue panoramique sur le lac n'a pas de prix. En descendant de la voiture et en observant l'eau calme et les montagnes lointaines, je suis d'accord avec elle.

— Nathan, aide mamie avec ses bagages. Tu t'occuperas des tiens après.

— Je suis capable de tout apporter en même temps, rétorque Nathan, plus fort en paroles que de ses bras.

Il met son sac à dos sur ses épaules et sort la valise de ma mère du coffre de la camionnette. Il marche avec difficulté sur le sentier de pierre qui mène à la porte d'entrée. Il en arrache, bien que sa fierté reste intacte.

À l'intérieur, ma mère est soulagée de constater qu'il n'y a aucun dégât.

— Une année, on avait eu des écureuils, explique-t-elle. Heureusement qu'on avait des assurances, parce qu'il y en avait pour plusieurs milliers de dollars en dommage, surtout avec les infiltrations d'eau. Les enfants, vous savez comment grand-maman a déduit qu'il s'agissait d'écureuils?

— Il y avait des glands partout, répond Nathan par automatisme, ayant entendu l'histoire chaque fois qu'il a mis les pieds ici.

— Coudonc, est-ce que je radote?

— Ben non, ma belle maman d'amour, lui dis-je. Tu racontes souvent les mêmes histoires, par contre.

À peine entré, Nathan laisse tomber son sac à dos au sol et va s'étendre sur un sofa. Océane se dépêche plutôt de choisir son lit, toujours le même, celui du haut dans la chambre d'amis. Je l'entends rire dans la pièce, sans raison particulière, outre celle d'être heureuse de revenir dans ce refuge loin de la ville. Moi, j'ai un regard nostalgique sur la petite construction où je passais mes étés avec Stéphanie, quand nous avions l'âge de mes enfants, et quelques années plus tard lorsque Bianca est arrivée et que je jouais mon nouveau rôle de grande sœur en profitant des après-midi ensoleillés avec elle. Le chalet a vieilli, sans avoir changé. Les meubles n'ont pas bougé, les parois du foyer de brique sont couvertes de suie et les fenêtres qui donnent sur le lac sont toujours sales, au désarroi de ma mère qui a épuisé en vain, au cours des ans, les conseils prodigués par ses amies pour les rendre impeccables. Même l'odeur est restée identique : un mélange de renfermé, de poussière et de boules à mites.

En défaisant mon sac à dos, je consulte mon téléphone cellulaire. Un texto de Vincent, reçu peu après mon départ. Il me souhaite un bon séjour et m'incite à cesser de regarder mes messages. J'aimerais lui répondre que c'est gentil de sa part et que je m'ennuie de lui, mais je n'ai accès à aucun réseau. Je ne suis plus habituée à être privée d'Internet ; au moins, j'ai atteint mon but, celui de décrocher.

Au cours de l'après-midi, Claire cuisine nos prochains repas avec Océane, tandis que je montre à Nathan comment fendre du bois de chauffage. Il s'intéressait à la hache jusqu'à ce qu'il comprenne que je lui demandais d'accomplir une tâche fastidieuse. Il préfère plutôt s'occuper avec un ballon de soccer qui traînait dans l'auto, celui qui y a passé l'hiver et qui est mou. Contrairement à lui, j'ai besoin de monotonie. En me concentrant sur quelque chose de simple, j'arrête de m'en faire avec ce qui est plus compliqué, j'oublie pour un moment mes inquiétudes. Sans compter la satisfaction de voir descendre ma pile de bûches et de frapper sur des objets inanimés.

J'arrête au bout de deux heures. Mes muscles sont endoloris, mes cheveux sont humides et j'ai une ampoule sur un pouce. Je me suis un peu emportée ; ma mère aura assez de bois pour une bonne partie de l'été. Comme je n'ai pas encore la tête à rentrer, je vais ramasser des branches mortes sur le terrain. Mes parents ont l'habitude de les brûler dans leur foyer extérieur en début d'année, ils pourront donc faire un feu quand ils viendront ensemble.

Un vieux souvenir remonte à la surface en voyant un rocher couvert de mousse sur lequel j'adorais m'asseoir, enfant. J'avais environ dix ans et je me promenais dans ce que j'appelais à cette époque «la forêt». Dans toute mon innocence et avec la fibre aventurière d'une pure et dure Lavalloise, j'étais plus occupée à regarder partout autour qu'à l'endroit où je mettais les pieds. J'avais marché sur un nid de guêpes sans m'en rendre compte et trois d'entre elles m'avaient piquée. J'avais regagné le chalet en pleurant, autant parce que j'avais mal que parce que j'avais peur.

— Maman-je-me-suis-fait-piquer-par-des-guêpeeees! avais-je hurlé.

— Viens ici, ma belle, avait-elle ordonné, en scrutant mon corps à la recherche de rougeurs.

— Je veux pas mourir!

— Quoi?

— Quand on se fait piquer par des guêpes, on décède de la vie!

— Qui t'a mis une idée pareille dans la tête?

Ma mère me fixait d'un air perplexe. J'appréhendais son jugement autant que de succomber à mes blessures. Je n'ai pas osé lui mentionner ce film que j'avais regardé à la télévision et dans lequel l'héroïne perd son meilleur ami dans des circonstances similaires à celles que je venais de vivre. Je revoyais son père lui annoncer sa mort, je l'imaginais quand elle s'approchait du cercueil lors des funérailles et qu'elle faisait une crise parce qu'il ne portait pas ses lunettes.

Bien déterminée à me sauver la vie, ma mère avait pris soin de moi. Elle m'avait tirée à l'extérieur pour frotter de la terre sur mon bras afin d'extraire le dard et avait ensuite pressé des tranches d'oignon contre ma peau pour en extraire le venin. Elle n'avait jamais pensé à nettoyer mes piqûres. Avec ses remèdes de grand-mère, elle avait réussi à m'apaiser. Je croyais ce qu'elle me disait et c'était suffisant.

C'est surtout de son étreinte, quand ce fut terminé, que je me souviens le plus. Si elle était parvenue à sécher mes larmes autrefois, aujourd'hui, elle me fait éclater en sanglots. Bientôt, je ne pourrai plus me réfugier dans ses bras réconfortants. J'aimerais revenir à cette époque où le plus grand malheur que j'avais connu, c'était la piqûre d'un insecte. Je voudrais retrouver cette insouciance, pouvoir vivre sans penser à tout ce qui pourrait mal aller. Je donnerais tout pour me débarrasser de l'ombre qui me suit en permanence, qui m'étouffe, de cette anxiété qui me saisit à la gorge quand je m'y attends le moins. Celle qui me remplit de doutes, qui m'assaille de mille et une questions, celle qui a chamboulé ma vie et qui a toujours été là, quelque part au fond de moi, sans que je la comprenne, sans que je parvienne à la nommer. Si je pouvais, je sortirais de ma tête un instant pour prendre une pause de mes pensées. J'en ai assez de vivre dans l'espoir que la prochaine dose d'un médicament affublé d'un nom imprononçable soit la bonne, celle qui me rendra mon bonheur. Je n'ai pas envie de mourir pour autant ; je veux juste aller mieux.

Je me ressaisis en entendant la voix lointaine de ma mère qui m'appelle pour m'annoncer que le souper sera servi dans quelques minutes. J'essuie mes larmes, je me redresse. Même si c'est éprouvant, je dois continuer, pour mes enfants, pour ma mère.

Nous passons la soirée au salon, à la lumière du foyer, sous de vieilles couvertures de laine. Océane est cachée sous celle de Claire. Ma mère s'est encore enlisée dans une histoire interminable dont elle-même ne connaît pas la finalité. Elle avait commencé par lui raconter que la chaise berçante est celle de sa grand-mère et, par un cheminement mental que j'ai de la difficulté à retracer, elle l'embrouille maintenant avec une croisière que son amie Chantale vient de réserver.

— Imagine-toi donc qu'elle va partir de l'Italie et se rendre jusque dans les îles grecques.

— Je sais même pas ce sont lesquelles, grand-maman, les îles qui parlent en grec.

— Elles parlent pas grec, c'est parce qu'elles sont en Grèce qu'on les appelle comme ça.

— C'est où, la Grèce?

— C'est dans le ventre de papa, les interrompt Nathan, un sourire en coin.

— En tout cas, reprend ma mère, j'aurais aimé l'accompagner, juste pour la bouffe. Toi, tu capoterais sur la cuisine grecque, ma belle Océane: les gyros, les souvlakis, la sauce tzatzíki, les porkato... portokalopita... Je suis plus certaine du nom de ce que j'avais goûté une fois, au restaurant. Un gâteau à l'orange délicieux! Mon problème, c'est que j'ai le mal de mer. J'ai pas peur, j'ai juste le cœur fragile. C'est moins pire que les hauteurs, par exemple. Ça, je suis pas capable! Même quand je vois quelqu'un d'autre sur le bord du vide, je me sens tout croche. Le bungee, ça serait un plan pour m'achever. J'espère que tu voudras jamais essayer ça, ma belle. Il y a de meilleurs passe-temps.

Nathan, qui écoute l'histoire d'une oreille, taponne sur sa tablette et bougonne parce que la plupart de ses jeux ne fonctionnent pas, vu qu'il n'y a pas de wi-fi. Moi, je suis juste bien sous ma couverture. J'ai toujours adoré le chalet, mais jamais autant qu'en ce moment. C'est une bulle loin de la ville, de mes préoccupations, et qui me force à vivre dans le présent. Le temps n'existe plus, on mange quand on a faim, on rentre quand le soleil plonge derrière les montagnes, au bout du lac, et on se couche quand on est fatigué. Ce soir, je résiste à l'appel de mon lit et je paresse sur le sofa. Si j'étais à la maison, j'aurais lancé une playlist de musique relaxante; ici, étant donné que je n'ai pas mes écouteurs, je me contente du crépitement du feu.

Je me réveille le lendemain matin dans la même position. Je n'avais pas aussi bien dormi depuis des mois. L'aube éclaire à peine la pièce et une bûche fume encore dans le foyer. Je me lève et je ferme la porte de la chambre des enfants pour éviter de les déranger. Je jette un regard dans celle de ma mère. Elle n'est pas dans son lit. Je m'inquiète de son absence, d'autant plus qu'il n'est pas six heures.

Je m'enveloppe avec la couverture de laine sous laquelle j'ai passé la nuit et enfile mes chaussures. Dehors, ma mère est sur sa chaise de bois préférée, près du lac. Je m'approche doucement pour m'apercevoir qu'elle dort. Elle a dû s'assoupir au son du clapotis des vagues. Le soleil levant caresse la peau de son visage blême, et l'ombre de ses pommettes creuse ses joues. Elle semble si fragile, blottie sous sa couverture de laine grise, celle qu'elle a depuis au moins trente ans.

Ma mère sursaute en m'entendant. Elle ouvre les yeux et me regarde d'un air absent, comme si elle ne me reconnaissait pas.

— Éliane? marmonne-t-elle.

— Je m'excuse. Je pensais pas que tu dormais.
— C'est rien... Je... J'en avais juste assez de mon lit.
— T'as mal dormi?
— Je dors toujours mal, maintenant, mais je me plains pas, parce qu'en fin de compte je passe plus de temps réveillée.
— T'as faim?
— Pas vraiment.
— Je pourrais te préparer un déjeuner complet : patates, saucisses, bacon, œufs, toasts... Tu manges juste ce que tu veux.
— C'est gentil, sauf que je vais trop en gaspiller.
— Les enfants vont s'occuper des restants !
— Peut-être plus tard.
— T'as le goût d'un café, un thé? Ça pourrait t'ouvrir l'appétit.
— Non, merci. J'ai pris un verre d'eau, tout à l'heure.

Elle me sourit ; une expression à la fois sincère et empreinte de douleur.

— Arrête de te faire du mauvais sang pour moi pis assois-toi, ma belle.

Je prends place à ses côtés sur une chaise trop grande et trop basse. Le bois humidifié par la rosée mouille ma couverture et, par le fait même, mon pyjama. Ma mère pose une main sur la mienne. Je la sens trembler et ça me brise le cœur.

— J'ai toujours aimé venir sur le bord du lac, le matin, raconte ma mère. La brise, le clapotis des vagues, les chants des oiseaux, l'odeur de la forêt. Je pourrais rester ici durant des heures. Ton père, c'est le contraire, il faut absolument qu'il s'occupe. S'il y a pas d'entretien à faire sur le chalet, il finit par abattre un arbre qui, selon lui, fait trop d'ombre ou menace de tomber. Je lui ai répété mille fois de laisser la nature suivre son cours et il m'écoute pas. Ça l'angoisse de rien faire. Tu sais qu'il m'a confié qu'il était pas certain de vouloir garder le chalet, quand je vais être partie ?

— Il le vendrait ?

— Il m'a dit que, pour lui, c'est un endroit qui déborde de souvenirs de famille et qu'il aurait de la misère à revenir seul.

— Voyons... je viendrais avec lui ! Le chalet, c'est mon enfance, il peut pas faire ça.

— Vous arrangerez ça entre vous, moi, je m'obstinerai pas avec lui. On a passé notre vie sans trop d'accrochages et j'ai l'intention de conserver nos bonnes vieilles habitudes, surtout si près du but.

— Si près du but ! Maman, franchement !

— C'est un peu ça pareil. Tu sais, j'ai vraiment eu une belle vie avec lui. Nos années ensemble ont pas toujours été parfaites, mais je changerais rien.

— Avez-vous eu des bouts plus difficiles ?

— Quarante et un ans de vie commune, ça donne pas mal d'occasions pour connaître des creux de vagues.

— Avez-vous déjà songé à vous laisser ?

— Non, jamais. L'amour nous a gardés unis. Et l'habitude.

— L'habitude ?

— C'est impossible de ressentir la même flamme qu'au début, surtout après autant de temps. L'amour change, c'est inévitable.

— Ça devient moins fort ?

— Différent. Ça veut pas dire que c'est moins beau.

Est-ce ce qui nous arrive, à Vincent et moi, l'amour qui évolue ? Et si c'était plutôt parce qu'il se transforme en quelque chose d'autre, qui n'est plus de l'amour ? Comment distinguer les deux ?

— T'as déjà réfléchi à ce que ta vie aurait été si t'avais jamais rencontré papa ?

— Je sais pas qui je serais sans ton père, je me pose pas la question, mais depuis que j'ai plus d'espoir de rémission, je me demande qui il sera sans moi. J'ai peur qu'il vieillisse seul.

— Steph, Bianca et moi, on va bien s'occuper de lui.

— Sauf que vous serez pas toujours à ses côtés.

— Tu l'as dit tout à l'heure, papa est pas du genre à s'ennuyer. En plus, il y a encore beaucoup d'arbres à couper sur le terrain.

— Merci de rassurer ta vieille mère.

Elle baisse le regard, hésite.

— En parlant de rassurer ta vieille mère, ça se passe comment avec Vincent ?

J'ignore quoi lui répondre. Je ne veux pas qu'elle s'inquiète inutilement, surtout dans son état. Par contre, si elle me pose la question, c'est qu'elle voit bien que ça ne va pas.

— Disons que c'est à notre tour d'expérimenter un creux de vague.

— Tu crois que votre barque est assez solide pour le surmonter ?

— Si seulement je le savais... Au moins, il y a pas de rats dans notre cale, jusqu'à preuve du contraire.

— Ça veut dire quoi ?

— Je sais pas trop... qu'il y a pas d'autre fille dans le portrait ? Je suis pourrie avec les métaphores marines !

Ma mère et moi rions et je m'émerveille de voir le soleil matinal briller dans ses yeux plissés.

— Si je dis qu'on navigue sans instruments, est-ce que ça fonctionne mieux ?

— Peut-être, je suis pas ben ben meilleure que toi.

— Ce que j'essaie de dire, c'est qu'on connaît pas notre destination et que j'ai peur des choix qu'on pourrait avoir à faire pour l'atteindre.

— Ma belle Éliane, je suis certaine que le temps venu, vous prendrez les meilleures décisions pour vous deux.

Claire tourne le regard vers le lac et elle expire longuement.

— Pis si t'as besoin de réfléchir, viens ici. Si tu savais combien de fois j'ai mis de l'ordre dans mes idées devant ce paysage.

— C'est vrai que c'est beau et paisible.

— En tout cas, si le paradis ressemble à ça, je vais être bien...

Vincent

J'aurais dû écouter mes doutes au magasin de plein air. Notre panier débordait d'équipements de camping dont nous connaissions l'existence uniquement parce que le vendeur nous avait assuré qu'il s'agissait d'incontournables. Ne s'y trouvait qu'un article issu de notre liste dressée à partir d'informations glanées sur Internet : un réchaud au propane. Ainsi, le sifflet de détresse avait remplacé les fusées parce qu'il pouvait aussi chasser les ours, une scie s'était substituée à la hache – je soupçonne le vendeur d'avoir essayé de m'éloigner des objets tranchants pour ma sécurité – et nous avions préféré une bouteille hors de prix avec filtre intégré au lieu de l'attirail d'un système de filtration d'eau et de pastilles désinfectantes. Nous étions fin prêts – du moins, matériellement parlant.

Le plan, c'était un week-end de camping sauvage dans un parc régional des Laurentides. Il s'agissait de l'une de nos premières véritables sorties de notre vie d'adulte, avant d'emménager en appartement ensemble, celles où l'on apprend à se découvrir, en tant qu'individu et couple. Nous avions réservé un espace isolé sur le bord d'un lac, accessible uniquement en canot. Rien de plus romantique ! Sauf le bout malaisant de la première déjection matinale, accompagnée de sa discussion logistique préalable :

— Idéalement, tu restes dans la tente et tu te bouches les oreilles en chantant pour t'assurer de rien entendre, avais-je proposé.

— Ou tu marches vingt minutes dans le bois, avait plutôt proposé Éliane. Vers l'est ! Et moi, vers l'ouest. Comme ça, on aura chacun notre coin.

— Avec une boussole, pour trouver le chemin de retour.

— On devrait aussi cartographier le secteur, pour une gestion de risques efficace.

— Si je comprends bien, on en a pour deux ou trois jours de préparation. J'espère que ton envie est pas trop pressante !

Le premier défi avait été de déposer notre matériel au fond du canot et d'y monter sans chavirer, sous le regard amusé d'un couple de cinquantenaires qui semblaient se remémorer leurs premières expériences. En les apercevant, je nous avais imaginés, Éliane et moi, dans trois décennies, à nous rappeler cette journée qui ferait partie de nos souvenirs heureux, parce que le temps aurait effacé tous les sacres que j'avais lâchés. Je n'oublierais cependant jamais les pieds plongés dans le lac pour pousser notre embarcation trop lourde qui touchait le fond et mes souliers dont les semelles s'étaient transformées en éponges qui cédaient un peu d'eau à chacun de mes pas.

Éliane et moi étions arrivés à notre emplacement au bout de près de deux heures, en nous dirigeant avec une carte qu'on nous avait remise à l'entrée du parc. Nous nous étions perdus deux fois puisque j'avais vraisemblablement de la difficulté à suivre un trait dessiné au marqueur au travers d'un paysage imprimé qui ne ressemblait en rien à celui qui nous entourait. Nous avions fait un naufrage volontaire et très peu spectaculaire sur notre plage de sable compact, ceinte d'épinettes, où des bûches calcinées indiquaient le coin pour les feux de camp. Nous avions ensuite entassé notre équipement sous un arbre et avions entrepris de monter notre tente. Il nous avait fallu une heure pour y arriver et, au moment de planter les derniers ancrages dans le sol, la pluie s'était mise à tomber. Nous nous étions donc réfugiés à l'intérieur.

L'averse s'était étirée et comme nous avions peur d'utiliser notre brûleur au propane dans la tente, ce qui ne pouvait que se solder par un incendie majeur selon Éliane, nous avions mangé des saucisses à hot-dog froides en observant le ciel d'août déverser son trop-plein d'humidité sur nous.

— Ça serait-tu meilleur trempé dans la margarine ? ai-je demandé à ma troisième bouchée.

— Pas certaine...

— J'aurais dû t'écouter et apporter le ketchup.

— Il est où le gars qui prétendait que les véritables aventuriers ont pas besoin de condiments ?

— Tu parles de celui qui a mis tellement d'insectifuge qu'il a les lèvres engourdies et qu'il sent le sapin plus fort que la forêt qui nous entoure ?

— Celui-là même !

— Eh ben, il est resté à Montréal avec ses illusions de se découvrir des talents innés, ancrés profondément dans ses racines nouvelles-franciennes de courailleux des bois et qui lui permettraient de survivre dans la nature...

— ... d'un parc naturel aménagé, tout en ayant deux mille piasses d'équipement moderne.

— J'aurais tellement pas survécu à un hiver si j'avais été parmi les premiers colons !

Nous avions regardé le ciel s'assombrir par l'entrée de notre tente et, à défaut d'un feu de camp, nous avions allumé une lampe de poche dans le but qu'elle tienne debout. Nous nous étions étendus sur nos matelas gonflables, confortablement emmitouflés dans nos sacs de couchage pour combattre le froid que nous sentions déjà.

— On devrait se confier des choses qu'on a jamais révélées à l'autre, suggère Éliane. Des trucs surprenants ou embarrassants. Ça te tenterait ?

— Ça pourrait être drôle !

— Tu commences ?

— Euh... Laisse-moi réfléchir... Ah oui ! J'en ai un bon. J'aime pas le fromage fondu. Pour moi, le fromage, c'est soit gratiné, soit froid. Rien entre les deux. C'est pour ça que j'en ajoute jamais dans mes burritos.

— Toi aussi ?

— No way ! Dis-moi pas qu'on est pareils ? On me juge toujours là-dessus.

— Mettons que je mange du spaghetti. Je dépose un peu de fromage râpé sur chacune de mes bouchées pour éviter qu'il fonde.

— Je fais teeeellement la même chose ! Juste au moment où je pensais que je pouvais pas t'aimer davantage.

— À cause de mes habitudes alimentaires ?

— Surtout parce qu'on se ressemble encore plus que je le croyais. À ton tour !

Éliane est demeurée silencieuse quelques secondes, laissant toute la place au crépitement de la pluie sur la toile tendue de notre abri.

— Je suis pas certaine que je devrais te confier celui-là, hésite-t-elle.

— T'as déjà trop parlé.

— Je sais... C'était avant qu'on se connaisse. J'avais fait une course à obstacles, le genre qui finit avec ben de la bouette.

— Tu m'avais déjà raconté ça, non ?

— Eh bien, pas au complet. C'était près de la ligne d'arrivée. Même s'il y avait aucun enjeu, je me suis élancée dans un sprint final. J'ai escaladé un mur et en l'enjambant, mon short s'est coincé entre deux planches et il est resté là.
— Resté là?
— Resté là.
— Comment c'est possible?
— J'avais mis des vêtements usés. Il faut croire que mon short l'était un peu trop et qu'il s'est déchiré.
— Qu'est-ce que t'as fait?
— J'ai fini ma course en string en pleurant devant une foule trop nombreuse, et je me suis pas arrêtée avant d'être rendue au vestiaire. C'est fou à quel point on peut retrouver de la force quand on a les fesses à l'air.
— Ayoye! Mon histoire de fromage est vraiment poche.
— À toi de te reprendre.
— Prépare-toi mentalement, ça va être du solide! J'ai vomi sur mon premier kick dans le bateau pirate à La Ronde, à l'occasion d'une sortie scolaire.
— Oups! Malaise! Elle a réagi comment?
— Elle est allée à la salle de bain et je l'ai pas revue... sauf dans le bus au retour à l'école. Étrangement, on s'est jamais reparlé.
— Je comprends pas pourquoi! D'un côté, ça m'a profité. T'as toi-même éliminé mes rivales.
— Très drôle!
— Bon, c'est à mon tour. Sauf que je vois difficilement comment je vais trouver plus embarrassant.
— C'est pas une compétition.
— Alors, je vais y aller avec un fait plus simple. Ce qui m'excite le plus quand on fait l'amour, c'est de te mordiller les oreilles et de te chuchoter des choses qui t'allument.

— Et moi, j'adore ça.

— Tu comprends pas ce que je ressens. Pour moi, c'est encore plus satisfaisant que l'acte. J'aime avoir le contrôle et te provoquer, jusqu'à ce que t'en puisses plus.

— Je te croyais pas si machiavélique.

— Je t'ai jamais entendu te plaindre, pourtant.

— J'avoue...

— On devrait faire ça plus souvent !

— L'amour ?

— Je parlais plutôt de se confier sans retenue. Être 100 % honnêtes. Au fond, c'est mon souhait pour notre couple. Je veux pas juste qu'on couche ensemble : je veux aussi qu'on soit les meilleurs amis du monde, qu'on ait aucun secret l'un pour l'autre.

— On est bien partis, ce soir !

— Et j'aimerais que ça continue, que ce soit pas seulement un bulle au cerveau de camping. Je sais ! On devrait se promettre de toujours se parler ouvertement et sans crainte, même si c'est inconfortable. Qu'est-ce que t'en penses ?

— Je suis d'accord. On fait ça comment ? Il faut signer un document avec notre sang en implorant des forces occultes et potentiellement sataniques ?

— T'es con ! Si on veut la même chose, il y a rien de plus à faire.

— Alors c'est officiel, il faut toujours tout se dire...

— ... jusqu'à la fin de notre vie !

— C'est pas un peu dramatique ?

— Non, romantique !

Éliane s'est collée contre moi. Nos sacs de couchage nous séparaient, mais pas pour longtemps puisqu'elle s'est insérée dans le mien et que nous avons dû retirer nos vêtements pour gagner un peu d'espace. Même si nous avons passé la majorité de notre week-end dans notre tente à cause de la pluie, je n'aurais pas pu demander une meilleure première expérience de camping.

Quand Éliane s'absente pour rejoindre sa mère au chalet, j'en profite pour me débarrasser de toutes sortes de tâches que je repousse depuis trop longtemps. Si elles arrivent habituellement à me changer les idées, cette fois-ci, elles ne se sont pas montrées efficaces. Depuis ma soirée chez Aurélie, mes préoccupations sont invariablement les mêmes. Comment ma relation avec Éliane s'est-elle détériorée au point où je me suis autant rapproché d'une autre fille? Je me justifie en me répétant que nous avons traversé des moments difficiles et que je me sentais seul. J'avais besoin de la proximité de quelqu'un, n'importe qui. Est-ce qu'Aurélie était vraiment n'importe qui? Il y a un mois, j'aurais été incapable de répondre à cette question. Les sentiments que j'avais pour elle étaient trop durs à comprendre. Notre dernière rencontre m'a toutefois permis de remettre de l'ordre dans mon fouillis émotionnel. Aurélie est une amie. Rien de plus. J'ai longuement cru qu'elle m'éloignait d'Éliane. Finalement, je me rends compte que ce n'était qu'une excuse. *Je* m'éloignais d'Éliane. J'étais prêt à tourner la page sur une relation de treize ans, sans même tenter d'avoir les discussions douloureuses qui s'imposent, en mettant ma passivité sur le dos de mon attirance pour Aurélie. C'était plutôt parce que je craignais d'empirer les choses. J'en arrive au désolant constat que le temps s'en est chargé pour moi. Maintenant, il me reste à affronter mon plus grand défi: celui de communiquer avec Éliane en toute honnêteté et transparence.

À son retour, Éliane me retrouve sur le sofa, là où j'ai perdu l'intégralité de mon dimanche soir, devant la télé. Elle entre dans la maison avec Océane qui dort dans ses bras et Nathan qui a de la difficulté à garder les yeux ouverts. Nous couchons les enfants avant de nous rejoindre au salon.

— Comment s'est déroulé ton week-end ?
— Trop rapide. J'aurais voulu passer plus de temps avec ma mère au chalet. Et toi ?
— Solitaire, mais c'est pas une mauvaise chose. Ça m'a donné l'occasion de réfléchir.
— À quoi ?
— À nous deux.
— Ah, je vois...
— Tu crois pas qu'il serait temps qu'on parle de notre couple ? Pour vrai, sans rien se cacher, sans essayer d'épargner l'autre, comme on finit toujours par le faire.
— Ouin, on la repousse depuis un bout, cette discussion-là, han ?
— Un peu trop...

Le silence tombe entre nous, comme si nous espérions que les non-dits qui occupent toute la place dans notre vie commune en profitent pour se sauver avant que le malaise ne s'installe. Ce n'est malheureusement pas aussi simple.

— Éliane, j'ai pas été honnête avec toi dans la dernière année...
— À propos de quoi ?
— Tellement d'affaires. Prends le travail, par exemple. J'étais débordé, c'est vrai, mais quand j'étirais les heures au studio, c'était aussi une excuse pour passer le moins de temps possible à la maison.
— Pourquoi ? C'est de ma faute ? Est-ce que t'essayais de m'éviter ?

— C'est pas toi que j'évitais. Enfin, pas seulement toi. Je me sentais démuni parce que je te savais anxieuse, alors qu'au fond, c'est surtout nous que je fuyais, ce qu'on est devenus : des parents qui ont de la misère à se parler, se comprendre, s'aimer. Juste d'exprimer mon malaise, ça me fait peur autant que ça me fait mal. Et comme j'avais pas envie de voir la vérité en face, je me suis réfugié dans le travail. En y repensant, je me rends compte que c'était égoïste. Je m'isolais pendant que t'en arrachais, ici, toute seule. Je comprendrais si tu m'en voulais.

— Je te cacherai pas mes frustrations par rapport à tes absences, sauf que je peux difficilement t'en vouloir. J'aurais aimé que t'en fasses un peu plus pour les enfants, mais en ce qui concerne notre couple, j'étais pas ben, ben plus présente. Mentalement, je veux dire. J'ai laissé mon anxiété prendre le dessus et, au lieu de chercher de l'aide pour la contrôler, je me suis refermée sur moi-même. J'arrive pas à croire que t'as réussi à m'endurer.

— Moi non plus.

Je décoche un clin d'œil à Éliane pour dédramatiser la situation. Elle esquisse un sourire – sincère, pour une fois. Elle redevient plus sérieuse presque aussitôt.

— J'ai voulu tout porter sur mes épaules sans montrer mes failles, comme les autres femmes autour de moi, qui ont l'air capables d'y arriver, reprend Éliane. Eh ben, c'était une idée de marde! Ç'a pas marché pantoute!

— C'est pas comme si je t'avais laissé le choix. Tu faisais ton possible dans les circonstances.

— Peut-être, mais c'était à moi de mettre mes limites.

— Il aurait d'abord fallu que je sois là pour t'écouter.

— Le pire, c'est que je sais même pas comment j'aurais réagi si t'avais été plus présent à la maison. J'aurais peut-être gardé mes préoccupations pour moi pour éviter que tu t'inquiètes.

— Si je comprends bien, à trop vouloir se protéger, on a fini par plus discuter.

— Sérieux, on est-tu vraiment aussi poches que ça en communication ?

Si nos problèmes se résumaient si facilement, nous pourrions clore la conversation en nous faisant croire que nous n'avons qu'à nous parler davantage dans le futur pour que notre couple se porte mieux. Je n'ai malheureusement pas encore abordé la partie la plus difficile, celle dont j'ai honte.

— Je t'ai pas tout dit... J'ai passé beaucoup de temps avec une fille, au bureau, depuis l'automne.

Éliane ouvre la bouche et me dévisage, incapable de prononcer le moindre mot.

— Genre, beaucoup trop, repris-je.

Éliane mord sa lèvre. Elle se retient de toutes ses forces pour éviter de pleurer. Ça me brise le cœur de la voir ainsi.

— T'as couché avec elle ? me demande-t-elle d'une voix tremblotante.

— Non, jamais.

— T'en avais envie ?

— Je sais pas.

— Oui ou non ?

— C'est pas si simple, Éliane. Ça m'a traversé l'esprit, sauf que je serais pas passé à l'acte.

Éliane pose ses deux mains sur son visage, cette fois-ci, elle est incapable de contenir ses larmes.

— Je... est-ce que... Je sais même pas si je veux réellement l'entendre... Vous avez fait quoi, au juste ?

— On se tient souvent ensemble au travail ou dans les partys de bureau, on texte et... je suis allé chez elle. On a discuté, bu du vin... Ç'a l'air terrible quand je le résume, han ? Je te jure que j'avais pas pris conscience qu'on s'était autant rapprochés.

— Pourquoi t'as fait ça ?

— Je me questionne encore. Peut-être parce que je me sentais seul, que j'avais besoin de savoir que je comptais pour quelqu'un, pour combler le vide entre nous, pour me sentir désiré, sentir que j'étais pas devenu une plante verte que tout le monde ignore. Ou par pur égoïsme, tout simplement. Je sais pas.

Les inspirations d'Éliane sont saccadées, ses expirations mêlées de sanglots.

— Je te demande pas de comprendre ou de me pardonner. Je veux juste que tu saches que c'est ce qui m'a permis de réaliser à quel point t'es importante pour moi. Je capotais à l'idée que tu l'apprennes et que je te perde.

Au lieu de l'apaiser, ma dernière remarque éveille sa colère :

— Ah ben oui ! C'est facile à dire après coup. Pis moi, la pauvre conne, je suis censée réagir comment ? T'attends quoi de moi ? Si c'est de l'empathie, t'es mieux d'être patient en estie, parce que c'est pas prêt d'arriver !

— Je voulais être honnête, pour pas te blesser.

— Pas me blesser ! Est-ce que tu t'entends ? Je crois plutôt que tu te sacres de mes sentiments et que t'avais juste besoin de t'enlever un poids sur la conscience. Je suis importante, mais pas assez pour que tu restes fidèle ?

— Je t'ai pas trompée.

— Câlisse, Vincent ! C'est tout comme !

— Éli, s'il y a une chose que tu dois retenir, c'est que ça ira pas plus loin.

— Voyons donc, c'est déjà allé trop loin. Moi, ce que ça me démontre, c'est à quel point on s'est éloignés.

— Il est pas trop tard pour se retrouver.
— Tu crois vraiment à ça ?
— Je l'espère, en tout cas...
— T'as pas l'impression que toi et moi, on rame dans le vide malgré notre bonne volonté ?

Je refuse d'approuver, même si au fond, je sais qu'elle a raison.

— Comment on en est arrivés là ? poursuit Éliane. Pourquoi on s'est abandonnés ?
— Je sais pas.
— Ç'a aucun maudit bon sens, on peut pas continuer comme ça.
— Qu'est-ce que tu veux dire ?
— Si on reste ensemble, on s'en sortira jamais. On va retomber dans nos vieux patterns.
— Tu veux qu'on se laisse ?
— Non, j'ai pas l'intention de scrapper treize ans de vie commune sur un coup de tête parce que je suis en crisse après toi.
— Tu proposes quoi, alors ?

Éliane hésite. Elle se lève, va chercher un mouchoir dans la boîte qu'il y a sur une table en coin, au travers des traîneries des enfants, et elle essuie les larmes qui ruissellent sur ses joues.

— Un break ? lâche-t-elle en trouvant à peine la force de me regarder.

J'avais souvent pensé à mon avenir avec Éliane en me demandant combien de temps notre amour résisterait aux bourrasques sans s'écrouler. Maintenant qu'elle m'annonce qu'elle souhaite une pause, que je la sens me glisser entre les doigts, je réalise à quel point j'ai besoin d'elle. Notre relation me fait mal ; en même temps, elle me garde en vie. Pas terrible comme plan à long terme ;

à court terme cependant, c'est celui qui me permet de passer au travers de mes journées.

— Je dois me reprendre en main émotionnellement, me confie Éliane. C'est un méchant désastre, mon affaire. Et pour ça, il me faut du temps.

— T'es certaine que t'as besoin d'être seule pour y parvenir ?

— Je vois pas comment j'y arriverais si t'es toujours là. En plus, je me rends compte que c'est pas uniquement à nous que je veux penser, mais à moi aussi. Je sais plus qui je suis, à part une mère et une blonde.

— Ça me fait chier, parce que je suis obligé d'être d'accord avec toi. Moi aussi, j'ai visiblement des questions à me poser, et ç'a ben l'air que c'est pas en restant dans notre routine que je vais y répondre.

— Le problème, c'est que ça m'effraie.

— Moi aussi.

— Sauf que je vois pas d'autres solutions.

— Est-ce qu'il y en a ?

Les yeux plongés dans les yeux de l'autre, nous sommes incapables d'ajouter quoi que ce soit. Nous nous entendons sur un constat : pour ranimer notre couple, il nous faut un électrochoc. Du gros courant. Une ligne à haute tension au complet. En abordant le sujet, j'étais loin de me douter qu'on en arriverait là.

— On va dire quoi aux enfants ? dis-je.

— Qu'on prend des vacances l'un de l'autre ?

— Ils ont plein d'amis aux parents séparés et aux familles recomposées, ils vont comprendre ce qui se passe.

— On leur expliquera que pour nous, c'est différent.

— Est-ce que ça l'est réellement ?

La question demeure sans réponse. J'aimerais croire que nous ne sommes pas comme les autres. Or, j'ai peur que le dénouement soit similaire. Et si je m'aperçois que ma vie est mieux sans Éliane ? Et si le contraire se produit ? Éliane sera-t-elle plus heureuse sans moi ? Serait-ce la fin du monde ? Notre but n'est-il pas justement d'aspirer au bonheur ?

— Qui reste à la maison ? dis-je.

— On peut se l'échanger. Océane et Nathan demeurent ici et nous, on habite... je sais pas trop où.

— Je vais retourner chez mes parents.

— Et moi, chez Jade, la semaine où tu viens ici.

— Elle va accepter ?

— C'est sûr. Le plus dur sera pas de m'inviter chez elle, mais d'en repartir... je sais pas quand.

On se regarde longtemps, comme si on n'en revenait pas d'être en train d'avoir cette conversation.

— T'es certaine que ça te va ? dis-je, la voix chevrotante.

— Aucune idée. Je sais pas ce qui est correct ou pas. Je sais pas comment agir.

— Moi non plus...

— Dans ce cas, c'est OK. Au pire, on réajustera. Je veux juste pas qu'on se croise trop souvent, surtout au début, sinon, on va retomber dans notre routine et on va se réveiller dans six mois exactement au même endroit.

— Pour que ce soit moins compliqué pour toi, je pourrais te laisser la maison la première semaine.

— J'apprécie.

— Et pour ce soir, tu préfères que je parte ?

— Tu peux dormir ici, mais pas dans notre lit. Ce serait trop bizarre après la conversation qu'on vient d'avoir et je suis encore en maudit après toi.

— C'est une amélioration, tantôt, t'étais en crisse.

— Vincent, pousse pas ta luck.

— C'est bon... Je vais me coucher sur le sofa du sous-sol. Ce sera pas la première fois, de toute façon.

Je me lève pour quitter le salon et, avant de tourner le coin du mur, je jette un dernier coup d'œil à Éliane. Elle ne me regarde pas. Elle a la tête basse et essuie une larme avec son mouchoir. J'ai envie de la serrer dans mes bras pour la réconforter, de lui promettre que tout ira bien. Je voudrais lui jurer que je l'aime, que tout ça est une énorme erreur. Je lui tourne plutôt le dos pour me rendre au sous-sol.

Toute la nuit, étendu sur le sofa, je repasse dans ma tête ma conversation avec Éliane. Ce que j'aurais voulu dire autrement, ce que j'aurais pu faire pour que le dénouement soit différent... L'aurait-il vraiment été? Je m'inquiète pour elle. Je suis convaincu qu'elle aussi est incapable de dormir. Je lui ai fait mal, même si c'était la dernière chose que je voulais. Je me répète que nous n'avions plus le choix, que de toute façon il aurait fallu avoir cette discussion tôt ou tard. Maintenant que c'est fait, j'aurais préféré qu'elle n'ait jamais eu lieu. C'est il y a cinq ans que j'aurais dû avoir cette prise de conscience si je ne voulais pas en arriver là.

Je me lève vers six heures le lendemain matin, quand j'entends du bruit à l'étage, et je monte les marches. Éliane est accoudée à l'îlot de la cuisine, les yeux cernés par une autre nuit blanche.

— Est-ce que je devrais partir avant que les enfants se réveillent?

— Ce serait peut-être plus facile. Je leur dirai que t'es allé chez tes parents pour la journée. Ça va m'éviter de tout leur expliquer maintenant. Ça va aussi nous laisser le temps de penser à la façon de leur parler de ce qui se passe.

— Bonne idée. J'ai pas la tête à ça ce matin.

— Moi non plus.

Je vais dans notre chambre pour me préparer un sac à dos de vêtements et, ensuite, j'arrête à la salle de bain. Je regarde longuement la brosse à dents d'Éliane. C'est quand nous avions uni nos brosses dans un verre, dans notre premier appartement, que j'avais réellement senti que notre couple passait à un autre niveau. Maintenant que je les sépare, je sens que plus rien ne sera jamais pareil.

Avant de partir, je retourne à la cuisine pour saluer Éliane.

— Comme on dit : c'est ça qui est ça.
— Ouin...
— À bientôt, Éliane.

Comme je lui tourne le dos, elle me retient :
— Tu penses qu'on peut se coller quand même ?
— T'es plus fâchée contre moi ?
— Pas assez pour te laisser partir comme ça.
— Dans ce cas, je vais en profiter avant que tu changes d'avis.

Nous nous serrons dans nos bras et, avant de nous relâcher, elle m'embrasse. Un baiser doux-amer qui goûte les adieux.

Éliane

J'étais loin de me douter qu'une playlist de rupture serait la trame sonore de mon été. En boucle : Olivia Rodrigo, Harry Styles et Taylor Swift, dont la discographie est particulièrement bien adaptée à mes états d'esprit changeants. Je me suis répété comme un mantra que toute douleur est temporaire. Ça n'empêchait pas celle qui me tenaillait de me paraître insurmontable.

Mes premières semaines sans Vincent ont été les pires. Je lui avais souvent reproché ses absences, mais il revenait toujours, même si c'était tard. Maintenant que je savais qu'il ne rentrerait pas à la maison, un vide immense s'était creusé à table, durant la nuit, sur le sofa, quand je sortais avec Océane et Nathan. Avant de nous séparer, avec ses absences, je m'ennuyais déjà de ses blagues, de sa façon de me regarder avec des yeux amoureux, de ses bras forts au creux desquels plus rien ne pouvait m'atteindre. L'ennui s'était transformé en plaie ouverte jusqu'à mon cœur qui peinait à battre à l'air libre. Chaque fois qu'il passait à la maison, j'avais envie de le supplier de rester en argumentant que nous n'étions pas faits pour être loin l'un de l'autre. Il aurait sans doute accepté, je le lisais sur son visage. Puis je me raisonnais en me remémorant les raisons de notre break. Nous devions amorcer une réflexion chacun de son côté, et c'était le seul moyen d'y parvenir. C'était pour son bien, autant que pour le mien et celui d'Océane et Nathan.

Jade s'était donné la mission de me changer les idées quand j'étais de passage chez elle. Binge watching de séries, journées au spa, soirées entre amies, vins et fromages semi-pathétiques pour pleurnicher à deux, beaucoup de yoga et des silences, beaux, confortables, assises sur les tapis après les cours, à regarder la ville s'endormir, ma tête appuyée contre son épaule. J'étais tellement occupée que je n'avais presque pas de place pour mes pensées. Elles me rattrapaient quand je m'étendais sur le futon du salon. Et moi, je ne m'endormais pas. Je pleurais. Et pleurais. Un peu moins chaque soir, mais pas beaucoup. Je remettais en doute tous les choix qui m'avaient menée dans l'appartement d'une amie, loin de ma famille, au début de ma trentaine. Je n'arrivais pas à comprendre ce qui s'était passé, comment j'avais pu en arriver là.

L'éloignement nous forçait à réfléchir, Vincent et moi, et nous nous confions en nous croisant à la maison.

— Je voulais m'excuser, m'a dit Vincent, un soir, après avoir couché les enfants.

— Pourquoi ?

— Pour tout, dans le fond. Pour mes absences, et aussi pour avoir agi comme si t'étais invisible. Au cours des dernières années, je voyais plus l'Éliane dont je suis tombé amoureux au cégep, juste la mère qui prépare à souper et qui s'occupe de nos enfants.

— C'est souvent comme ça que je me sentais, d'ailleurs.

— Eh ben, c'était ingrat. Tsé, j'ai toujours essayé de faire ma part dans nos tâches, mais j'avais aussi le devoir de faire attention à toi. Et sur ce point, j'ai solidement manqué mon coup.

— T'es dur envers toi, tu me maltraitais pas, non plus.

— Je regrette quand même d'avoir dû en arriver là avant d'en prendre conscience. Ça répare rien, mais je veux que tu saches que je suis désolé.

— Merci, Vincent, ça fait du bien de l'entendre.

Vincent et moi avons souvent ce genre de bribes de conversations lorsque l'occasion se présente, bien qu'elles soient loin d'être toutes aussi simples. Parfois, le ton monte, nous nous accusons mutuellement d'avoir abandonné notre couple et regrettons pour le reste de la semaine les paroles que nous avons échappées. Quand nous sommes sur la même longueur d'onde pour un instant et que nous nous rendons compte que nous sommes réellement en train de nous perdre, ce sont les sanglots et les étreintes à n'en plus finir, celles qui ont des arrière-goûts d'épilogue.

Malgré nos émotions confuses, il y a de rares moments de calme. Nous parlons alors de nos réflexions, nous avouons nos torts, ceux qui nous ont éloignés pour nous mener dans cette situation, et nous prenons le temps de nous écouter. Pour la première fois depuis de longues années, nous sommes engagés dans un dialogue, dans des petites bulles d'intimité trop fragiles pour durer. Nous apprenons à reconnecter. Différemment. Maladroitement, parfois. Mais toujours honnêtement.

— C'est complexe en maudit, finalement, la communication, m'a confié Vincent, lors d'une promenade au parc.

— On a une décennie de rattrapage à faire. On peut pas espérer devenir experts en trois semaines et régler nos problèmes instantanément, d'autant plus que Nathan et Océane nous interrompent sans cesse pour avoir notre attention. Si ça peut te rassurer, je suis persuadée qu'on chemine.

— On pouvait difficilement faire pire qu'avant...

— Déjà, on se parle, on se dit ce qu'on ressent. C'est un bon début.

Ce que je n'attendais plus est survenu à la mi-juin : j'ai obtenu un rendez-vous avec une psychologue. Maeva Lemarchand, une jeune diplômée avec qui ç'a tout de suite cliqué. Tellement que j'en ai presque pleuré de joie. Il y avait enfin de l'espoir, quelqu'un qui m'aiderait à remettre de l'ordre dans ma tête. Lors de notre première séance, Maeva m'a fourni des outils qui faciliteraient ma réflexion. Elle m'a proposé de consigner mes émotions dans une grille en notant leur intensité, afin d'y être plus attentive au lieu de les réprimer au profit de celles des autres. Pour notre prochaine rencontre, elle m'a aussi demandé de songer à mes aspirations et à mes passions. Pas celles de ma famille ou de Vincent. Les miennes. J'ai immédiatement songé à ce que j'avais mis de côté dans les dernières années : le bac jamais terminé, une grande partie de mon cercle d'amies, la lecture, que je pratique trop souvent entre deux et quatre heures du matin, ma collection de vinyles vendue pour payer des bébelles d'enfants que nous n'avons déjà plus. Le premier pas que je me promettais de faire, le plus simple, serait de dépoussiérer ma vieille table tournante et d'aller dépenser au magasin de disques. Le bonheur ne s'achète peut-être pas, mais quelques soirées de bon temps, oui.

— Et pour l'anxiété ? Qu'est-ce que je peux faire pour la régler ? C'est possible ? Est-ce qu'il existe des outils ou c'est parce qu'il y en a pas qu'on en a pas encore discuté ? Je veux vraiment m'en sortir et j'ai peur de pas en être capable.

— Une chose à la fois, Éliane. Je sais que vous vous posez beaucoup de questions. Il y a des réponses, je vous l'assure. On va les trouver ensemble au cours de nos prochaines rencontres.

Les vacances d'été se sont avérées l'excuse parfaite pour m'éloigner de la ville et poursuivre ma réflexion au grand air. J'ai donc laissé la maison à un Vincent extatique de quitter le sous-sol de ses parents, pour aller passer trois semaines au chalet avec ma mère, Océane et Nathan.

— Profites-en pour faire le vide, me suggère Vincent, au moment de mettre les bagages dans la camionnette. Ça fait du bien de temps à autre.

— Relaxer est en tête de ma to do list, et c'est mon unique point! Au fond, ça peut juste m'aider à diminuer mon anxiété.

— Et ça va mieux?

— Un peu. Ma psychologue m'a expliqué que ça fait partie de ma personnalité et que je dois apprendre à composer avec elle. Justement, ça me fait penser... Je te comprends mieux, maintenant, quand tu disais que tu te sentais seul, que t'avais besoin de quelqu'un à qui te confier. Je prends conscience que je me refermais souvent sur moi-même avec mes inquiétudes et que j'oubliais que tu pouvais en avoir aussi.

— Est-ce que ça signifie que tu m'en veux plus de m'être rapproché d'une autre fille?

— Ça me fâche encore.

— Sur une échelle de "je te pardonne" à "j'ai envie de sacrer le feu dans tes bobettes", ça se situe où?

— En bas de "je suis en maudit".

— Donc, une amélioration?

— Si on veut...

Les jours de beau temps au chalet sont l'occasion de nous baigner dans l'eau froide du lac ou de nous promener dans les nombreux sentiers qui sillonnent la forêt et les collines avoisinantes. Loin des préoccupations de mon quotidien et de la rumeur de la ville, je réussis à me recentrer sur le moment présent, à ralentir mon cerveau pour l'obliger à se connecter au reste de mon corps. Dans ma vie trop rapide où je ne cesse de courir, je n'aurais jamais cru que prendre le temps de ne rien faire puisse être aussi bénéfique.

Les jours de pluie servent d'excuse pour aller faire des achats au village voisin ou pour paresser à l'intérieur. Je m'assois sur un fauteuil, près d'une fenêtre, et je regarde les humeurs changeantes du lac. J'en profite pour lire, réfléchir ou dormir, comme si j'avais des années de sommeil à rattraper. D'ailleurs, Océane m'a surnommée « ma maman ramollie » un jour où j'ai somnolé de neuf à cinq, les yeux mi-clos. Je me joins parfois aux enfants et à ma mère autour de la table du salon pour bricoler ou jouer à l'un des vieux jeux de société qui traînent dans un placard depuis vingt ans.

Le retour du soleil après un épisode de mauvais temps ne chasse pas seulement le brouillard qui flotte au-dessus du lac, il m'aide aussi à émerger de celui qui a obscurci mes pensées depuis un an. Plus déterminée que jamais à reprendre ma vie en main, j'ai décidé de me réinscrire à l'université pour terminer mes études en droit et poursuivre ce rêve mis de côté. À temps partiel à l'automne, pour me réajuster à ma nouvelle réalité, par la suite, si tout se déroule correctement et que je trouve un moyen d'arriver financièrement, à temps plein. Étant donné que j'ai suivi mes cours il y a plusieurs années, j'aurai sans doute à en refaire certains. Ça m'est égal. J'ai encore une trentaine d'années de travail devant moi et je refuse de les passer dans un poste qui me déprime. Je veux reprendre le contrôle de ma vie et non la subir.

Vers la fin de notre séjour, au début août, nous nous installons à l'extérieur pour observer les perséides.

Étendue au sol avec Océane et Nathan, sur une couverture épaisse, je fixe le ciel étincelant. Ma mère est assise dans sa chaise et se réchauffe près de notre feu de camp.

— Maman, est-ce que tu sais combien il y a d'étoiles? me demande Océane.

— Aucune idée.

— Je vais les compter! Un, deux, trois, quatre, cinq, six, sept...

— Dans ta tête! ronchonne Nathan.

— Tu viens de me déconcentrer! se plaint Océane. J'étais rendue à combien?

— Sept.

— Huit, neuf, dix, onze, treize, recommence Océane.

— T'as oublié douze, la reprend Nathan.

Océane s'arrête quelques secondes avant de se demander:

— Est-ce que j'ai compté celle-là? Il va falloir que je reprenne du début. Une, deux, trois...

— Une étoile filante! s'exclame Nathan. L'avez-vous vue?

— Ouiiiii! s'émerveille Océane.

— Faites un vœu, vite!

— Je souhaite que grand-maman meure pas, finalement, énonce Océane. Parce que la mort, c'est poche pis j'aime pas ça.

— Si tu le partages, ça fonctionnera pas, explique Nathan.

— Ben là! C'est pas juste! Je savais pas qu'il y avait des règlements! Est-ce que ça veut dire qu'elle va mourir?

— Ma puce, c'est pas pour demain, la rassure Claire. Mon médecin m'a dit que j'en avais encore pour longtemps. Vous vous débarrasserez pas de moi si facilement.

Ma mère a réussi à apaiser Océane et, par le fait même, moi aussi. J'ai besoin qu'elle me promette qu'elle vivra encore des mois, des années. J'ai envie de croire à son positivisme, bien que je sois consciente qu'elle ne possède pas toutes les réponses quant à sa maladie.

Mon père est venu passer les derniers jours des vacances avec nous. Il s'était mis dans la tête d'initier Nathan à la pêche. Ils sont donc partis en chaloupe, un matin, un peu avant le lever du soleil. Nathan, qui avait l'air inconfortable dans sa veste de flottaison, bâillait sans arrêt en s'éloignant du rivage et semblait se demander pourquoi il avait été forcé de monter à bord d'un bateau de si bonne heure pour partir à la recherche de poissons, quand il y en a plein à l'épicerie et qu'en plus, il n'aime pas ça. À son retour trois heures plus tard, il n'était pas emballé par l'expérience. Il avait pêché une seule truite, qu'il avait dû remettre à l'eau parce qu'elle était trop petite, et mon père l'avait obligé à piquer ses propres vers au bout de son hameçon – une épreuve sur la mince limite entre le désagréable et le traumatisant. Mon père a passé le reste de son temps au chalet à effectuer divers travaux d'entretien. Il a coupé neuf arbres.

Mes vacances m'ont permis de revenir au bureau plus détendue que jamais. C'était une très bonne chose, puisque maître Cantin m'attendait avec une montagne de dossiers et qu'il n'avait pas l'intention de m'aider dans mon combat contre l'anxiété.

— Tu t'es réinscrite à l'université ! s'est réjoui Vincent, quand je le lui ai appris, un soir de semaine.

— Oui, je vais suivre deux cours cet automne.

— Je suis tellement fier de toi, t'as pas idée !

— Disons que c'était devenu nécessaire. C'est la motivation qu'il me faut pour endurer mon emploi quelques mois de plus.

— T'as pas l'intention de le garder ?

— Non, surtout si je veux étudier à temps plein. J'attends de trouver un nouveau travail qui va me permettre d'arriver financièrement avant de l'annoncer à mon patron.
— Je pourrais t'aider.
— C'est gentil, mais j'ai l'intention de continuer à payer ma part. Je préfère demeurer indépendante, surtout si...

Je ne termine pas ma phrase – un vieux réflexe de quand j'essayais d'épargner les vérités parfois difficiles à Vincent.

— ... surtout si on revient pas ensemble.
— Je comprends...

Tous les changements dans ma vie devraient m'empêcher de dormir. Et pourtant, au contraire, je ne prends presque plus de somnifères. J'ai enfin l'impression d'être en contrôle, d'agir selon ce que je désire réellement. Un poids immense s'est envolé de sur mes épaules. Je me demande si c'est le résultat de mes choix ou de mes antidépresseurs. Un peu des deux, sans doute.

Mon bonheur a été de courte durée puisque ma mère a été hospitalisée au début de septembre, par une journée froide et venteuse qui annonçait déjà l'automne.

— T'inquiète pas, ma belle Éliane, me réconforte-t-elle quand je vais lui rendre visite pour la première fois. Ça doit te faire drôle de me voir avec autant de tuyaux un peu partout, mais j'ai pas mal.
— Est-ce que tu sais quand tu vas recevoir ton congé ?
— Quand le bon Dieu va le décider.
— Dis pas des affaires de même !
— Cette fois-ci, j'ai bien peur de pas partir d'ici sur mes deux pieds.
— Non, maman...

— Tsé, Éliane, j'ai eu une belle vie avec ton père, tes sœurs pis toi. J'aurais pas pu avoir une meilleure famille.

— Jure-moi que tu vas tout essayer pour t'en sortir.

— Qu'est-ce que tu veux que je fasse ? Tu le sais aussi bien que moi, il y a plus d'espoir.

— Je suis pas prête à ce que ça arrive !

— Moi, je le suis. J'ai assez souffert et ça va juste empirer. Je pourrais pas vivre dix autres années comme ça. Ils m'ont parlé de soins palliatifs, de traitements pour apaiser ma douleur. J'aurais jamais cru vivre ça un jour, mais je vais accepter.

— Maman...

Dans les semaines suivantes, mon père est demeuré au chevet de ma mère. Stéphanie, Bianca et moi étions là le plus souvent possible, même si ce n'était jamais assez à mes yeux. Vincent s'est montré très compréhensif et venait régulièrement à la maison pour s'occuper des enfants. Plus que jamais, j'aurais eu besoin de l'avoir à mes côtés, ce que je me refusais. Je démêlais difficilement les sentiments que j'éprouvais pour lui et c'était la pire période pour prendre une décision quant à notre avenir.

C'est arrivé dans la nuit du 20 au 21. Mes sœurs étaient présentes, mon père aussi. On s'était rassemblés autour du lit de ma mère. Je lui tenais la main. Elle dormait. Son décès a été étrangement doux. Elle a simplement cessé de respirer. Moi, j'ai pleuré jusqu'au matin.

Dehors, c'est la plus obscure des journées ensoleillées de ma vie. Une peine insondable serre mon cœur. Je voudrais que le ciel soit couvert de nuages gorgés d'eau, qu'il déverse sur nous ses larmes d'automne pour montrer au monde l'étendue de ma tristesse. En perdant ma mère, je perds la stabilité et la force dont elle a toujours fait preuve, celle sur laquelle je pouvais compter, même dans mes pires épreuves. Elle était le roc qui avait servi de fondation à ma famille, et bien que je resterai unie à mon père et mes sœurs, il y aura entre nous un trou béant qui ne se comblera jamais.

À mon retour au travail, le lundi, je reçois un accueil étrange ; un mélange de regards fuyants et de messages de condoléances qui sonnent faux. Ces rappels omniprésents du décès de ma mère ne font qu'alourdir ma journée. Assise à mon bureau, j'ai trop de temps pour penser. Je suis rattrapée par les dix dernières années passées dans un travail où j'ai l'impression de faire du surplace pendant que la vie, elle, file à toute allure, comme si j'étais debout au milieu d'une autoroute et que je regardais les autos me frôler en me demandant où elles vont, sans jamais tenter de les suivre. Un sentiment de malaise monte en moi ; celui de ne plus être à ma place. J'aurais envie de me lever, de crier, de partir loin. Très loin. Je veux me consacrer à autre chose. J'en ai assez d'être spectatrice de ma propre existence, de me réjouir du succès des autres et de seulement rêver au mien.

Je tape une lettre, sans réfléchir, et je l'imprime pour ensuite la glisser dans une enveloppe. Je débarque dans le bureau de maître Cantin et je la lui tends en ayant déjà envie de la reprendre et de changer d'idée. Je me demande si quitter mon cubicule, et l'apparente sécurité qu'il me procurait, est une bonne décision. Suis-je devenue à ce point captive que je rêve de liberté, mais que je ne sais plus quoi en faire quand l'occasion de la reprendre se présente ? Trop vieille pour savoir comment vivre autrement, pour autant de bouleversements ?

— Ça me fait chier, même si je m'en doutais, m'avoue maître Cantin en prenant l'enveloppe. C'est pour quand ?

— Je vous laisse trois semaines de préavis. Je suis prête à monter à un mois si ça vous arrange.

— Trois semaines, un mois, ça change rien pour moi. À court terme, je vais redistribuer tes dossiers. À moins qu'il y ait un moyen de te retenir. Tu es négociable ? On t'a offert quel salaire chez la concurrence ? Tu voudrais qu'on revoie tes tâches ?

— C'est trop tard pour ça. Mettons que j'aurais aimé que ça vienne de vous, avant ce matin. Et pour votre information, je retourne aux études. Je vais finir mon bac.

— Si t'as besoin d'une job en finissant, la porte va rester ouverte.

— Merci, c'est gentil.

Je me retiens de lui dire que je ne pense pas revenir en arrière. Au travail, comme dans le reste de ma vie, si je veux retrouver le bonheur, je dois passer à autre chose. J'ai rarement eu aussi peur du futur, bien que pour la première fois de ma vie, ces appréhensions ne m'immobilisent pas : j'ai hâte de découvrir ce qui m'attend. *I'm. Taking. My. Life. Back!*

Deux cent quarante-huit dollars et quinze sous. C'est la somme que les visiteurs ont donnée au salon funéraire, en l'honneur de ma mère, montant destiné à une fondation de soutien aux personnes atteintes de cancer. Je n'ai pas compris pourquoi quelqu'un a laissé quinze sous. Pour se débarrasser de monnaie encombrante peut-être ? Je me demande si ce don fera réellement une différence. Est-ce que le seul legs de ma mère sera d'avoir aidé une fondation à amasser l'argent nécessaire à l'achat d'une nouvelle machine à espresso pour sa salle de pause ?

En dépit de la situation compliquée entre nous, Vincent m'a accompagnée alors que nous recevions les condoléances d'inconnus qui attendaient en file pour serrer les mains des membres de ma famille. Nous n'avons presque pas parlé, nous nous sommes contentés de sourire bêtement aux formules répétées mille fois qui nous étaient adressées.

— Elle a peut-être perdu son combat, mais elle restera pour toujours une battante, commente une ancienne collègue de ma mère.

Cette phrase m'a répugnée. Le combat contre le cancer n'en est pas un à armes égales. Le terme «combat» serait même à proscrire, comme si d'avoir succombé à un cancer transformait ma mère en perdante quand, au fond, elle a simplement manqué de chance; le mal qui l'affligeait était trop féroce pour les traitements qui auraient pu la sauver. Comment ma mère aurait-elle pu se défendre contre son propre corps?

Claire avait détesté qu'on lui répète qu'elle était forte, qu'elle était un modèle, seulement parce qu'elle recevait des traitements pour une maladie qu'elle n'avait pas choisie. Elle n'y voyait rien d'héroïque puisqu'elle n'avait rien demandé à personne et qu'elle n'avait pas la prétention d'aider à faire du monde un meilleur endroit. Pour elle, les chercheurs, les médecins et les infirmières l'étaient beaucoup plus.

Après les funérailles – et le classique buffet de sandwichs pas de croûte, viandes froides tièdes, crudités servies avec trempette mottoneuse et conversations vides qui me laissaient croire que le décès de ma mère avait déjà été oublié –, je me rends chez mon père, avec mes sœurs, leur famille, mes enfants et Vincent. Tout le monde s'installe au salon tandis que je me retire avec mon père dans la cuisine.

— Est-ce que tu veux une bière ? m'offre-t-il.

— Non, tu sais que j'en bois pas.

— Eh bien, moi, je vais en prendre une. J'en ai *vraiment* besoin.

Mon père ouvre le réfrigérateur pour y saisir une bouteille brune et la débouche avant de s'asseoir à table. Je prends place à côté de lui.

— J'arrive toujours pas à croire qu'elle est partie, me confie-t-il. J'ai l'impression qu'elle va revenir d'une minute à l'autre et qu'elle va me raconter sa journée en détail.

— Pour moi aussi, c'est irréel. Il me semble que, hier encore, on était au chalet, sur le bord du lac, à regarder les perséides avec les enfants.

Mon père prend une gorgée de bière et pousse un long soupir.

— J'ai trop travaillé, affirme-t-il. J'ai même pas vu passer ma vie avec ta mère.

— T'as fait ton possible, papa.

— C'est ce que je me disais, sauf que maintenant, je me demande si c'est vrai. Si je pouvais recommencer, je profiterais de chaque seconde avec elle au lieu de toujours me chercher des jobines.

— Tu peux plus rien y changer. Tu dois pas avoir de regrets.

— C'est dur en maudit !

Je jette un regard à Vincent, qui s'amuse avec Nathan. Est-ce que j'ai passé assez de temps avec lui ? Réellement avec lui, sans être perdue dans notre quotidien comme des automates qui s'acquittent de leurs tâches au gré des jours qui fuient. Devrions-nous nous donner la chance de recommencer à zéro ? Serions-nous capables de nous comporter autrement ?

— Le chalet, Éliane, il est à toi, lâche mon père.

— Quoi ? Ç'a pas de bon sens ! Tu veux pas le garder ?
— J'aurai pas la force d'y retourner seul, ça me ferait trop mal, et ta mère souhaitait qu'il reste dans la famille.
— Oui, mais Stéphanie, Bianca...
— Je leur en ai parlé et elles sont d'accord. Stéphanie habite trop loin pour s'en occuper et Bianca est pas là dans sa vie. Elles veulent seulement que tu le leur prêtes de temps à autre.
— Sauf que c'est pas équitable.
— Ce sera ta part d'héritage. Tes sœurs auront la maison quand je partirai à mon tour.
— T'es sérieux ?
— À 100 %. Si t'acceptes, je vais appeler le notaire cette semaine pour prendre rendez-vous et officialiser tout ça.
— Ben là ! Je sais pas quoi dire.
— Je dois prendre ça pour un oui ?
— Bien sûr ! Merci, papa ! Tu sais pas à quel point ça me rend heureuse !

Avec le retour de l'automne, Jade avait démarré un cours de yoga-fitness dans son studio. C'était un mélange de positions de yoga, de cardio et d'exercices avec de petits haltères. Le programme m'avait permis de me découvrir de nouveaux muscles et, surtout, de me changer les idées. Je m'étais fait quelques amies parmi les participantes et le social se révélait aussi bénéfique que l'entraînement pour ma santé mentale.

— T'as vu Carolanne ? me demande Jade, après son cours, alors que nous ramassons les haltères. Elle est vraiment en shape ! Je suis la prof et j'ai de la difficulté à la suivre. C'est quasiment insultant.

— Jade, sois indulgente envers toi-même. Tu donnes vingt cours par semaine en plus d'administrer ton studio ! T'es cernée jusqu'en dessous des bras. T'es en train de te brûler !

— J'ai épuisé le contenu de mon sac à solutions. J'ai toujours personne pour remplacer Katia. Ça fait trois offres d'emploi que je publie et j'ai reçu aucun CV.

— Et si je te disais que je pouvais régler ton problème ?

— Je t'embrasserais, ma chère.

— Retiens-toi.

— Alors ?

— Tu m'avais déjà proposé de m'occuper de ta paperasse et de t'aider à préparer tes cours. Est-ce que ton offre tient toujours ?

Jade se précipite vers moi pour me prendre dans ses bras et m'embrasser sur la joue. Elle me serre fort et me relâche en sautillant de joie.

— Je vais être la boss la plus cool du monde. Je vais te prouver que ça valait la peine de lâcher ta job.

— Je tiens à te rappeler que c'était pour retourner à l'université.

— Détail...

Vincent

Chaque matin, des bruits de séchoirs à cheveux me réveillent. Je vis dans le sous-sol de mes parents par intermittence depuis cinq mois et je ne me suis jamais habitué à partager l'espace avec le salon de coiffure de ma mère. Couché sur mon lit à une place, celui que j'occupais quand j'habitais ici, je me sens à l'étroit et perdu. L'absence d'Éliane est encore étrange; je me surprends parfois à essayer d'apercevoir sa silhouette dans l'obscurité en plein milieu de la nuit quand, dans la confusion du réveil, j'oublie pour un instant que je suis seul.

Ma chambre a été aménagée dans l'entrepôt de produits capillaires de ma mère. Je croyais rester ici quelques semaines, le temps d'éclaircir le statut de ma relation avec Éliane. J'étais loin de me douter que l'odeur de shampoing qui flotte en permanence dans l'air m'accompagnerait beaucoup plus longtemps. Elle ne se contente pas de me suivre partout où je vais, puisqu'elle a imprégné mes vêtements – elle me rappelle aussi l'échec de ma vie amoureuse, tout comme les regards scrutateurs des clientes de ma mère alors que je sors de ma tanière. Les habituées connaissent mon histoire; ma mère la leur a racontée dix fois chacune. Sa collègue Linda, quant à elle, ne se limite pas au jugement oculaire, elle se permet des commentaires :

— T'as pensé à t'inscrire sur une application de rencontres ? me suggère-t-elle un samedi matin. Un beau grand gars comme toi, ça doit pogner !

— Linda, donne-lui pas des idées, proteste ma mère. Je voudrais pas qu'il ramène ses conquêtes ici. Quand il emménagera dans son appartement, il fera à sa tête, sous mon toit par exemple, j'aimerais mieux qu'il se garde une petite gêne.

— Ma pauvre Solange, se désole Linda. Tu veux peut-être qu'il colle dans ton sous-sol jusqu'à sa retraite ? Il y a pas cinquante-six façons de t'en débarrasser : ça lui prend une fille.

— Éliane et moi, on est juste en break.

— C'est ça, conclut Linda, peu convaincue. Un break... Et pis quoi encore ?

Je me retiens d'argumenter avec elle. C'est difficile puisqu'elle trouve toujours un moyen de m'atteindre : en parlant de politique, en refaisant le monde avec ses idées insensées ou en gérant ma vie personnelle.

— Si tu t'inscris, tu me le diras, insiste Linda, quand je lui tourne le dos. Je noterai ton nom d'usager pour pas qu'on matche. Et j'en profiterai pour te rafraîchir la nuque ! T'as le cheveu foncé pis un petit coup de rasoir, de temps en temps, ça fait du bien.

À l'étage, les enfants déjeunent avec mon père. Ils ont dormi dans la deuxième chambre d'amis, celle du rez-de-chaussée, qui leur est réservée lorsqu'ils passent la nuit ici. Je me joins à eux et mange en répondant aux questions en rafale d'Océane, qui est particulièrement en forme ce matin. Pourquoi la neige, c'est blanc ? Pourquoi pas bleu ? C'est-tu vrai que les avions, ça peut pas reculer dans le ciel ? Est-ce que ça leur fait mal, aux poules, quand elles pondent ?

Les questions se poursuivent une heure plus tard, en auto. L'une d'elles me surprend :

— Est-ce qu'on va y aller nous aussi, un jour, voir le fantôme de grand-maman ?

— Le fantôme de grand-maman ? Qui t'a mis ces idées-là dans la tête ?

— C'est Nathan.

— C'est même pas vrai !

— T'as dit que grand-maman était morte dans son chalet et qu'elle le hantait !

— Grand-maman est décédée à l'hôpital, dis-je.

— Ça veut dire qu'il faut aller à l'hôpital pour lui parler ? demande Océane.

Je ne trouve pas les bons mots pour lui expliquer que ça ne fonctionne pas ainsi. Soudain, je revois cette pile de livres qu'Éliane m'avait conseillé de lire, ceux qui outillent les parents pour parler de la vie aux enfants. Une autre de ces fois où j'aurais dû l'écouter et non mettre ça sur le dos de ses craintes irrationnelles. Au lieu de la soutenir, je me moquais de ses réactions en les qualifiant d'exagérées. Je m'en veux d'avoir eu besoin de notre séparation pour comprendre que je devais plutôt me rendre disponible pour elle, pour l'écouter et la rassurer.

— Ma pitchounette, si t'as envie de parler à grand-maman, tu peux le faire dans ton cœur.

— Dans mon cœur ? Je sais pas comment ! J'ai jamais parlé avec mon cœur, moi !

— Ça prend de la pratique, mais tu vas y arriver avec le temps.

— Est-ce qu'elle va me répondre ?

— Pas comme avant.

Éliane et moi avons rendez-vous au chalet, sans les enfants. Elle y est depuis hier, parce qu'elle souhaitait faire du ménage dans les affaires de sa mère avant mon arrivée. Je dépose donc Océane et Nathan à l'appartement de Jade, qui nous accueille dans ses traditionnels vêtements de sport.

— On repasse les chercher demain, promis.

— Prenez tout le temps dont vous avez besoin, me dit Jade. J'ai pratiquement jamais l'occasion de les garder et j'ai plein de cochonneries à leur faire bouffer.

— Ouiiiii! s'exclament Océane et Nathan à l'unisson – pour une rare fois, ils se mettent d'accord facilement.

— Merci encore d'avoir accepté à la dernière minute.

— C'est rien, m'assure Jade. J'ai installé une tente dans mon studio de yoga pour passer la nuit. On va être super bien!

En route vers le chalet, je songe à ma relation avec Éliane et à notre cheminement des derniers mois. Nous avons davantage échangé durant notre break que pendant nos treize ans de vie commune. Malgré tout, nous n'avons pas encore parlé de notre futur, de ce que nous souhaitons pour nous et les enfants, et c'est justement pour cette raison que nous voulions nous voir, aujourd'hui. Je me demande s'il reste quelque chose de notre couple ou si ses derniers fragments se sont dispersés au vent. Et si cela nous offrait la possibilité de repartir sur de nouvelles bases, plus solides? Avions-nous besoin de traverser ces épreuves pour être plus heureux? Ou peut-être que cet éloignement aura été l'occasion d'accepter qu'il est temps de nous dire adieu, définitivement.

Je stationne la voiture devant le chalet en ressentant le même stress qu'à mon premier rendez-vous avec Éliane. Au moins, cette fois-ci, je n'aurai pas à me présenter aux membres de sa famille. Toutefois, les prochaines heures pourraient changer nos vies. J'hésite un peu avant de descendre. J'inspire profondément pour me donner le courage d'affronter la conversation qui s'en vient. C'est en imaginant les yeux bleus d'Éliane et sa bouche en cœur que je sors. Je sais pourquoi je suis ici. Pourquoi j'ai accepté de dormir dans le sous-sol de mes parents. Pourquoi les épreuves, si dures à surmonter, ne m'ont jamais démoralisé. J'aime Éliane. Je n'arrêterai jamais de l'aimer, peu importe ce qui se passera entre nous.

Éliane

Rien n'avait changé dans le chalet depuis que j'y avais mis les pieds pour la dernière fois en août. Même si les souvenirs de ma mère sont partout, c'est surtout son absence que je sens. Chaque fois que je pose les yeux sur un bibelot, un cadre ou une photo, j'entends l'histoire qui l'accompagnait. La longue, bien entendu, parce que la courte n'existe pas. En partant de Montréal, je m'étais promis de faire du ménage, puisque les objets accumulant la poussière sont trop nombreux pour le temps que j'aurai à consacrer à l'entretien du chalet. Je savais déjà que ce serait une tâche ingrate, quasi impossible à réaliser, et que je devrais y consacrer plusieurs week-ends.

Réchauffée par le feu de foyer que j'avais allumé, j'y ai jeté tout ce qui brûle et qui n'est plus utile. J'ai regroupé des romans dans un sac que je rapporterai à Montréal, pour les donner à une bouquinerie; surtout des Danielle Steel et des Nora Roberts, les autrices préférées de ma mère, même si elle se plaignait que leurs histoires étaient toujours pareilles.

Le soir, je me suis installée dans un fauteuil près des bûches qui crépitaient dans l'âtre pour feuilleter des albums de photos rangés dans la bibliothèque. Les images aux couleurs affadies datent de plus d'une vingtaine d'années. Sur l'une d'elles, je suis en maillot à côté de

Stéphanie sur le bord du lac, avec des flotteurs et des lunettes de plongée qui me couvrent les yeux. Je devais avoir environ cinq ou six ans, l'âge d'Océane. La ressemblance avec ma fille est frappante, mais aussi, celle que je partage maintenant avec ma mère, qui était accroupie à mes côtés. Je n'ai aucun souvenir de cette journée, même si je donnerais tout pour y revenir, ne serait-ce que quelques secondes.

Une autre photo me montre au retour de l'école, descendant de l'autobus, mon sac à dos sur les épaules. Mon regard a quelque chose de réprobateur. J'en voulais possiblement à ma mère de me faire honte devant mes amis. Aujourd'hui cependant, il prend une nouvelle signification. J'ai l'impression que la fillette m'accuse d'avoir gâché son futur en faisant de sa vie familiale un fiasco.

Ma plus grande découverte est un cahier que ma mère remplissait avec des poèmes, des croquis ou des histoires de son quotidien lorsqu'elle était au chalet. Elle n'avait pas la fibre artistique, loin de là, mais la naïveté et la sincérité de ses propos m'émeuvent. Sur une page, quelques mots à propos de voiliers d'oies qui étaient si nombreux un matin qu'ils obscurcissaient le ciel. La suivante est consacrée à sa description d'un lendemain de tempête de neige : l'accumulation sur le toit du chalet, les branches surchargées des arbres, les grattes qui sont les seules à circuler sur les routes. Au travers de ses textes, ma mère a dessiné et redessiné le lac qu'elle aimait tant avec ses vagues, ses berges, ses montagnes lointaines et la forêt qui l'encercle. Une esquisse inachevée montre un chien que je n'ai jamais connu. Celui d'un voisin ? Un souvenir de son enfance ?

Je survole le cahier pour retrouver la dernière œuvre de ma mère, celle qui précède de nombreuses pages laissées blanches. Il s'agit d'une collection de phrases qui ne forment ni un texte ni un poème.

Aujourd'hui, j'ai appris que l'automne reviendra sans moi. Je l'avais compris depuis mes premiers traitements.

Ma vie est une histoire simple à résumer, mais quand je regarde derrière, je suis fière, je ne changerais rien au bonheur que m'ont apporté mes filles, mes petits-enfants et Sylvain.

Je ne veux pas du paradis, l'éternité au bord de ce lac me suffirait.

Ici, j'arrête enfin le temps, il n'existe plus, jusqu'à ce que, têtu, il me rattrape.

Je me suis endormie au son des crépitements du feu, sur le sofa, sous une épaisse couverture de laine, le cahier de ma mère en main. Le lendemain matin, je l'ai retrouvé au sol, ouvert sur une page qui me révélait les traits grossiers de cinq silhouettes sur les berges du lac. Notre famille.

L'air du chalet est glacial. Le feu s'est éteint au cours de la nuit et il me faut de longues minutes pour rassembler le courage de quitter le confort de mon cocon. J'ai arraché les pages d'un livre pour rallumer le feu. Désolée, Nora Roberts, je devais choisir mes combustibles, ceux dont les mots m'interpellaient le moins pour qu'ils me réchauffent l'épiderme à défaut de l'âme. J'ai paressé dans la douche en attendant que la température monte à l'intérieur. C'est la première fois que personne ne m'en voudra d'avoir vidé le chauffe-eau. Quand je suis ressortie, je me suis préparé à déjeuner et j'ai mangé sur un fauteuil, près d'une fenêtre. Les arbres avaient revêtu leurs couleurs d'octobre et le vent faisait frémir leurs feuilles. Le lac reflétait le ciel gris et opaque qui laissait tomber des flocons éphémères qui fondaient en touchant le sol. C'est la dernière fois de l'année que je viens au chalet, puisque j'ai décidé de le mettre en location pour m'aider à payer l'entretien. Je profite donc de chaque petite minute.

Après avoir mangé, je suis sortie me promener sur le terrain. Les feuilles mortes craquaient sous mes pas alors que je vagabondais entre les arbres. Je n'avais soudain plus envie de partir, de revenir à mon quotidien à Montréal. Je comprenais encore mieux l'attachement que ma mère avait pour ce lieu à l'écart de toute préoccupation. Mes pensées n'avaient pas été aussi claires depuis des mois et je me sentais détendue. Était-ce ma médication ou plutôt ma façon de voir le monde qui avait changé au travers de mes épreuves ? Peu importe, j'étais bien.

C'est couché en boule, au pied d'un arbre, que je découvre un chaton abandonné. Il tremble de froid et n'a pas la force de miauler en m'apercevant.

— Tu viens d'où, toi ?

Je regarde autour sans comprendre comment il est parvenu jusqu'ici. Ses pattes délicates n'ont même pas laissé de traces qui auraient pu me donner un indice. Je le prends et le cache dans mon manteau pour le réchauffer.

En revenant vers le chalet, je remarque notre camionnette : Vincent est arrivé. Assis au bout du quai, ses jambes pendent au-dessus de l'eau. Il se retourne en m'entendant.

— Je te cherchais. Comme t'étais pas à l'intérieur, j'ai décidé de t'attendre ici.

Je m'assois à ses côtés. Les planches froides me gèlent les fesses et les cuisses.

— Regarde ce que je viens de trouver, dis-je, excitée, en ouvrant mon manteau pour montrer le chaton à Vincent.

— Il vient d'où ?

— Aucune idée.

— Tu vas en faire quoi ?

— C'est sûr que je le garde.

— Ah oui ?
— Regarde ses petits yeux trop, trop mignons. Il a été abandonné une fois, je lui referai pas le coup une deuxième fois. En plus, je sais déjà comment je vais l'appeler.
— Tant que c'est pas Adèle Croteau.
— Non, ce sera Yvon Deschats !
— Poooourquoi ?

J'éclate de rire et Vincent secoue la tête, d'un air faussement découragé. Je referme mon manteau pour garder Yvon au chaud.

— T'avances dans ton ménage ?
— J'ai deux sacs à dos pleins de livres à donner, des boîtes de souvenirs que je veux rapporter à mon père et j'ai peut-être échappé un ou deux bibelots de bois dans le foyer.
— Le hibou ?
— Et l'espèce de pantin...
— Ah, celui-là !

Vincent me sourit, sachant que j'ai toujours détesté la décoration du chalet. Il se doute que d'autres bibelots seront réduits en cendres. Ma mère avait plein de belles qualités, sauf qu'il ne fallait pas la laisser sans surveillance chez un antiquaire.

— J'ai retrouvé sur mon cell quelque chose qui devrait te rendre heureuse, m'annonce Vincent. J'avais filmé une vidéo, au Mexique, sur la plage et, je sais pas comment j'ai fait mon compte, mais l'enregistrement s'était pas arrêté correctement.

Il glisse son téléphone hors de la poche de son jeans, appuie sur l'écran à quelques reprises et démarre la vidéo qui montre la mer des Caraïbes, avant de se tourner vers le ciel, lorsqu'il a déposé l'appareil sur sa chaise longue, à ses côtés.

— C'est tout ?

— Si t'écoutes bien, on entend ta mère au-delà du bruit du vent et des vagues. Elle te raconte une histoire de ta jeunesse, quand vous êtes allés en voyage au Nouveau-Brunswick.

— Pour vrai ?

J'approche le téléphone de mon oreille et je verse une larme en reconnaissant la voix de ma mère.

— Vincent, c'est le plus précieux cadeau que tu pouvais m'offrir.

— Je te transférerai le fichier quand j'aurai accès à du wi-fi.

Vincent me fixe avec des yeux souriants. Il est aussi beau qu'au premier jour, quand je l'ai rencontré dans un cours de philo au cégep. Une mèche de cheveux ressort de sa tuque qui ne couvre pas complètement ses oreilles. Il la porte plus pour le style que pour se réchauffer. Un gars décontracté qui semble se foutre de tout, bien qu'il ait le plus grand cœur au monde. J'ai souvent essayé de l'encadrer avec mon anxiété, moi qui ai besoin que tout soit planifié, prévu, sans surprise. Je m'aperçois maintenant que c'est sa légèreté qui me faisait du bien, même si elle me sortait de ma zone de confort. Nos personnalités contraires se complètent, forment un tout.

— Tu veux rentrer ? me demande-t-il. T'as l'air d'avoir froid.

— C'est correct...

Je me blottis contre lui. Il passe une main sur mon épaule et pose son menton sur le dessus de ma tête.

— Est-ce que tu me détestes pour t'avoir abandonnée dans les moments les plus difficiles de ta vie ? se risque-t-il.

— Vincent, je pourrai jamais te détester.

— Est-ce que tu m'aimes encore ?

J'inspire profondément. La réponse est beaucoup plus complexe que la question.

— J'ignore quels sentiments on partage, mais j'ai envie qu'on le découvre ensemble.

— Ça me va.

Je continue de regarder le lac en silence, dans les bras de Vincent, jusqu'à ce que le froid nous pousse à rentrer pour nous réchauffer, et surtout, pour faire les premiers pas dans nos nouvelles vies et découvrir à quoi elles ressemblent quand nous leur donnons la chance de se croiser.

Remerciements

Audrey, pour être toujours là après tant d'années, malgré les hauts et les bas de la vie. *Amorem sacrum universalis.* Ça ne veut rien dire, mais je trouvais que ça avait l'air intelligent.

Toute l'équipe d'Hurtubise, votre enthousiasme m'aide à croire en moi et me pousse à me dépasser. Je ne sais pas d'où vient votre touche magique qui transforme tout en succès, mais ne la perdez surtout pas. Si vous avez besoin de chandelles et de craies pour tracer des runes au sol, j'en ai chez moi.

Jacinthe, parce que même quand je m'égare dans mon écriture, tu réussis à me suivre... sauf si j'ajoute des loups-garous. Ça, c'est la limite à ne pas franchir!

Mes parents, pour m'avoir toujours soutenu, dans tout ce que j'ai entrepris. Continuez à vous prendre en photo à côté de mes livres dans les librairies, ça me fait toujours rire.

Tous ceux que je ne nomme pas, parce que la liste serait trop longue. Merci d'être dans ma vie, d'une façon ou d'une autre.

Finalement, mes lecteurs, parce que sans vous, ce livre n'existerait pas. Et tous les autres à venir, d'ailleurs.

Suivez-nous

Achevé d'imprimer en février 2024
sur les presses de Marquis Imprimeur
Montmagny, Québec